岩 波 文 庫

31-221-3

夜 と 陽 炎

耳の物語 2

開 高 健 作

目　次

夜と陽炎……五

＊

あとがき　二七九
解　説（湯川　豊）　二八一
開高健略年譜　三〇一

夜と陽炎《かげろう》

耳の物語 2

最高の書物とは、読者にわかりきっていることを語ったものだと、彼は悟ったのである。

G・オーウェル『一九八四年』

焼跡が消えた。

ある日、町を歩いていて、ふと眼をあげることがあり、廃墟と荒野が消えたことを痛感させられた。どこもかしこも道路が狭くなり、赤くなく、視線が、壁や、ドアや、窓でさえぎられて、地平線がどこかへ消えてしまった。黄昏になると、見わたすかぎりの赤い荒野のあちらこちらに防空壕があって、入口から細い炊煙がたちのぼり、七輪のまわりで子供が歓声をあげてころげまわったり、モンペ姿の母がうなだれてのろのろと穴に出たり入ったりという見慣れた光景がどこへいっても見られなくなっていた。無辺際だった瓦礫の荒野は区切られ、細分され、コンクリートに蔽われている。家とビルでぎっしりと埋められ、市はたちあがって肩を聳《そび》やかしたり、両足を踏ん張ったりしている。風や雨は山野のそれのようでなくなり、骨を噛む力も意志も失っている。市は全裸ではなくなり、たとえば天王寺一帯は丘であることが肉眼に見えなくなり、その頂点であるはずの駅前に佇んでも、もはや地平線にゆっくりと沈んでいく夕陽を直視することができない。

まるで手品のようである。あれだけの異変を消してしまうには何年間かにわたって尨大な数の人と物が動員されたはずで、それを毎日毎日、つぶさに目撃していたはずなのに、何ひとつとして思いだすことができないのだ。一切の転変ぶりにあらためて茫漠とならされるが、その過程をまったく思いだせないでいる自身の空白ぶりにも茫漠とならされる。ひたすら外界におびえたり、すくんだりして暮してきたはずなのにその外界が見えないのだ。これには驚いていいはずなのだが、どう驚いてよいのか、その手がかりすらない。まるで繭のなかで眠りこけていたみたいである。荒野の記憶はつい昨日の黄昏時のことのように思いだせるけれど、すでにそれは博物館物となったらしかった。と、するなら、まだ二十代前半なのに、自身すらすでに博物館物となってしまったのではあるまいか。繭のなかで眠りこけつつ乾からびてしまったのでは？……

一人の機敏な男が、もはや戦後ではないといいだし、それが流行語になっている。焼跡で汗を流したり、工場で油まみれになったり、資金繰りに日夜狂奔したりした男たちが大状況を現出したのであって、機敏な男はその尻馬に乗ったにすぎなかったが、深夜の独白が流行語になってしまうと、人びとはそれをキーとしてもうひとつ新しいドアをひらき、猥雑だけれど尨大なエネルギーを解放しつつあった。軍隊毛布をざっくばらんに切ってハーフ・コートにし、いかつい軍靴でのろのろと歩きまわっていた群集は消えた。闇市の放埒な叫喚は消えて、市場の夕刻の健全な叫喚となり、暖をとるための駅前の焚火もなくなった。大群集はターミナル駅の朝と夕方のサラリーマンのそれだけとなり、郊外電車は車軸受けの鉄箱から油煙をたててくすぶったり、乗客が窓から入ったりということはなくなり、窓はすべて板やダンボールにかわってガラスになり、誰も割るものがなくなった。町には国産のルノーの四ツ馬印（4CV）がかけまわり、〝カブト虫〟と呼ばれて愛され、どこかで酔っぱらった柔道選手が体当りしたら自動車そのものがひっくりかえったという噂さがあった。家庭にはようやく電気冷蔵庫が出回り、〝神器〟という評判である。酒飲みたちはどんな夜ふけにへべれけになって家へ帰ってもピンとした角氷がいくらでも手に入るということを知って、雀躍した。焦熱の咽喉《のど》と干からびた胃を鎮静させるのに、それまでなら暗い台所で水道の水を一杯ひっかけるだけだったのが、作りたての冷んやりとしたアイス・ウォーターが心ゆくまで、女房の叱言《こごと》ぬきで飲めるようになったのである。女房は女房でそれまでのようにいちいち氷屋へいって重い氷塊をはこんでもらうように註文しなくてもよくなったので、亭主の口の怪臭にはうんざりしながらも、いちいち寝床から起きださなくてもよくなったので、口ではあいかわらずブツブツいいながらも、内心ではホクホクしていた。技術の変化は習慣の変化を呼びだし、それは舌にまで及ばずにはいられないから、ドブロク、マッカリ、バクダン、焼酎に飽いた男たちはつぎの何か新鮮なドリンクを求めずにはいられなくなっていた。新鮮で、ドライで、しかもお脳にクラッとキックのくるやつ。そして薄暗い掘立小屋でもつれあって飲むのではない場所を……

テレビはまだ登場していなかったけれど、ラジオではすでに〝民放〟が開始されていて、あらゆるスポンサーがあらゆる文体で人民の耳たぶにとどまろうと、狂騒を開始していた。コマーシャル・メッセージ、CMというものが氾濫しつつあった。誰しもに軽視されながら誰しもが記憶せずにはいられず、何年かたってふりかえると当時の新聞や雑誌のどんな名論文よりもはるかに皮膚に融即して自身の日々を喚起させられるたわごと、図太くて破廉恥なくせに泡のようにはかないバカ、鋭いくせに無気力で無署名のでたらめ、これが不逞に、浮き浮きと、登場しつつあった。

洋酒会社の宣伝部員になってこの未開の学田におずおずと鍬《くわ》を入れることになった。もともとルンペン時代に女の口ききで社長を紹介され、見よう見真似で書いた原稿をはこびこんで、一枚五〇〇エンで買ってもらっていたのである。それでドライ・ミルクを買う一助としていたのだが、出産後、女が会社勤めを苦痛に感ずるようになったので、交替で入社することになり、正式に社員として採用されたのだった。〝文案屋〟の見習いとなってスタートしたのである。〝コピーライター〟という呼びかたはまったく知られていず、身辺の誰一人として口にするものもなく、業界の雑誌でもまったく見かけることがなかった。たまにアメリカの広告界の雑誌などを見ると〝コピーライター〟という単語を発見し、文案屋のこととわかったが、〝コピー〟をふつうに〝複写〟と解釈して、明けても暮れても似たようなことばかり書いているので複写をとっているようなものだからそう呼ぶのだろうぐらいに理解しておいた。そうとってみると何やらヒリヒリした皮肉が感じられて、トイレの暗がりにしゃがみこんで思いつめているときなど、ふと微苦笑できた。

会社は毎朝、九時に始って五時に終る。一階に宿直室のような小部屋があって、無口なじいさんがウドンを用意している。社員は食券をさしだし、自分でウドン玉を大釜の湯ですすいでドンブリ鉢に入れ、じいさんの作ったダシと薄揚げの煮たのをほりこんで、食べる。ときどき社長や重役が気まぐれを起して入ってくると電流が走ってみんな黙りこんだ。退社時刻は五時だけれど、何となくグズグズして六時か六時半まで待ち、梅田まで歩いて地下におりてトリスバーに入り、何杯かひっかけるというのが習慣になった。宣伝部の部屋にはウィスキーでもブランデーでもごろごろと瓶があるけれど、そして五時以後ならいくらでもおおっぴらに飲めるけれど、一つの心理があって、身銭を切らなければ飲んだ気になれないのである。映画会社の試写室でタダで見る映画がつまらないのと似た心理である。サラリーマン暮しをすると、上役や仲間と口をきかなければならず、内気の過敏症には苦痛でならないが、酒にそそのかされて、少しずつ殻から外へ歩きだすことができるようになった。

毎月、月末になると、規則正しく月給をもらえることになった。その額は他社とくらべて多過ぎもせず少過ぎもしない。暮しの必要条件はどうにかみたしてくれるけれど、十分条件をみたすことにはならない。しかし、つつましく、おとなしく、何事も人並みにやっていたら、忍耐についてはいささか訓練が積んであるので、何とかやっていける。ブタの尻《し》ッ尾《ぽ》を食べなくてもいいし、焦躁の青い火で正面とお尻の下からあぶりたてられなくてもよくなった。おかげで卑屈さが少しずつ下潮《さげしお》のようにひきはじめ、かわりに月賦で背広一式を買おうか、それとも電気冷蔵庫にしようかという打算がこころを占めるようになった。それまではこころそのものが鬼火と感じられ、すべてが非定形でとらえようがなかったのに、何かの凝固剤を注入されたかのように形が、数字が登場して、威力をふるいはじめた。氾濫であった水がパイプのなかを流れるようになったのである。それは何よりもまず酒の飲み方にあらわれた。それまではミナミの千日前のパイ飲屋で焼酎をすすりつつドテ焼の串を頰張ったものだけれど、そのあいだのべつにポケットのなかの銭を指さきでかぞえていなければ安心できなかった。そして心細さがわくわくと脛《すね》を這いのぼっておちおちとしていられず、一杯目がすんだところで二杯目を注文したものかどうか、苦慮また苦慮であった。しかし、いっぱしのサラリーマンになってからは、いきつけの店ができたうえにツケがきくようになったので、少くともカウンターに肘をつくことができるようになり、どう肘をついたものかと姿勢を考えることができるようになった。酒のサカナの最高はドテ焼でもなければ噂さに聞く西洋松露入りのストラスブールのフォア・グラでもなく、いささかのゆとりをもって肘のちょっとそばにおいた自身のこころであるということに気がついた。仕事の出来ぐあいや、人間の出入りや、うまくわたりあえたかどうか、いつもどこかにほろにがい味の漂うその日一日の後味を聞きつつ飲むものであるらしいと、やっと端緒がつかめたような気がした。本の構造でいえば、どうにかこうにか〝はしがき〟や〝序〟が読めるようになったというところである。

しかし、だからといって、古人のいう〝安心立命〟からは、はるかにこころは遠かった。一皮を剝ぐと、すぐにつぎの一皮があらわれる。あらわれたままでじっとしていてくれたらいいが、その質と量が見きわめられないうちに、おれをどうしてくれるのだと、せがみはじめる。一つの原則をどうにかこうにかこころに強制して納得させたと思ったら、思いもかけない例外がつぎつぎに登場してくる。原則に執していいのか、例外に執していいのか、それがわからなくなり、ときあって沸騰してくると、原則そのものが朦朧となってしまう。ときあってどころではない。のべつである。崩れたこころを容赦なく足もとに吹きつける冬風の鋭さでどうにかこうにか支えてドテ焼を頰張っていた身分が、まがりなりにも〝バー〟に出没、明滅するようになると、飲みつけたグラスが新しいグラスに変った瞬間、冷んやりと硬くひきしまって気持のいい唇への一触、その瞬間に、生涯はこれできまってしまったのだという思いに襲われる。何もかもが見えてしまうように感じられる一瞬があるのだ。それが何度もかさねているうちに、一瞬どころではなくなり、夜の地下の酒場で発火したものが白昼に燃えうつって、新聞用の広告のたわごとをあれかこれかと苦吟しているさなかにも、顔をつきつけてくるのである。その顔はまじまじと直視するしかなく、眼のそらしようもない。朝の十時か。午後の三時。いたたまれなくなって席をたち、階段をおりて、歩道へ出ていき、いいかげんな喫茶店へいって、コーヒーをすったり、甘ったるいケーキを食べたりして、眼をそらすことにふける。しかし、喫茶店から出てオフィスにもどるとき、直視の鋭さは避けられたとしても、いやらしい後味はのこっていて、どこまでもつきまとってくる。一生、こうなのか。ただ繰りかえすだけなのか。昼のうちは会社でたわごとを書くことにふけり、夜はバーでぐずぐずしたあと家にもどって本を読むだけなのか。それで終っちまうんだな？……

　毎朝、淀屋橋の地下鉄の出口から歩道へおしだされ、とことこ歩いて、一つの橋にくる。それをわたったすぐのところにベチャ・ビルがある。会社の古風で小さな、暗い入口がある。そこへ入るまえに橋の上に佇んで、ちょっと待つ。堂島川は両岸をしっかりコンクリートで固めてあるので、〝川〟というよりは〝溝〟である。両側には草もなければ、土もなく、水中には藻が生えていないし、乱杭も見られない。しかし、橋の手すりにもたれてしばらく待っていると、川下からよちよちと一隻の手漕ぎの古舟があがってくる。おっさんはあちらへよろよろ、こちらへよろよろと一本櫓《ろ》を操って寄っていき、水中から木の枝をたばねたオダをひきあげる。オダの下に網を持っていってオダをバタバタふると、網にウナギが落ちる。そのウナギをおっさんは破れかぶれの竹籠にさりげなくほりこみ、ゆらゆらと舟を漕いで上流へのぼっていく。この川漁師を見るのが毎日の愉しみとなった。少し早く橋につくと、おっさんと舟が見えるまで、いつまでも待ち、ウナギがたくさんとれるかどうかを見とどけてから、橋をわたって会社の暗い入口へ入っていくという習慣になった。ただ何となくそうせずにいられなくなったのでそうするまでのことなのだが、ウナギが二匹か三匹かと気になりはするものの、清潔な朝の日光とよごれた水という光景のなかで、おっさんの腕や、肩や、腰がどうごくか、それを見とどけずにはうごけない。もしおっさんが予想外の数のウナギをとると、何かいい日になりそうな気持になって歩きだすことができる。

同人雑誌はとっくに解散し、同人はちりぢりばらばらになり、古寺に集って焼酎をすすりながら議論に没頭するということもなくなった。同人雑誌を送って思いがけず東京の佐々木基一《きいち》氏から励ましの手紙を頂き、何か書けたら送ってみるようにとの言葉を頂いたので習作をいくつか送り、『近代文学』に発表してもらったが、活字になったのを読みかえしてみると赤面するしかない幼稚さであった。その『近代文学』も発行が間遠になり、とぎれがちである。何よりかより、書きたい衝動が消えてしまい、何を、どう書いていいかもわからず、書けないことの煩悶や焦躁も感じない。もちろん作家になりたいという気持の起りようがなく、ウィスキーの宣伝文を書くだけが精いっぱいのところである。ほかには何の技も能もないので、これにしがみつくしかなく、一生酒浸りで終ってしまうことと、思いきめていた。毎夜、毎夜、本を読むことだけは中毒になったみたいで、手あたり次第にめちゃな乱読、雑読にふける。そして何を読んでも、すべては書かれつくしてしまった、あらゆる発想で書きたいように書かれてしまったと思うしかなかった。ごくたまに何か書いてみようかと思うことがあるが、書きだしの一語、一行はことごとくどこかで読んだ他人の文ばかりで、そのとめどなさに圧倒され、窒息してしまって、ペンをとりあげることすらできない。それまでとはちがった質の憂鬱と倦怠があらわれて澱みこみ、腐潮が体内につまって、顔をあげる気力もなかった。

この頃、一つの声を聞いた。

それまでに味わった肉体労働の経験によると仕事が単純であればあるだけ疲労しやすいが、午前十時頃と午後三時頃にもっとも濃くなる。ことに午後三時の疲労は濃くて深く、思わず顎をだしてしまいたくなる。それはサラリーマン生活でもほぼおなじだとわかった。三時頃になると、誰いうともなく席を一人たち、二人たちして喫茶店へ出かける。喫茶店はどこもかしこもあちらこちらから落ちこぼれてきたサラリーマンで満員になり、人声とタバコの煙りがたちこめて始発駅のようなにぎやかさである。そのせいか、どうか。この時間帯のどこかで、ビルのなかの物音という物音がいっさいがっさい途絶えてしまうような瞬間を味わうことがある。人声、タイプライターの音、靴音など、何もかも消えてしまうような瞬間である。ものうい気遠さがたちこめて、机のまわりに澱む。全市が表通りでも、露地のゴミ箱のかげでも、このとき一瞬、仮死に陥ちこむのではあるまいかと感じられる。それからいっせいに響きと怒りがよみがえり、人も市も声も黄昏めざして足音たてて走りだす。

ある日の午後、そんな時間帯にトイレに入って薄暗がりにしゃがみこんでいると、となりの箱に誰かの入ってくる物音がした。壁が薄いのでその男の動作がひとつひとつ眼に見えるようによくわかる。男は自分ひとりだと思いこんでいるらしく、のびのびと深い長嘆息をひとつ、大声にだしてやり、用を足して水を流して出ていった。その長嘆息にうたれた。会社、喫茶店、バー、満員電車、家庭、どんな場所でも洩らしたことのない声をそれと知らずに男は洩らしてしまったのではあるまいか。その声には、あてどない嫌悪、呪咀、疲弊、憂愁、自棄などのすべてがこもっていた。重荷を投げだしたいのに投げだせなくている男の熟しきった嘆息であった。体内のどこかまさぐりようのない奥処《おくが》、くねくねと曲りに曲った腸の迷路に何日となくたまっていた泡がゆらゆらと昇ってきて唇ではじけたかのように聞えた。その朦朧としているけれど露骨で憚かることのない深切さにうたれ、たちあがりかけていたのに思わずもとの姿勢にもどって、しゃがみこんでしまった。

これも一匹の修羅なのか？……

＊

ようやく顔なじみになってツケのきくようになったバーへ谷沢《たにざわ》永一をつれだし、壁に貼ってあるカクテルのメニュを上から順に一つずつ飲んでみる。はじめからそんなつもりではなかったのだが、飲んでいるうちにむらむらとなってきたので、どこまで飲めるか、やってみるかということになった。マーティニのジンも、マンハッタンのウィスキーも、ことごとく自分の勤める会社の製品である。そこで、マーティニのドライをやり、つぎにマーティニのスイートをやり、そのつぎにマンハッタンのドライ、そのつぎがマンハッタンのスイート、サイドカー、スクリュー・ドライヴァー、シンガポール・スリング、ジン・フィズ、ラム・コリンズ……どこまでやれたのか、どちらが勝ったのか、そのあと、どうなったのか、何もわからない。翌朝はひどい脱水症状で体がカラカラに乾き、頭痛、吐気、胃がタオルをしぼるように三分おきにねじりあげられ、あちらこちらの筋肉がひき裂かれるような疼痛で音をたてていた。額、肘、脛など、いたるところにひどい鬱血やカスリ傷があってしくしく痛み、血だらけになっていたが、どこでどうなったのか、まったく思い出せなかった。この頃の二日酔いは肉体的苦痛もさることながら、精神的嘔吐におそわれて眼も口もあけられないのが特徴だったけれど、このときのばかりは記憶が一切消滅しているので、精神的も何もあったものではなかった。ひたすら肉体の青い廃墟であった。（英語の〝青い《ブルー》〟には〝憂鬱〟をさす場合があるとか）。

それからしばらくたって、ある日の午後、谷沢が電話してきて、何も説明せず、夕方の六時に道頓堀《どうとんぼり》の喫茶店の『ドガ』へ来てくれとのことである。いわれるままにいってみると、谷沢がニコニコ笑いながら一人のくたびれきった、やせこけた中年男にひきあわせてくれたが、何やら眼つきも口調もこそこそして落着かないおっさんであった。おっさんは谷沢をふりかえって、二人も五人も値段はおなじなんやから、もっとたくさんお友達を呼んだらどうですねッと、不平がましい口調で呟やいた。谷沢はそれをなだめて、マ、マ、ええやないの、玉代はハズむよってにといいくるめて、店を出た。タクシーに乗ってあちらこちらくねくねと走ったあげく、天下茶屋《てんがちゃや》あたりでおり、一見して焼残りとわかる、ひどい棟割長屋の一軒につれこまれた。おっさんはガタピシの戸に鍵をかけてから、家にあがると、裸電燈をつけ、押入れから脂《あぶら》と垢《あか》で革のように光るせんべいぶとんをひきずりだして部屋にひろげ、シャツもズボンもぬいで全裸になった。同時にどこからか、これまたおなじくらいにやせこけてくたびれた中年女があらわれ、何もいわず、眼を伏せたままで全裸になり、おっさんに組み敷かれるままになった。

他家の夫婦の媾合を見るのはこれがはじめてのことであったが、陰惨とも無残ともつかず、眼をそむけたくなるのについつい見てしまわずにはいられない光景であった。男も女も侮辱に侮辱され、奪われに奪われた体をしていて、どこもかしこも乾からびて萎び、女の胸は肋骨が浮きだして一本ずつかぞえられるほどだし、乳房となるとズズ黒い、皺だらけのボタンが二コついていると思ったら乳首だったというような乾燥ぶりであった。ひとつまみの粗い、乾いたモズクのような恥毛のかげに腐りかかった蟹の鋏のような唇があってだらしなくのび、そこへ男がともすれば萎えがちな陰茎を片手でしごきしごき、むりやりおえさせて挿入するのだった。女の萎びた下腹には盲腸の手術の白い傷痕があり、それにかぶさる男の薄い背にはとげとげしく肩甲骨がたっている。この二人がもだもだと、裸電球のしたでもつれあう光景は、『病草紙』か『地獄草紙』の餓鬼さながらであった。

谷沢は手帳の頁《ページ》を一枚破って、

「直行挺身」

と書いてよこした。

わからなくて、

「……？」

顔をあげた。

谷沢は低く笑い、

「香港渡りの春本にそう書いてあったんや」

といった。

つぎに男が体を起してセンベイぶとんにあぐらをかき、そこへ女をまたがらせた。女は終始、眼を閉じたままでいたが、その頃になっていくらか汗ばみはじめ、藁のような髪が滴《しずく》にとらわれて額に張りついた。それを見て男は手をのばし、指さきでそっと髪をとってやり、女の頭へ撫でつけた。その指さきはありありと〝夫〟のものであった。このいじらしさを一瞥すると、それまで肉にひびいていた荒寥が、ふいに音たてて骨に食いこんだ。

谷沢はもう一枚、紙をやぶり、

「飛雲飜天」

と書いてよこした。

思わず、

「ヒウン？　ホンテン？」

声をだそうとすると、谷沢はにわかに眼に威迫をこめ、笑うな、笑《わろ》てはいかん、こらえてほしいなと、低い声を凄ませた。

それから彼はうなだれ、低い、低い声で、ときどき夫婦のほうを見やりながら、剰余価値学説について講義をはじめた。この男が議論をはじめるといきつくところまでいきつかせるしかないと、身にしみてわかっているので、理解できようができまいが、ただ頷いて聞くしかない。Ｅ・Ｈ・カーの『マルクス』を読むと、剰余価値学説が科学的に完全に誤謬であるとの説が展開してあった。それはみごとな正々堂々の論破といってよいものであるが、この際重要なのはカーが自分をマルクス以上のマルキシストだと規定しながらやっているという一点なのだ。マルクス以上のマルキシストがマルキシズムが科学であるという核心の論拠を完膚なきまでに叩いているのだ。この一点に凡百のマルクス解釈に発見できない鋭さと魅力がある。傑出しているんだ。これにはつくづく教えられたな。おれはもう読んだから近日中にとりにこい。あれはええ本や。書棚にのこしておきたい稀れな本の一冊やな。これからカーの本は全部読むぞ。『ロマン的亡命者』はすでに読んだが、つぎが『バクーニン』。そのつぎが『ドストイェフスキー』や。おれは脱帽や。世のなかにはえらいやつがいよるわ……

　ふと気がついて眼をあげると、居茶臼をしていたはずの男女が二人とも消え、センベイぶとんがテラテラと、毛ばだって湿めった古畳にひろがっているきりであった。まっ暗な、じめじめした台所で、何やら夫婦のくぐもった声がし、どこを洗っているのだろうか、じゃぼじゃぼと水の音がする。谷沢は古畳から『飛雲翻天』と書いた紙をとりあげ、

「誇張が激しすぎるけれど」

と呟やいた。

そこで、

「文字の民やで、中国人は」

というと、

「うン」

と素直に頷いた。

*

堂島界隈の新聞社の記者たちが、外見上何の特色もなくてただベチャッとしているというのでベチャ・ビルと仇名をつけたビルの、四階の、倉庫みたいに暗い部屋をベニヤ板でさらに二つ、三つと仕切った、その一つの仕切りが仕事場である。ウナギの、というよりはドジョウの寝床といいたいぐらいに細くて狭い仕切りである。そのベニヤ板の壁に向って木の古机が三つ、四つ並んでいて、窓ぎわの上座には新聞社を定年退職した栗林老がすわり、つぎの席にこの社の戦前からの文案屋の渡辺老がすわっている。この二人の老は一日じゅうしんねりむっつりとすわりこみ、ときどき栓のゆるんだ水道から滴が洩れ落ちるような小声で関東大震災や敗戦当日のことなど話しあい、ぬるくなった粗茶をすすってホ、ホ、ホと低く笑いあうだけである。渡辺老は戦前の宣伝合戦時代を生きぬいてきたはずなのだから後輩に何やかやと文案作法を教えてくれていいはずだけれど、何を聞いてもウヤムヤで終ってしまうので、そのうち質問することをやめてしまった。栗林老は趣味が能楽であるが、話をしてくれるのは、もっぱら現役の記者時代に出会ったあれこれの有名人の言説と私生活のチグハグぶりの挿話で、しばしば辛辣味がヒリヒリきいて面白いのだが、ひとしきり身ぶり手ぶり入りで話したあと品のわるい軽さでニヒリスティックにへ、へ、へとおでこをたたいて笑うために、効果が殺されてしまうきらいがある。

ほぼおなじ時期にまったくべつべつのルートから入社した、同年輩の、いわば同期生たちが、退屈して、このドジョウの寝床に入ってきては出ていく。ナオタン・杉木直也は北海道出身者だけれど音楽学校の声楽科でテノールを勉強していたのが転向して日大の写真科に入ってコマーシャル・フォトを専攻して卒業したという経歴の持主である。カルーソがアーヴィング・ペンになったというところなのだが、一杯飲ませるとバーの壁が崩れ落ちそうな朗々とした声で『オ・ソレ・ミオ』を歌ってくれた。どちらかといえば両棲類か爬虫類に近いギョロリとした出目だが、人の顔をみたとたんにネジを巻かれた何かの玩具のようにはしゃぎだしてみんなを笑わせ、昂揚させる徳質があった。しかし、一人でいるところをふとかいま見ると、思わず眼をそむけたくなるような陰惨で孤独な顔をしていることがあって、ハッとならされる。

つぎにいつ見ても退屈そのものといった眼つきで小エンサイ・坂根進がぶらぶらとやってくる。東京の『主婦之友』の編集部で働らいていたのが、何かの事情で都落ちしてきたらしい人物であるが、何を聞いても、ア、ソレ、僕知ッテルといって説明できるので、度重なるうちにみんな呆れてしまい、エンサイクロペディアと仇名をつけたのだが、これではいかにも長くて呼びにくいので、小エンサイということになった。私生活の話をことごとく避けるという奇癖があり、何でもかんでも打明けずにいられないナオタン君と好一対であった。しかし、憂き世の義理人情の消息と理解にかけてはしたたかに身銭を切って習得した気配があり、人知れぬ陰徳に心を砕く美質では第一人者であった。同期生の誰よりも傑出しておとなであった。たまたま何かの話のはずみに彼の父と亡父とが大阪のおなじ小学校でおなじ時期に教員をしていたことが判明して、すっかり仲よくなった。写真、油絵、木版、何でもこいの才人で、あるときベン・ニコルソンのスキラ版の画集を与えられ、このタッチでウィスキーの蒸溜塔を描いてごらんと宿題を出され、一週間目にハイといってさしだしたカンバスを見て、全員、息を呑んでしまった。レプリカ(複製)、贋造、詐欺にかけてはイタリア人が昔から名声をほしいままにしているが、この男の血管にはイタリア人の血が半分以上流れているのではあるまいかと、人びとは畏れた。

以上の二人とぬるくなった粗茶をすすりつつ、ナオタンには女の話、小エンサイにはとりとめないけれど何やら痛烈な話をかわるがわる耳に注入されるまま、謹聴していると、眉も、眼も、鼻も秀麗で白皙のリョッペイ・柳原良平がやってくる。これは京都の美大を卒業してから三和銀行という、デザイナーとしてはこの上なく冴えないところでアルバイトに画を描いているうちに、その直属の親玉の山崎隆夫が佐治敬三にトレードされて銀行からウィスキー屋の重役・宣伝部長にと転向して引越したときにオマケとしていっしょについてきた秀才であった。山崎隆夫は彼に黒・灰・白の三つの色層だけで紙を切りぬいて貼りつけて画にすることを指示し、毎日、リョッペイはカミソリの刃で色紙を切りぬくことに没頭していた。その画は清潔で、明晰で、汚れて重い臓腑が何もなく、まったく晴朗であった。みんなでそそのかしてあるとき、御芽子や肛門や臍を描かせ、いや、切らせてみたことがあるが、出来上ったのを見ると、ユーモアと晴朗があるばかりで、汚穢《おわい》も陰湿もないので、一同すっかり感じ入ってしまったことがある。船と港の気ちがいであることが、やがてわかったが、ナオタンが女の話に夢中になっているあいだ、この男はしんねりと関西風そのものの口調ではにかみつつ、コーベでもええ、ヨコハマでもええ、港がみおろせるところに家を建てて居室の窓から夜ごとの出船入船の灯さえ見られたら、もう死んでもええねンと、繰返しつづけるのだった。そのうち結婚することになり、よくよく話しあったところ、女はあのあたりに男とおなじように二つの穴しか持っていないと信じこんでいることがわかり、それが結婚二ヵ月前のことなので、一同、びっくりして声を呑んでしまった。リョッペイは赤ン坊が御叱呼の出るところから這いだしてくるのだと思いこんでいたらしいのである。一同の顔を、とくにナオタンの顔を一瞥して、リョッペイはしまったと思い、あわてて、おぼつかない口調で、

「穴は三つや、三つ。三つや！」

と声を高くしたけれど、もう遅かった。

これらはすべて社の子飼いの社員ではなく、いわば傭兵隊のようなものであった。しかし、戦時中にたくさんの幹部社員を海外の戦場に送りだして散華《さんげ》させてしまったので、大半の他の会社とおなじく、この社もまたどこかよそから人材をトレードしてくるよりほかなかったのである。とりわけ宣伝部ではそうであった。渡辺老は多年の功労者ではあるけれど、サンショウウオのような天然記念物になりかかっているし、自身それを承

知の横顔と見られるのである。佐治敬三は父から事業を引継ぎはしたものの、今後の活路の重大な一つは宣伝にあると痛感していたかと思われるが、手駒が一つもないのだった。そしてそれは年配の男に求めるよりは、雲をつかんだのか雨をつかんだのかわからない若い世代に求めるしかないとさとり、彼よりほぼ十歳ぐらい年少のヤング世代にカンをたてたのだった。そのヤングにしたって、ナオタンは東京から大阪までおりてきたけれど、写真をとるにも何にも、社内にはスタジオもなければカメラもないというていたらく。そして宣伝部という名はあっても宣伝部長がいないというていたらくなのだった。そこで敬三はどこからどう聞きこんだのかわからないけれど三和銀行へ出かけてのんびりと日曜画業にふけっている上品で端正な山崎隆夫を口説きおとしてひっこぬいてきたのだった。その山崎氏は手下のアルバイト画学生のリョッペイをつれて銀行からウィスキー屋へ引越してきたのであった。

　この人は見るからに上品で端正な芦屋の紳士だったので、一同、ひとまずは畏服するしかなかった。しかし、うかつにさわればガラス細工か砂糖菓子のように壊れそうな外見なのに、よくよく一皮も二皮も剥いて接してみると、なかなかにタフで、太っ腹なところがあり、寛大と包容力があるので、一同よくなついた。しかし、小出楢重《こいでならしげ》の親近な弟子であったこの人は、思考や感覚に飛躍というものがいかに大事であるかを、茶飲話によく知らせてくれた。父と息子ぐらいの年齢のひらきがあるはずなのに、この人と話をしていると、まったくそのひらきを感じさせられることがなく、文体、音節、光線反射、どんなテーマで語らせても、つねに答を持っていたし、ためらうときは率直にいっしょにためらってくれた。ただ、酒を嗜《たし》なまないという奇癖があり、そのせいかどうか、茶にジンを生《き》のままそそいだのがうまいと言い張って、それを〝茶ジン〟といって世間に広めようとか、酔うときまってフランス語で、〝イレ・マラ(彼は病気です)〟と口走り、ひとりでくすくす笑うという癖もあった。

栗林老は陽当りのわるい窓ぎわに老眼鏡をかけ、猫背になってすわりこみ、全国の酒問屋と小売店向けのためのPR雑誌を編集していた。メーカーの宣伝と販売促進のための薄い雑誌だったが、企画もレイ・アウトも老にふさわしく野暮で、古臭くて、月並みそのものであった。けれどしばらくしてからそれにグラビア頁を入れ、売上成績のいい小売店の店頭写真と店主の談話を掲載することになった。そのために北海道、東北、関東と、各地区ごとに訪問して歩かねばならなくなった。薄暗くて狭いドジョウの寝床から出て旅行ができるのは何といってもありがたいので一も二もなくひきうけたけれど、店頭の写真をどうとっていいのかわからない。するとナオタンがどこからか安物で中古の二眼レフのカメラを持ってきて、フィルムの挿入から何から、すべてを手をとって教えてくれた。とりわけ酒屋のショーウィンドーを撮影するときはフラッシュを使わねばなるまいが、正面からやると閃光が写ってダメになる。45度見当で右か左に寄ってやると閃光が逃げてきれいに写ると教えてくれた。

「お絞りは8でいい」

「お絞りは8と」

「お時間は1/25でいいナ」

「お時間は1/25と」

「露出計も何もいらないよ」

「いつでもどこでもお絞りは8やな」

「バッチリ」

「お絞りは8と」

「そういうこと」

ナオタンは精悍で脂っぽい顔にあくびまじりの微笑を浮べてそう教えてくれたので、それ以後、全国を8と1/25だけで歩きまわり、何とか毎号のグラビア頁を作りつづけた。なおナオタンは東京へいったら池袋の喫茶店ならどこ、新宿のトリスバーならどこへいったらいい女の子がいるとも教えてくれ、顔の広いところを見せた。この男の行動圏の広いことにはおどろかされるが、東京から大阪へ落ちてきたばかりで大阪のことは何もわからないというふれこみだった時期に、某夜たまたま酔ったまぎれに飛田《とびた》へひやかしに出かけたところ、ある店のピンクに染まった入口にたっていた女がいきなり、若わかしい、はずんだ声で、杉木さああんッと叫んで道へとびだしてきたことがあった。ナオタンは一瞥するなりキャッとも声をださないで一目散に疾走して消えてしまい、一同笑いころげて倒れそうになった。田舎の温泉旅館に出かけて大浴場に浸っているうちに壁の向うの女の声にふらふらとなり、全裸のまま仕切りの岩によじのぼり、天井と岩の狭いすきまに入りこんで覗きをやっているうちに湯気で蒸されて半ば失神し、全身スリ傷だらけになって息絶え絶えになっておりてきたのもこの男であった。しかし、ときどき、たとえばセックスのさなかにシューベルトの『鱒』をかけるとリズムが体に入って凄い感動があるというようなことを口走って、一滴の煌《きら》めく光りを雑談に落してくれることもあるので、みんなに愛されている。

(……ルドルフ・ゼルキンがピアノをひいているこの曲を後年になってあらためて聞いてみると、「水を足で濁されたばかりに餌に食いついて釣りあげられてしまう」一匹の鱒を描いたにしては壮烈と森厳があって、ベッド・サイド・ミュージックにはとてもなるまいと思われるのだが)。

＊

繁昌している酒屋の店主は風貌、言説、どれをとっても似たようなものなので、青森だろうと、鹿児島だろうと、ほとんど変るところがなかった。訪問を終って大阪のベチャ・ビルにもどってからフィルムを現像して文章をどう書きわけるかだけに努力がかかっている仕事のようであった。しかし、どこでも機転と正直と勤勉の話を聞かされるだけなのに8と1/25を終って旅館に入ると、夕食もそこそこに寝床にもぐりこんでしまいたい疲弊を感じさせられる。女中が夕食の給仕についてくれるのもわずらわしくてならず、どこでも、ひとりでやるからといって追いかえし、終った食膳を廊下に出して、這うようにして寝床にもぐりこんでしまう。パリパリと音をたてそうな、新鮮な、純白の、角のたったシーツにもぐりこむと、思わず知らず呻めきたくなるような歓びがこみあげてくる。ただの酒店の善良で小心な店主とかいなでに話しあっただけなのにどうしてそれほどくたくたになってしまうのか、説明のしようがないのだが、シーツのなかに手と足をのばすと、血管にさざ波をたてて歓びが走ってひろがっていくのをおぼえ、眼があたたかくとけてくれる。

旅さきの旅館での甘睡はどれほど深くても仮死であり、仮睡にすぎないことは感知できるが、知らない川の音や山風のひびきのなかでのそれには、まるで空中に漂っているようなのびやかさがあり、深く浸透してくる。深夜や朝に眼がさめて自身がどこにいるのかを思いだせなくてキョトキョトする疎外の感触も魅力であった。ほとんどいきずりの挨拶にすぎないような接触のしかたしかないのにこれだけくたびれてしまうのなら、そのあとにくる眠りにこそ今後のこころの技がひそめられていそうに感じられるが、これはどう磨いてよいのか、とらえようもなく、暗示もなかった。ひからびた海綿が水を吸うように眠りをむさぼるしかなかった。しばしば酒屋を出て旅館へ向う途中でくたびれた映画館を見つけて入りこむことがあったが、終って道へ出てみると、まるで異星に来たような淋しさをおぼえさせられて、ふるえそうになることもあった。その新鮮と不安には指紋のない深さがある。それはひょっとしたら自身を追いぬいた瞬間であるかもしれなかった。

*

たしか高知市だったと思う。ある酒屋を訪れ、いつものように主人の話を聞き、そのあとでショーウィンドーにウィスキー瓶を盛大に飾って写真をとろうとすると、その主人が謙虚な人で、うちの店なんか、とおっしゃる。うちの店なんか小さくて汚なくて、とても写真にとれたもんではありませんと、辞退なさるのである。何度頭をさげてたのんでもしぶとくそう言い張る。そこでせっぱづまり、励ますつもりで、いえ大丈夫です、写真にとれば何でもきれいに写るんです、馬糞でもおまんじゅうみたいに写るんですからと、口走ってしまった。主人はニコニコ笑い、やっとその気になったらしくて、ショーウィンドーにウィスキー瓶を並べはじめた。しかし、それをいつもの8と1/25で撮影しながらも、馬糞といってしまったことが気になって気になって、いてもたってもいられなかった。あたふたと用件をすませて店をとびだし、道を歩きながら、ア、チ、チ、と口走らずにはいられなかった。その頃、何かはずかしいことを思いだすと、熱い薬罐にふれたみたいになって、口にだしてそういうのが癖になっていたのである。そして三日に一度はきっと何かそういうことが発生するのだった。一度トゲが刺さるといつまでも肉から抜けようとせず、じくじくと膿んで血が流れつづけ、泥のなかをころげまわるか、いきなり全速でかけだすか、焦躁であぶりたてられた。

　駅へかけつけて、飛乗るようにして汽車にとびこんだけれど、その日の午後いっぱいと夜ふけまで、口のなかで、ア、チ、チといいつづけた。汽車は海岸から平野、平野から山へ入り、深い森と山のなかを各駅停車しつつ縦走しつづけた。深夜にどこかの駅にとまると、窓外に深い谷と尨大な夜の気配がたちこめ、紙屑や弁当ガラの散乱した車内ではあるが、ボタン一箇がどこかに落ちても大音響になりそうな静寂があった。そのとき、ずっとかなたの森で、何かの鋭い鳴声がひびき、一度きりで消えた。向いの席にすわっていた老婆が暗い窓をちらと見て、ひとりごとのように、

「ヤエンじゃ」

と呟やき、そのまま頭をたれて、眠りをつづけた。

どうやらこのあたりには野生のサルが棲んでいるらしかった。一度きりでその鳴声は終ってしまったけれど、ガラスについた何かの傷痕のように、夜に、長い、鋭い、深い爪跡がのこった。それはふるいたっている純潔であり、威迫的なのにきわだって孤独な声であった。その日一日つづいた羞恥と焦躁がその声で奇妙に消え、熱を持った傷口が冷めたく洗われて、これも消えた。

*

函館、小樽、札幌と、酒屋から酒屋へ歩きまわるうち、ある酒屋の主人に、今、知床

一帯に流氷がおしかけてきてるから見にいってごらんなさいとすすめられた。そこで札幌から釧路まで汽車でいき、釧路から羅臼までいく長距離トラックの運転台に合乗りさせてもらって、知床半島まで深雪のなかを出かけた。右が荒涼としたオホーツク海で左が雪原だけという光景がいつまでもつづき、空は晴れたり曇ったりの一日であった。ときどき低く垂れた乱雲から陽が射すと、雪原のかなたの広い白樺林がキラキラと輝やき、何百本と数知れない幹が、純白の清冽で豊麗な反射でいっせいに煌めきたった。かなりの背もあり深さもある林なのにその光りの乱舞は少女たちの合唱の声のように感じられた。

このときはじめて流氷なるものを目撃したのだが、小さな漁港の突堤に氷の巨塊がよじのぼり、その背にまたつぎの巨塊がよじのぼりして、まるでマンモスの乱闘、格闘を見るようであった。沖までの海面をぎっしり氷が埋め、寡黙だけれど不屈の精力で海を追いやり、その力動は一瞬もやむことがないのだった。たえまなくどこかで家ほどもある氷塊が港へしぶきをたててころがり落ち、暗い空に響きがこだましつづける。そして氷塊は白いだけではなく、ときたま陽が射したときにわかることだけれど、傷口、裂け め、罅《ひび》などに光が乱反射して無数の色価の青が煌めき、一瞬ごとに明滅するのである。青という色が何種類、何段階あることか、数えようもない。氷塊があまりに巨大で非定形で凸凹《でこぼこ》だらけなので、峰や、峡谷や、崖や、平原などが見られ、それ自体が一つの国と見えることもある。果てしない面積が叛乱、抗争、雌伏、敗北、隠忍のあらゆる顔と姿態にみたされ、オホーツク海は声にみちみちているのだった。

漁師の家と家のあいだのくねくねした魚臭い小道をたどって小さな旅館に入ったが、夜は吹雪と強風になり、徹夜で一瞬の休みもなく風が吹きつづけた。家のすぐ背後にまで迫った山脈に風がぶつかって渦や反流の混沌が狂奔しつづけた。その精悍な怒号を寝床のなかで聞いていると今にも屋根がむしりとられるか、壁が剝ぎとられるかと気が気でなく、ひとりでに体が硬直した。翌朝は快晴になり、つるつるする雪道を靴で踏みしめ踏みしめ歩いていくと、冷気と日光で眼が痛くなった。しかしこの土地を占める徹底的なものは体内を通過するときに草一本ものこしてくれず、酷烈が究まって爽快が生ずる。あちらこちらで歓声がわきたつのを聞くようですらあった。少年時代のいつからか巣喰うことになった、日頃はどこかに顔をかくしている荒地願望がにわかに解放され、内と外の圧力がひとしくなり、潮位が一致して、荒寥しかない外界に豊饒をおぼえさせられるのだった。トラックの運転手と落ちあうことになっている時刻まではまだ少し時間があったので、町と海岸を見ようと思って歩いていると、ある崖っぷちに生えている何かの枯木が氷花を満開させていた。昨夜の吹雪が枝にぶつかった瞬間に凍結したのか、枝という枝に氷がつき、日光を浴びて淡麗、豊満に輝やいている。氷なのにまるで満開の桜のように柔らかく、淡く、あたたかそうに煌めきわたり、いまにも花吹雪を散らしそうである。いたずらっぽさや、朗らかさや、ふとした瞬間には肉も血もある淫蕩をすら感じさせられる。

荒い石の渚へおりていくと、ここでは無数の細片となった氷がとけたシャーベットになってゆっくりと強力に広い背をもたげて波うち、ささやき声をたてつつ南へ流れていた。氷片と氷片がぶつかりあって少女のようにささやきあいつつ、はしゃぎあいつつ、速く、冷めたく、塩辛く、ヨードのきつい匂いをたてて、流れていた。空いっぱいにみなぎるささやき声というものもあるのだと、はじめて教えられ、茫然とならされた。これには何かがありそうだった。むきだしだがおしつけがましくない、一歩手前まで迫ってたちどまり、名をあたえられるのを待っているものがあるようだった。

＊

〝人疲れ〟とか〝対人疲労〟などという言葉はあったようでもあり、なかったようでもある。しかし、生きていくしかないとわかり、それには人とまじわりあうしかないとわかり、好き嫌いを言っていられないとわかってサラリーマン生活に少しずつなじんでいったのだったが、いつからか、一日に会う人は三人までと内心できめるようになった。この三人は毎日、顔を会わせる仲間をのぞいて、ということになるだろうか。顔なじみの薄い人やまったくの新顔の人は一日に三人までである。それだけでへとへとになる。夕方になるとはっきりその疲労だと感知できるものが体内に澱み、ろくに口もきけなくなる。顎が出そうになるのである。何を話しあってこんなにくたびれるのだろうかと考えてみるけれど、たいていはろくに思いだすこともできないような挨拶、世間話、雑談、冗談ばかりである。疲労に形がなくて泥のように手ごたえがないから、どの人、どの話から、どれだけ毒をうけたのか、まさぐりようがない。どんな気の使いかたをしたからこうくたびれるのかということもまさぐりようがない。どうやら自身でそれと知覚できないままに自家中毒を起しているらしいが、人と会えばきっとそうなるとわかると、これからさきどうしたものか、朦朧とした恐怖をおぼえさせられる。

宣伝部という部屋は業種と思考の異なる人種がたくさん出入りするところで、たいていは新聞社、出版社、広告代理店などだが、ときには千三屋《せんみつ》じみたのや、千三屋そのものなども出入りする。一発山当てをたくらむこと自体は真摯であって足が地についているように思われるけれど、企画そのものが何やらおかしいと感じさせられるといった思考を頭につめたのがやってくる。ウィスキーにブレンドするニュートラル・アルコールをとったあとの、いわば〝屑〟のアルコールでヘヤトニックをつくったらどうやろか、とか。チューインガムにブランデーやウィスキーをまぜたら子供のほかに大人にも売れるのゝとちゃいますやろか、とか。キャンディーの殻でウィスキーを包むウィスキー・ボンボンが売れるんならヨーカンやウイローにもウィスキーをまぜたら祇園《ぎおん》のお座敷で歓迎されまっせ、とか。これらを頭から千三屋万八扱いして一蹴するのはたいへんなまちがいで、しばしばガラクタと思われる企画のなかに時代の感覚をつかんだものもあるはずなので、過去のヒット商品や大発明にはしばしばそういう黄金伝説があるから、逃げてばかりいられない。時代感覚なるものは鳥の影か少女の心のようにつかみにくくて、ただ〝カン〟にたよるしかないという特性を持っている。しかし、インスピレーションは九九パーセントのパースピレーション（発汗）だという名言もあるのだから、地道でまっとうな経験と努力で養成するしかないのでもある。それやこれやを思いあわせた結果、ためしにチューインガムを嚙みつつウィスキーをすってみたり、ヨーカンを食べつつブランデーを飲んでみたり……何しろこの会社の創立者である先代の座右銘が〝やってみなはれ〟であると聞かされる。それは現代訳すると、〝Do it yourself!〟ということになるであろうから。そして、すべて〝プロ〟というものは好きだ嫌いだで泣言をいってはならぬとされているのだから、甘党とも辛党ともつかぬ人体実験も拒んではいけないのだった。

焼酎と日本酒とビールを向うにまわしてやっとヨチヨチ歩きをはじめたばかりの二級ウィスキーを売りこむにはどうしたらいいか。他業種の製品を宣伝で嘲罵することは法に触れるので、焼酎よりはウィスキーのほうがシャレてると匂わせねばならず、日本酒にくらべればこちらはいちいちオカンしなくてもいいし、オツマミに気を使うこともいらないし、後口が熟柿《じゅくし》くさくないと並べたてるのはいいけれど、〝日本酒にくらべれば〟の一言をいってはならない。熟柿くさくないといったあとで、〝だからキッスが歓迎される〟と一発つっこみたいところはこらえなければならない。つぎにビールを意識するときは、おなかが張りませんとか、トイレが近くなりませんなどぐらいにしておいて、これまたあからさまに相違を訴求することは許されないのである。あれを考え、これを思案したあげく、どうにかこうにかキャッチ・フレーズをひねりだして、となりの机に送ると、リョッペイが安全カミソリで紙を切抜いて、貼付けて、画にして、製版屋にわたす。製版屋は何社も入っているが、そのうちの一人の中年がかったおっさんは、お祭りをいたしたあとすかさず欠かさず、きっと、無理でもいいから女房をせきたてて御吒呼させたら絶対妊娠なんて起らないと信じこんでいるのだった。焼酎でもない、日本酒でもない、ビールでもないと必死になって考えこんでいるよこへやってきて、いつもきまじめそのものの顔と眼で、そんなことを、ひそひそブツブツと説きつづけるのだった。（……大学で贋《にせ》学生だったときに、一人の友人が、いつも恋人と交歓するとき避妊用ゼリーを口に含みあってからいたすことにしてるんやけど、あれは泡がたってたってかなわんなァと述懐を洩らすのを聞いたことがある。カニの交合のようなその光景が眼に見えたものだから、思わず笑いだして倒れそうになったけれど。この製版屋も、友人も、お話にならないでたらめをやりながら、女を妊娠させないという最終点では幸運でありつづけたらしいのだが、ときにはそんなことも起り得るらしい）。

会社でも酒場でもしじゅうバーテンダーと顔をあわせることになり、挨拶のしかた、冗談のいいかた、話の裏の読みかたなどを言わず語らずのうちに教えられることとなった。戦前の銀座のバーはジョニー・ウォーカーの黒と、オールド・パーと、キング・オブ・キングスの三つがあればやれたので、当時〝ジョニ黒パーにオブ・キング〟という通り言葉があったもんですなどというカタコトから授業された。どの分野でも職業に犯されてしまう人はかならずあり、ひょっとしたらすべてのサラリーマンはそうであると極言してもいいかと痛感させられるが、この分野ではそれがアル中だった。毎夜毎夜酔っぱらいを相手にしているうちにどうしても飲みすぎることとなり、その疲労が回復しないうちに翌日の夜、また飲み、ということを十二ヵ月ぶっつづけ、それを何年となく、十何年となく、何十年となく続行するのだから、ときにはゴミ屑になった肝臓を顔いちめんにさらけだしているようなバーテンダーの顔を見ることがある。そんな一人が、ときどき、白昼に会社へあらわれ、とりとめもない冗談や世間話をしてひっそりと消えていく。ときにはきつくて鋭い酒精の匂いをたてているが、そうでない場合のほうが多かったと思う。毒にも薬にもならない冗談をいって力弱く笑っている彼の顔いちめんに赤い毛細血管が浮きだし、肝臓はすでに硬化したうえにぼろぼろになり、脳もそろそろ犯されかかっているらしい気配であるが、何の用もないのにふらふら彼がそんな時間に出歩いているのは、ただひたすら白昼の日光の無残さと焦躁に耐えられなくなってのことではあるまいかと、考えたかった。もうその肝臓は照りも艶も失い、粘液と血にまみれているはずの体内でカサカサに乾き、水とアルコールを分離することすらできなくなっているのではあるまいか。澱んだ皮膚や、ねじれた肉や、皺ばんだ粘膜などをすかして肝臓そのものが肉眼で透視できそうであった。顔が肝臓そのものになってしまっているので、とくにレントゲンを意識した眼になるまでもないと思われた。職業なるものがきっと分泌せずにはいられない毒をこれほど浴びているあらわな心はそれまでに見たことがなかったので、彼がお愛想笑いを浮べつつ部屋に入ってくるたび、眼をさりげなくそむけずにはいられなかった。いつからともなく彼は現われなくなり、その後しばらくしてから、いつとなく、どこかで、死んだと聞かされる。

ナベちゃんもまた、どこからともなくやってきた。これは三十代、四十代、五十代と何歳にでも見ようと思えば見える風貌の男で、やせて、小柄で、貧相だった。どこからどこまで貧弱でみすぼらしかった。禿げかかった才槌《さいづち》頭から薄くちびた下駄をひっかけている素足までまッ黒に日焼けしているが、日本郵船の外洋航路の船のバーでバーテンダーをやっているときにインド洋でやられましてㇳというのが口癖だった。誰もまともにとるものはいなかったが、本人はいつまでもそういいつづけた。若い復員兵が特攻隊だったといい、南方帰りはガダルカナルだったといいたがるみたいに、バーテンダーはよく郵船あがりだといいたがり、その数のおびただしさからすると、いったい日本郵船には何隻の外洋航路船があったのだろうといぶかりたくなる。ナベちゃんは屋台でバーをやってみてはどうだろうかというアイデアにとりつかれ、その屋台の飾りになるものがほしくてやってきたのである。そこで部屋のすみっこで埃りまみれになっているスコッチの木箱や金属盆などのガラクタを提供した。曾根崎の病院の塀に水道栓のついているところがあるので、水はそれを拝借すれば万事解決だという。これはブランデー・ヨーカンよりはしっかりしているし、すぐに実現できそうなアイデアのように思えたので、リョッペイと二人で〝ローやん〟を寄附してやることにした。これは敗戦直後に給料が現物給与だった頃の名残で、組合がウィスキーをつくって社員に配給し、社員はそれを闇市なり飲み屋なりへめいめい売って金にかえるという仕組みになっており、ブランドを〝ローモンド〟という。スコットランドのローモンド湖からとった名だけれど、みんなは〝ローやん〟と呼んだ。このローやんは金色の一角竜をあしらった、立派なレッテルをつけられているが、瓶がまちまちで、カナディアンやバーボンの瓶につめられることもあった。空瓶回収業者の持ちこむままの瓶につめられるのでそんなことになるのである。もうひとつ伝説があって、工場でオールドを瓶詰したあとにお余りが出るとすかさずローやんに回すため、ローやんはそのときそのときで味が異なるんや、とまことしやかな神話がささやかれている。瓶も味もまちまちだというのはいかにもこの時代の子らしくてみんなにかわいがられているのだった。このローやんの配給切符を五枚ずつだしあい、リョッペイと二人で計十本買い、ナベちゃんに開店記念としてプレゼントした。

指定の日にキタの新地の指定の場所へいって待っていると、黄昏の人ごみのなかをナベちゃんがどこからともなく屋台をゴロゴロ押しつつあらわれた。十三《じゅうそう》の親分から賃借りで借りた屋台で、淀川をこえて半日がかりで押してきたんですわと、どちらかといえばバーテンダーというよりはタコ焼屋か屑拾いにしたほうが似あいそうな顔に、ナベちゃんは、お人よしだけれどいささか底のヌケた、たよりない微笑を浮べ、グフッ、グフッと笑った。さっそく三人して屋台をおして病院の塀の水道栓のところへ持っていった。ツンツン生臭く匂うカーバイト・ランプの灯をつけ、カチ割りの氷をグラスに入れ、ローやんをそそぎ、サクラとして立飲みをはじめたが、どういうものか、客が寄りつこうとしない。そのうちあたりにはタコ焼屋、串カツ屋、オデン屋などの屋台が出てきたので、タコ焼をサカナにすることにしたが、これはチューインガムとウィスキーという組合わせとおっつかっつ、おかしなものだった。そのうちこちらがバーテンになってナベちゃんを客にしたり、また元通りに客になってみたり、屋台のあちら側とこちら側をぐるぐる出たり入ったりしているうちにすっかり酔っぱらってしまい、何が何だか、毎度おなじみの天地晦冥《かいめい》。混沌無明。わいは日本一の屋台バーの王様やで。そのうち全国にチェーン店を出しまっせ。見てとくなはれ。やったるワイ。どこか頭上の遠くでナベちゃんがいささかお脳のあたたかい、子供っぽい声で吠えさかるのが聞えたけれど、どういうブレンドなのか、このときのローやんは足にからんで骨と肉をぬいてくれた。濡れ雑巾みたいになってくなくなと塀の下の闇に沈んでしまった。

……

うるわしの
　ロッホ・ローモンドよ

うろおぼえのスコットランド民謡をうたっているつもりだけれど、残飯とドブの、甘い、つんつんする匂いのたちこめる闇のなかでは、歌ともつかず、呟やきともつかなかった。自分の声なのにまるで他人の声のように聞えた。誰か他人が、どこか遠くの、あたたかいらしい薄明のなかで、陽気に呻めいているようだった。

＊

人の一生は愚行の連鎖にほかならない。とは言い古されたマキシムだが、いくら言い古されても減らず、変らず、カビが生えることもない。東京支店へ転勤になると、毎月ごとに仕事が増え、愚行の輪の数もそれだけ増えた。新聞、週刊誌、月刊誌、ポスター、電車の中吊り、ラジオ、テレビ、あらゆる媒体の数が全国で増えつづけ、毎月、出稿の量と金額も飛躍し、右から左へコピーを書きとばしても追っつかなかった。二級ウィスキーそのものが売れはじめ、はじまったとなるとたちまち洪水のように全国の夜を浸しにかかったのだった。同時にヤング向のバーがネオンに輝やくカビの大群落となって登場し、ヤングだけでなく、中年者から初老までが出没しはじめた。そこでこれらのバーに無料でエンタテインメントのポケット雑誌をつくって配布したところ、これに人気が出て、号ごとに三万、五万、七万……とめどなく部数がのびはじめた。もともとコピーを書きまくる片手間にはじめた仕事だったから、ゆっくりと御叱呼の水切りもたのしめないくらい多忙になってきた。仕事と仕事のあいだにはきっと汚泥のような、形のない倦怠が顔をだして、こちらをまじまじと直視した。暇を見ては読む、眺める、聴く、考える、感ずるにふけるけれど、そのうらにはいつも虚無と焦躁がある。何を投げこんでもたちまちふやけるか、解体してしまい、踏みこたえる足場も手がかりもなかった。いつも渚の水ぎわに佇んで裸足の足のうらを砂がとどめようなく流れていくのをただ感ずるままでいるしかない。

大阪から持ってきた習癖はそのまま東京でもつづいた。夕方六時になるとへとへとにくたびれるので、東京駅まで歩いていき、八重洲口界隈のバーに入る。カウンターの内部を覗くと無数のコップが何列にもなってぎっしり並べられ、口までいっぱいに氷片がつめてある。その上にウィスキーの瓶を一回一回注《つ》ぐというよりは手早く走らせるようにして一周させ、ついでタンサンをジャブ、ジャブとついでいく。広告では、これは水やタンサンに溺れるウィスキーではありません、となっているが、沸騰するタンサンのためにウィスキーがおしだされてコップのふちでよろめいている。五杯、六杯飲んでもきくものではなく、この目薬ハイボールでキックやビートを感じようとすると、よほどやらないことにはだめである。それから銀座、新宿、渋谷……とめどなくハシゴし、家に帰りつくのはたいてい終電以後になる。そのまま寝床にたおれこんで翌日は宿酔《ふつかよい》の吐気と頭痛と精神的汚物で眼も口もあけていられない。これが毎日毎夜つづく。自分が何も信じないで宣伝するウィスキーで泥酔してしかもいちいち身銭を切ってそうなのだから、愚行の連鎖もちょっと念入りのしろものであった。

製版屋のおっさんの顔は変ったけれど、顔なじみになって仲よくなると、さっそく薄笑いを浮べてエロ写真を持ちこんだり、ブルー・フィルムに誘ったり、変った花電車が見つかったから一席持ちましょうなどと言寄ってくる。どれもこれも似たようなのばかりで、血が煮えるどころか、わびしさや荒寥におそわれるだけである。それでも、ほかに何の気晴しもないので、ついつい誘われたらついていかずにはいられない。荒寥に骨を嚙まれでもしないことには日々にけじめをつける痛覚が何もないので、つぎつぎと輪をつなぎつづける。女の不幸を覗いて歩くだけというのは視姦とでも呼ばれる行動であるだろうが、汚辱が汚辱をさそいこみ、ここでまたしても汚辱に一つの心地よさをおぼえることになる。ひとつひどいのを見ると、もっとひどいのはないかとさがすようになる。一滴すると底まで飲みほしたくなる。

〝赤線〟が廃止された余波なのか、それともお座敷遊びの一種なのか。一人のポン引きが二人の女をつれて註文先へ白昼に出前するというのがあった。近所の寿司屋の二階の一室などを借り、真夏の午後三時頃に雨戸をたてきって、クーラーも何もない部屋にフトンを敷き、汗だくになって見物する。肉も毛もとぼしい、若い女が全裸になって、下の口でバナナをどうかしたり、リンゴの切身を二つに割ったり、小ぶりの夏ミカンを呑んだり吐いたり、卵を飛ばしたりする。仰向けになって女が両手をうしろについて体を支え、腿を大きくひらき、腰で反動をつけ、エイッと声をあげてひとふりすると、ゆで卵が飛びだすのである。たいていはゆで卵であって、生卵というのは一度も見たことがない。それはよろよろと飛んで、ちょっとはなれたところにおいた座ぶとんにポトリと落ちる。それから全裸の女二人が抱擁しあい、上になったり下になったり、男役、女役をかわりあいつつ、デュエットをはじめる。箸を心棒にして厚く綿を巻きつけ、二つの先端を丸くし、両方からコンドームをかぶせた物を使う。それをおたがいの女陰に入れたまま、つまり二人の腰をぴったりくっつけあったままでつぎからつぎへ姿態を変えるのだが、そのあいだ一度も棒を取落すことがなく、はずすこともなく、はずれそうになるのを手でささえるということもしない。これにはスピードと流暢さがあり、鍛練がまざまざと見られ、淫猥は感じられない。ひょっとしたら何かの舞台に出せるかもしれない〝芸〟の芽生えがある。ゆで卵やリンゴの切身は芸というよりは即自的でありすぎるけれど、これは対自にさしかかったものと見てよろしいか。

夜になりきった時刻に浅草のそれらしき表通りを歩き、声をかけられたい肩つきをよそおってぶらぶらいくと、電柱や看板のかげからひそひそ声のネズミ鳴きで、お客さん、お客さんとか、旦那・社長・大統領とつづけざまにいって、声をかけてくる者がある。だまってその者のあとについていくと、表通りから横町に入り、露地をぬけ、裏町をくぐって、だんだん暗い一画に入っていく。たいてい曲り角では冬だと焚火をしていて、二、三人の浮浪者風が佇んでいる。それが歩哨役であるらしく、何やら低く声をかけあって、すれちがう。門燈も何もついていない、暗い家の戸をあけてつれこまれる。ネズミ鳴きはそこで消え、奥からその家の主人らしいのが出てきて、階段をあがり、二階へ案内する。ほの暗い、小さな電燈が赤ちゃけて毛ばだった古畳を照らしている。台があって中古の映写機がすえつけられ、すでにフィルムがセットしてある。サラリーマンの宴会くずれが二、三人、壁にもたれたり、いびきをかいたりしているが、みんなさりげなく眼をそむけあってだんまりである。主人が電燈を消し、映写機のスイッチを入れ、階下へおりていく。壁や古襖《ふるぶすま》に傷だらけのシーンがふるえつつ映り、カタカタと走りはじめる。複写のとりすぎと使いすぎのために男と女のけじめもつきかね、ゴボウと男根のけじめもつきかねるようなフィルムである。どこかで映写機がとまると客の誰かが立って電燈をつけ、みんな集ってきてだんまりのままあちらこちらいじってなおしてしまう。カタカタ音たてて うごきだすと、だんまりのまま、みんなもとの位置にもどる。誰かが電燈を消す。

ポン引き、シロシロの女たち、シロクロの男と女、歩哨の男、誰も彼も直視の眼を持たなかった。眼をそらすという気配も感じさせずに眼をそらし、それでいてすべてを見とどけているらしいそぶりがあった。絵でいえば遠景でもなければ近景でもないどこかを見ている眼である。そんな眼で若い、みすぼらしい女が全裸になり、女陰に何枚もの硬貨を入れ、客の註文によって二枚ふりだしてみせたり、四枚ふりだしてみせたりする。部屋のすみにラーメン鉢がおいてあり、さめきったダシにナルト巻がひときれ浮いていたりする。女が腰をゆっくりとふると、硬貨のふれあう音が洩れる。膜、肉、袋、皮膚などをくぐり、ひめやかな、くぐもった、口のなかの呟やきのような音が聞える。嘆くのでもなければ訴えているのでもない、つつましやかで荒寥とした音が、夜ふけに、鳴る。女がどすんッと足を踏むと硬貨が古畳に散らばる。

「ちきしょう、めんすのあとだから」

女は低い声で罵る。

「たるみやがって」

びちゃびちゃと下腹をたたいて、罵る。

＊

東京湾に直結する運河がすぐ近くに澱んでいるごみごみした下町のさなかに東京支店がある。それはただの木造二階建で、入口はバネで開閉する二枚のガラス戸で、金箔の横文字でウィスキーの名前が入り、〝世界の名酒〟と和文字も入っている。一歩入ると、一瞥で営業部も経理課も見渡すことができ、顔や帳簿の林立があって、トイレへの入路らしき裏口があり、ついでにそこが何やら薄暗くて樟脳の匂いがしそうなことも一瞬にわかることになっている。ちょっと奥に支店長室があって、いささか小肥りの年配の人物が水袋みたいに柔らかくふくれて垂れかかった腹をベルトで締めあげ、それをゆすりあげつつちょこまかと出入りしているのが見られる。その支店長室といってもただの机とソファがひとつあるきりで、ソファはスプリングがとびだし気味になっているので、腰をおろすときにはよくよく用心しなければならなかった。

よたよたの木造の階段があって二階へ通ずる。ここは宣伝部の部屋になっていて、画集、ケント紙、絵具、パネル写真、酒瓶、グラスなどが散乱するままに散乱し、机と机がとけあっていて、雪崩《なだ》れるままの事物のなかでけじめがつかなくなっている。そこに何人かの男女の顔が明滅し、フクロネズミのように下頰のぽっちゃりふくれた小娘の顔があったり、シッカリ一本槍のこわばった美女の顔があったりする。ムッツリふさぎきりの小エンサイや、明朗なリョッペイや、脂っぽいナオタンのギョロ眼があったり、なかったりする。誰かが声をあげて階下から二段飛びに階段をあがってくると、家全体がゆらゆらぐらつきそうになる。トイレに入った誰かが紙のないのを発見して思わず〝紙イッ！〟と叫んだらそこらにいる誰かがハイと叫んでかけだしてくれそうである。机はすべて木製だし、椅子も木製だし、みんなひしめきあっているので、いそいで誰かの背後を小走りに走ろうとするとその男のすわっている椅子にひっかかり、肩にさわり、ときにはその男を回転椅子ごとひっかけてグルリと回してしまわなければならなくなる。そのとき〝痛いッ！〟というのを〝アウチ！〟、〝アッ！〟というのを〝ウァウッ！〟と英語で唇に出せば、とっさの瞬間に出る言葉は真に肉化された言葉であるだろうから、ウィスキーを日本で売る会社の社員としては、それがほんとの社員だということになるのだという半冗談があった。

右隣りはウナギ屋、左隣りはオートバイ屋である。名刺印刷屋、革細工屋、ラーメン屋など、下町の家がひしめきあってめいめいの匂いや音をたてているが、正午頃になると、きまってオデン屋がプオオオッッッとラッパの音をたててやってくる。これは夜になって酒飲みがもつれあう屋台ではなくて、正直《せいちょく》な小市民が昼飯をつくる手間をはぶいてオカズを買うためのオデン屋である。酒を持たないオデン屋である。ラッパの音がすると条件反射のように名刺印刷屋の娘やオートバイ屋のオバサンたちが鍋を片手にかけつけてきて、ツミレだ、ハンペンだ、コブ巻きを入れてね、などと、買っていく。その一騒動が終るのを見越してから、ゆるゆると繰りだし、銅の風呂のなかで浮沈しているアオヤギだの、ツミレだの、ダシのしみかたをとつおいつ右から左から眺めてよくよく吟味してから、皿にとってもらうのだった。よく熟したコニャックは大ぶりの腹のふくらんだスニフター・グラスにちょっぴりと入れ、そのグラスの内壁にまんべんなくまぶしてから、掌でグラスをあたためて香りのたつのを待ち、一口ずつ、ちびりちびりとするもんです。そのあとちょっと一口、よく冷えた、カルキの匂いのしない、いい水で舌を洗うと、つぎの一滴がまたよろしい。コニャックのレッテルにV・S・O・Pとあるのは英語読みならVery Superior Old Paleということで、人工着色してないという意味だという説があります。フランス語読みならVieux Sans Opinions Politiqueといい、政治的意見に関係なく古稀なんだという説があります。どちらをとるかは、よしなに。つい、いまさきまで、そんなことを書くか、考えるかしていたのをけろりと忘れ、冬風の迷う、埃りっぽい町角で足踏みしながら、ダシはアオヤギかホタテか、どちらにしみてるか、の吟味にふけるのだった。

散歩といえるほどに歩くまでもないところに運河があって、いつもたくさんの頑健そうな団平船がひしめきあいつつ浮んでいる。運河の水は黒く、暗く、兇悪そうで、どんよりと澱み、無口な巨漢が強烈な意志をおしかくして俯伏せになっているかのようである。夏の夕方になって太平洋と東京湾から尨大な力で潮がおしあげられ、この運河の水位があがり、ヘドロの悪臭が下町一帯にただよいはじめると、あらゆる家から人のとびだしてくる気配がし、路上でわいわいがやがやと不平を鳴らしあう声が窓ガラスにひびいてくる。悪臭はどこからともなく侵入し、すべての事物にしみこみ、壁、本、インキ瓶、机、いっさいがっさいが二日酔いの口臭のようにその悪臭を吞吐し、呼吸するかのようである。その悪臭は有機的でもあり無機的でもあり、人臭くもあるが化学臭くもあり、トーキョーそのものの汚臭であり、汚行であり、文明の貪婪、奢侈、偽善、偽悪、必死、謙虚、真情、虚無、いっさいの、なれの果ての匂いだった。ねばねばした匂いになってその潮は運河からあふれて上陸し、夏の黄昏の汗と湿気のなかを力強く行進し、アミーバのように足をひろげてあらゆるすきまに浸透し、眼も口もあけていられなくなる。みんな口ぐちに何か声をあげて椅子からたちあがり、そそくさと階段をかけおりて、東京駅めがけて去っていく。それを見送りながら、ぐらぐらの回転椅子にもたれ、茶渋の輪のついた茶碗で手もとにある瓶からついですする。ウィスキーも、ジンも、かまったことではない。氷も入れず、水割りにもせず、生《き》のままで、すする。その一滴一滴にもヘドロの汚臭がしみこみ、腐った硫酸といいたくなるような味である。それでもアルコールであることはあるから、西部劇なら、傷口を洗うのにいいや、ぐらいの科白《せりふ》になるであろうか。ジンをジンにしているのはジュニパー（杜松《ねず》）の実の香りであって、まっとうに処理された作品なら海辺の早朝の爽快な松林が連想されそうだが、なまぬるくてどんよりしたこの一滴は、むしろ、硝酸に近い。それも陰鬱で荒涼としたどこかの工場裏の空地に捨てられた瓶底にのこる一滴のようである。

いつもいそがしがっているナオタンが階段めがけて突進しようとして、ふと気がつき、二、三歩もどる姿勢になる。精悍に脂光りした額からどんぐり眼がこぼれおちそうになり、眼まで何やらねっとり光っている。何か、アテがあるのだ。

「こんなとこで飲んでるの？」

「うん」

「物好きだねェ」

「マゾヒズムの一種かね」

「ラク町にもブクロにもいい娘《こ》がいっぱいいるよ。紹介してあげるからさァ、こんなひどい匂いのするところで飲むの、およしよ。いっしょにいこうよ。一人、アブれるかもしれないから、回してあげる。そりゃいい娘《こ》。マキっていうの。気さくで、鷹揚で。メンはわるいし、ガクはないけど、そんなことどうだっていいやね。ネ。いこうよ」

「サンクス」

「いかない？」

「うん」

「じゃ。また」

ナオタンは、いうが速いか、汚臭を吸いこみたくない一心か、階段を音もたてずにかけおりていく。その後姿は後頭部も肩さきも、はずみにはずんで、力と脂にあふれ、煌《きら》めくようである。

毎夜のように飲み歩くけれど、いつも仲間内である。小エンサイ、リョッペイ、ナオタンなど、大阪からいっしょに転勤してきた老朋友《ラオポンユウ》ばかりである。東京に来てからたくさんの人に会っているけれど、友人らしい友人は一人もできない。これからもできそうに思えない。一日に三人の人に会うとそれだけで夕方には口もきけないくらい疲弊してしまうのだから、期待できそうにない。〝文案屋〟がそろそろ〝コピーライター〟と呼ばれるようになり、各社の同職人を集めて親睦会がつくられることとなって案内状をもらったので顔を出したことはあるけれど、それも一回きりである。べつに反感や反撥があるわけではなく、むしろ淋しさが疼《うず》くほどにうごいているのだが、出かけることを思うと、立ちあがるまえに坐ることを考えたくなるのである。人とまじわるときっとどこかで傷つかずにはいられず、疲れずにはいられないが、それを顔に出すことは憚られるので、にじんだ血は内に流れこむことになる。それが澱んで腐って膿になる。ときたまトイレの薄暗い鏡を見ると、やせこけて頬の肉が削《そ》げ落ち、骨と皮だけになった、幼稚なのにヒネた顔のなかで、狐疑と警戒で刑事のように鋭くとげとげしい眼ばかりが光り、おぞましさのあまり、一瞥で顔をそむけたくなる。できることなら母の子宮にもぐりこみなおしてあたたかい羊水にたっぷたっぷゆられつつうとうと眠りこけてすごしたい。もしくは石灰質の硬い殻のなかの柔らかい貝の肉となって静かな泥の寝床で暮し、何かの一言半句をまぎれこんだ砂粒の核として一生かかって分泌液で真珠に育てあげ、肉が滅びるのといっしょに誰に知られることもなく滅ぼしてしまいたい。

昔、谷沢永一の鳥の巣のような書斎で聞いたレコードの一枚では、ダミアが、ひび割れた生革のようなしゃがれ声で、うねるように歌っていたではないか。

Je suis
Comme un chien
Qui a perdu son maître

（わたしは
主人を失った
犬のようだ）

喪家《そうか》之《の》狗《いぬ》。

しかし、会社員であるしかないのなら、毎日、同僚と口をきき、上役の愚見を尊重するそぶりを見せながらスキをうかがって自身の愚見をさりげなく挿入する配慮に心を砕く気配りに生きるしかない。垢まみれではあるけれど同時に歯車としては油のよくきいた慣用語群のなかへ一つの砂粒か歯車かを新しく挿入しなければならないのである。人とまじわりたくない一心なのに一種の押込強盗のようなことをやってみたくなるのだし、やらねばならないのでもある。出世したいよりは、椅子のためというよりは、〝創意〟というものの抱く一種の自動律みたいなものである。精神の生理とでも呼ぶべきものだが、背後にはあてどない、とらえようのない、とりとめない反逆心もうごいている。

そのため、ある年の歳末、浅草の荒涼とした部屋で一枚の紙を買った。毛ばだった古畳に白紙をひろげ、四隅をピンで止め、そのうえに全裸のやせこけた女がしゃがみ、墨汁をたっぷり含ませた太い筆を女陰にくわえこんで、御叱呼をするようでもあるが四股《しこ》を踏むようでもあるポーズで、〝江戸一代女〟と書き流したり、〝寿〟と書き流したりしたうち、〝寿〟の一字を買いとったのである。それを翌日、会社へ持っていき、上役に、これはさる女流の能筆家に特別の好意で書いてもらったものです。篠田《しのだ》桃紅《とうこう》さんではありませんよ。その人はひたすら謙虚な人なので自分の字を使うのはいいけれど名前は出してくれるなと、おっしゃってます。これを全新聞の新年広告に全頁《ページ》大で使い、しかるべきキャッチ・フレーズをのせてみたいと思うのですが。といって頭をさげて、おずおず、さしだす。上役は紙をうけとって、つくづく眺め、

「ええ字やデ」

と呟やく。

よろこび勇んで、

「ちょっとしたもんでしょ?」

というと、沈痛に頷く。

「男の手で書いたみたいや」

なんとなくはずんで、

「そのあたりの風格です」

とそえる。

上役は朦朧とした眼つきで感じ入り、

「よっしゃ。これでいきぃな」

と呟やく。

二、三週間後に、杉並区向井町の、雑木林や、水田や、畑のまじった窪地にある、玩具のような社宅で眼をさますと、新年になっていて、午前十一時頃の爽やかな日光が畳に射している。二日酔いで頭痛と吐気がするのをこらえこらえフトンから体をのりだし、枕もとの新聞各種をひきよせてみると、何やら荘重晴朗なキャッチ・フレーズと〝寿〟

の大字が躍動しているのが、眼ヤニごしにおぼろに眼に入る。それを見とどけてホッと一息つき、アルコールの匂いが脱脂綿のようにしみこんだ寝床のなかへもう一度、沈みこむ。

ときたまだけれど、ビュッフェ式パーティーにどうしても顔を出さなければならないことがある。誰が、どこの国で思いついたのか、全世界で流行しているらしい。今ではこれ以外のパーティーの形式はあり得ないといわんばかりに流行している。これがまた苦手の一つであった。皿に料理をとって立ったまま食べていると、誰かが口をもぐもぐさせつつ寄ってきて、挨拶をする。そこであわててロースト・ビーフのひときれを呑みこみ、咽喉につかえそうになるのを無理に呑みくだし、イヤ、どうも、などと呟やく。相手の口のなかでマヨネーズやエビのフライなどが右に左にうごくのがあらわに目撃される。一瞥してうんざりして眼をそむけると、そこにも一人立っていてニヤニヤ笑い、口もとを見ると、どういう趣味の持主なのか、ゆで卵を含んでいて、ニコチンによごれた歯のなかで白身や黄身が唾液まじりにうごいているのが見え、これまたゲェとなる。しばしばそんな状態でしぶとくねちっこく自己紹介して話しかけてくるのもいて、そうなると、行方不明のその話が落着するまでひたすら礼を失しないようにロースト・ビーフなり、ゆで卵なりの移動を見つづけていなければならず、こちらの手のグラスを口にはこぶこともしなければならない。その人物は話しかけつつ、前後左右に浮沈明滅する知人の顔にも眼をキョロキョロさせているから、話をどこまで額面通りにうけとっていいのやら、まったく、まさぐりかねる。同時にこちらもその人の前後左右に明滅する、もぐもぐ口をうごかしている顔に眼を走らせなければならないのだから、イライラきょときょとのほかの何でもなくなり、食べたのやら、飲んだのやら、まるでけじめがつかなくなる。どうせパーティーの立話なのだからどうでもいいやと思ってはいても、しばしば重大な含みのあるテーマの発端をほのめかすものもいるので、何もかもを聞流しにしてしまうこともできないのである。それでいて翌日も、その翌日も、一週間、一ヵ月待っても電話してこようとしないで、それっきりというのも多いから、あとになってふりかえってみると、あのパーティーは神経症患者の一種の抑圧解放の集会ではなかったのか。集団ヒステリーではなかったのかと思えてくる。考える人には喜劇、感ずる人には悲劇というのがこの世なのだというマキシムをどこかで読まされたように思うが、立食パーティーでは瞬間があるだけで、考えこむこともできなければ感じこむこともできない。つまりそれは悲劇でもなければ喜劇でもなく、ただ破片の寄せ集めにすぎないのである。それでいいのさといえる人は自分を野暮だと思っていない人であるのだろうが、肉の切身やゆで卵が歯や舌の上で右に左にうごくのを露出することがダンディズムであるだろうか。とりわけ黄白色のねばねばしたマヨネーズやピンク色のエスパニョル・ソースが唾まじりでもぐもぐうごくのを直視しなければならない不快さとくると……

会社でも、こういうパーティーでも、満員電車でも、不快な人物、口をききたくない人物、わけもなく一途《いちず》に反感を抱きたくなる人物などに出会ったとき、微笑しながら苦痛をそっと処理する方法をいろいろと考えたが、結局のところ、その男の弔辞を頭のなかで組みたてて暗誦することにした。その男の顔の艶、皮膚のたるみ、姿勢などを見て、勝手に肝臓がわるいのじゃないかとか、もうすぐ腎臓がどうかなるのじゃないかなどと考え、その葬式にいったものと仮定して、どういう弔辞を読もうかと、あれこれ文飾を考えるのである。とっくに文学を断念して習作も書かず、同人雑誌の仲間にもならず、昔の文学友達とはことごとく切れてしまい、先輩の家に出入りすることもやめてしまったのが、そんな形式の短文や長文を書くことにふけりだしたのだった。これは途中で書き損じても原稿用紙を丸めて捨てる手間もいらないし、忘れてしまえばそれっきりのことなので、陰鬱な明朗さを味わうことができ、いつまでもやめられない趣味となってしみついてしまった。これをしも一種の暴力とするならば、すべての暴力が含む浄化力はやっぱり含まれているのであって、微笑のうちに相手を無化することができ、一息ついたり、逃げのびたりできるのである。しかし、これをうっかり誰かに打明けると、ただ微笑をうかべるだけで疑われることになるだろうから、けっして口から洩らしてはいけなかった。しばしば繰りかえしているうちに、べつにイヤな人物を前にしなくても、思いぞ屈してくると、あれこれの著名人を思い浮べて弔辞をつくってみることにもなった。ごく稀れにだが、満腔の敬意をこめて真摯そのもので考えることもあった。ごく、ごく稀れに。

ちょうど散歩にいいぐらいの距離のところに水天宮があり、その近くに寄席の『末広』があるので、ときどきウィスキーのポケット瓶をズボンの尻ポケットにねじこんで出かけた。ちらりほらりと入っている客はたいてい近所の小商店の旦那か大工の棟梁などで、銭湯帰りの老人が頭に濡れ手拭いをのせ、豆をつまみながらビールを飲んでいることもよくあった。和服の着方と坐り方がようやく身についたというだけの青弟子が師匠の口真似をするのが精いっぱいというヨタヨタ芸を入れかわり立ちかわりやってみせるが、客はむっつりだまりこくったきりで、誰一人として笑うものもなければ拍手もしない。なかには無遠慮に胴間声を張りあげて、ひっこみやがれ、とか、商売替えしろい、などとどなるのもいて、それを見るほうがよっぽど笑えるのだった。すみっこの壁ぎわへいってだらしなく寝そべり、センベイぶとんを二つに折って枕にし、ポケット瓶をちびちびすすっていると、またしても一生はもうこれできまってしまった、あとは繰りかえしがあるだけなんだという思いがこみあげてきて、胸苦しかった。青弟子の三文芸を聞いているうちに、上方落語のネタが江戸落語になると、ユーモアがウィットに変り、開いた笑いが閉じた笑いになり、全身の笑いが頭の笑いになるというようなことが読みとれたし、聞きとれた。しかし、頭と心をしばらくそのように使ってみても胸苦しさは変らなかった。豆腐屋のラッパ、母が子を呼ぶ声、女の子のママごとの笑声、魚屋の叫び、下町のにぎやかな、わきたつような黄昏の響きが薄い壁ごしに聞え、昼が夜へかけこんでいく足音を耳もとに聞くようである。粗くて、ざらついて、水っぽい二級ウィスキーの酔いで体がぼってりと火照り、何か叫びだしたいような、声にだして泣いてみたいような、えぐりたてられるような孤独と焦躁をおぼえる。いつごろから同棲するようになったのか、思いだすこともできないくらいの古なじみなのに、たったいま浴びせられた酸のようにヒリヒリしみこみ、いてもたってもいられない。そんなとき、いつか高座に出てきた老芸人は、ツルツルに光った禿頭に水のいっぱい入った一升瓶をのせ、ちょいちょいと頭をうごかして後頭部まで瓶に歩かせ、それをまたちょいちょい歩かせてもとの位置までもどし、一滴もこぼさなかった。終始一貫、だまりこくったきり。にがにがしく口を嚙みしめて、口上を何一つ言わず、半畳も入れず、御機嫌伺いもせず、それだけで芸を終ると一升瓶を片手にさげてひょこひょこと消えていった。思わず体を起してその後姿を見送ったものだったが、その一瞬には腐った硫酸のような倦怠がよほど後退していた。

秋や冬の黄昏もつらいが、もっとつらいのは夏である。天井で扇風機がゆっくりと回転し、席のあちらこちらで首振り式の扇風機が古リボンをなびかせているが、窓に西陽《にしび》があかあかと照りつけ、全身が汗まみれになって、海綿のかたまりになったようである。空虚が体いっぱいにひろがってのしかかり、ぐったりよこたわったままで、指一本持ちあげる気力もない。それでいてトゲトゲしさが内向してあちらこちらに傷ができ、じくじくと血や膿がにじみ、けだるさがたちこめてただれたようになる。ふしょうぶしょう半酔の体を持ちあげ、寄席から出て歩道を歩いていると、金魚売りの屈強な老人とすれちがう。二つのタライを一本の天秤棒でひっかけ、疲れたそぶりも見せずにひょいひょいと調子をとって苦もなく歩いていく。タライのなかでは清潔な水が揺れ、その揺れのままにたくさんの金魚がおっとりと揺れつつ小さな口で呼吸しているのが見える。タライのよく洗いさらして磨きこんだ木蓋にのせられた安物の金魚鉢がふれあって涼しい音をたてる。べこべこの凹凸のある、金魚も藻も歪みきって見える、どうしようもないくらいの粗製のガラス鉢なのに、水晶の鳴りあうような、澄んだ音をたてている。〝たまゆら〟という一瞬をさす単語は古代の素朴な磨きの勾玉《まがたま》と勾玉がふれあっておそらくはかすかな、聞きとりにくいほどの響きをたてることに由来したものと伝えられるが、この金魚鉢の爽やかなさざめきには少女の合唱のようなものがこめられている。惜しむことなく発散されている。こぼされるままにこぼされ、道に落ちるままにふりまかれ、滴がいつまでもそこに煌めいていそうである。

＊

その日、その日の宿酔の濃淡にあわせ、ひきつれたり、澱んだりするままに泡のような文章を書いて一日をすごす。痙攣と拡散の時代の申し子みたいなのが、この、コピーライターという職業であるらしかったが、いつもけだるくてならないので、新聞は読まなかった。満員電車の隣人がひろげている新聞や週刊誌を覗くともなく覗きこんで見出しを読むだけで十分だった。会社では仲間の誰彼《だれかれ》が茶飲話にニューズを喋りあっているので、それを聞くだけでたいてい間にあうのだった。新聞を読まないからといって〝バスに乗りおくれた〟という感覚は一度も起ったことがないし、時代にとりのこされたと感じたこともなかった。新聞を読む不快さやうっとうしさにくらべると、わからないニューズを他人にたずねて教えてもらうことなど、何でもなかった。むしろ、人によって一つのニューズがどう語りかえられるかを観察するほうがよほど面白かった。三人の人がいたら三種の新聞があるのだという定理がよくわかった。そしてその三種の新聞はたいていの場合、ネタになった新聞よりよほど面白いのでもあった。

新聞を読まない男が新聞記事に触発されて空想譚を書く気になり、それがきっかけで小説家になってしまったのは皮肉であった。悪魔の最大のトリックは悪魔など存在しないのだと人に思いこませることにあるという語法が西欧にあるらしいが、新聞記事を額面通りにうけとらないことで見識のあるところを見せているつもりなのに結局は新聞のいうとおりの見解を知らず知らずのうちに身につけてしまうというのが新聞の最大の毒であるという定理はそれに似たところがある。ひょっとしたらそのトリックにまざまざとひっかかってしまったのかもしれなかった。ある朝、駅、電車、会社、喫茶店、ウナ丼屋のどこかでたまたま読んだ新聞の動物学者の科学随筆に深くうたれ、その頁を破りとってポケットに入れ、何度となく読みかえした。その動物学者の確言するところによると、ササは一二〇年を周期にして実を結ぶとのことである。その実には小麦に匹敵するくらいの栄養があり、飢饉の年とその結実周期とが一致すれば救荒食物として歓迎される。天保七年がそれだったので飢えた農民たちはいっせいにササの実を煮て食べたという記録がのこっているくらいである。日本列島は小さいけれどその山野に自生するササがいっせいに結実すれば、その実の総トン数はめくらむような数字となるであろう。それがほったらかしのままにしておかれたら――そして事実、そうなるであろうが――野ネズミのために厖大な食糧庫が開かれることとなり、不屈の多産を特長とするその一族はたちまち繁殖して山野を蔽いつくすことになる。ササは一二〇年ごとに結実するのだから、その翌年は平年のままにもどり、ただのササとなり、一粒の実もつくらない。となると、冬をこしたネズミの洪水的な大群はどうなるのか。ふいに一二〇年ぶりに出現した、この、地下の、無意識の、不屈の、暗い力はどうやって解消されるのか？……

学者の文体に放射能があったのか、こちらの心の渇きに感度があったのか。ふいに閃光が射しこんで、一挙にイメージが浮きあがり、のしかかってきた。それは言葉でもなく、モラルでもなく、ドラマでもなかった。この小さな島国に湧出する、どこか遠い大陸の大平原を疾走するような小動物の大群というイメージそのものの抑圧力である。その大群がまざまざと目撃できたし、息遣いが感知できた。それは湿潤な抒情ともっとも急速に腐敗しやすい形容詞をいっさい抜いて筋肉そのものの文体で書かれなければならない物語のように思われた。この圧力を昇華するための排水路としてのストーリーやクライマックスや即興をどう配置するかを考えにかかると、爽やかな力強さが感じられた。満員電車の他人の息の匂いも苦にならず、午前十時と午後三時の窒息的な倦怠にもおびえなくてすみ、夕刻になると寄席にも酒場にもいかないで社宅へ飛んで帰った。野ネズミの性質や、毒薬の性能や、天敵との関係などについての文献をかたっぱしからむさぼり読んでストーリーを磨きこんだ。これは個人の心の内面に沈潜するための、求心力による物語ではなく、精密きわまりない因果律によって発生してその結果として浪費そのものとなって霧散してしまうエネルギーの諸相を、遠心力によって書く物語なのだった。自身の体重のために膝を折ってしまう巨人の物語のようでもある。ペストによって幾度となく荒廃させられた経験を持つヨーロッパにはネズミなり疫病なりをヒーローとした作品がいくつもあり、かつて読んだ記憶がつぎつぎと思いだされてペンをおさえにかかる。カミュには『ペスト』があるし、つい近頃なにげなく読んだピエル・ガスカールの短篇集にも『ガストン』というパリの下水道に出没する巨大なネズミを主人公にした一篇があっておびえさせられた。

それらを右に左にすりぬけすりぬけしてよろよろと進んでいかなければならなかった。目薬ハイボールでネズミが溺死してはならないので、毎夜の酒場浸りをぴたりとやめ、一歩も近づかないようにした。しかし、原稿を書くときにはちびりちびりとやるほうがいいことを発見した。言葉から言葉へ飛移るときには連想飛躍がなければならないが、それにはちびりちびりが不可欠だとわかる。しかし飲みすぎるとペンが走るから翌日みんな紙を丸めて捨ててしまわなければならず、この、飲みすぎず醒めすぎずこそ綱渡りなのだとわかった。また、粗製ウィスキーの、刃こぼれしたカンナで荒削りされたような、荒涼とした酔いざめには一種の力がひそんでいるので、それをうまく利用すると、力をこころへ移すことができるとも、発見した。急峻な酔いざめのがさがさした空虚に、何かの力が、未消化または未消火でのこっているらしいのである。これが日本酒やぶどう酒ではそうはいかない。これらの酒の、春の丘のように緩慢な酔いの上りと下りのあとでは、ことに上物になればなるだけ、愉悦だけが燃えて、あとには何ものこされないと、はじめて知った。酒精度の高い、安出来の、いやらしい蒸溜酒であるほどいいのだった。これは自身が創作欲にとりつかれてはじめてわかった酒の生理であったが、これが心と肉にしみついてはなれなくなってから本を読んでみると、いわゆる〝問題作〟と騒がれる作品にかぎって読後感は安出来の蒸溜酒にそっくりだとわかり、それまでに考えたこともなかった批評眼が胃の内壁に棲みつくようになった。

駅前の、ありきたりの文房具店で、ありきたりの四〇〇字詰原稿用紙を買ってきて、毎夜毎夜、安酒で舌と胃を荒削りして書いては破り、書いては破りを繰りかえした。それで一つの季節をまるまる空費して、どうにか一篇を仕上げることができたけれど、読みかえしてみると他人の眼で読むことができないほど自身に溺れているので、不満をおぼえながらもその正体が判明しない。そこで、とつおいつ迷いに迷ったあげく、もう何年も会わないですごしているけれど、佐々木基一氏のところへ持ちこむことにした。ローやんを手土産にして佐々木氏の家へいってみると、師は古典的な、みごとな、端正な美貌であらわれ、それを羞じるかのように酒を飲み、ちらちらと感じやすい上眼遣いになって微笑し、何故かわからないけれど、おどおどしてる印象をあたえるのだった。それで、こちらもおどおどしてしまって、おずおずと、あのォ、こんな物書いてしもたんですけれどといって生原稿をテーブルにおいた。すると師は、さらにおどおど端正な眼をはにかんでそらし、うん、読んでみようと、微笑して呟やいた。その言葉をうれしく感じながら、どこかで、ひょっとしたら師は年増女の艶っぽい未亡人につまみ食いされるのではあるまいか、ちらとそんな阿呆なことを考えた。

つぎにおずおずとローやんを一本、テーブルにおき、これはじつのところ一本ごとにブレンドがちがうという評判の、正体不明の、門外不出のウィスキーですがと説明した。師はさっそく栓を切ってグラスにそそぎ、ちびりと一口すすり、うるんだ大きな眼で、

「うん、まァ」

とあいまいなことを呟やいた。

しばらくたってから師から呼出しがかかり、原稿をまえにして、批評を頂いた。それ

は一言一言、痛烈に骨にひびき、すべて納得でき、頭をあげるゆとりもなかった。しかし、痛烈、正確をきわめて切りきざみながらも、師はどこかに皮一枚をのこして首を切ったというゆとりを感じさせ、その点でホッと一息つくことができた。そして、とっさに、書きかえられると感じられる部分があると同時に、どう書きかえていいのかわからないと感じられることもあり、ひりひりとしながらも朦朧となって、佐々木家を出た。

それからまた二ヵ月か三ヵ月、毎夜、時計職人のように猫背になって単語を組みあわせたり、ほぐしたりに没頭した。杉並区向井町の広い凹地は雑木林と畑と水田などが散らばり、田ンぼのなかに造成地があって、そこに新築の玩具のような家が四、五軒かたまって建っている。その一軒が社宅で、三室きりしかない。その一番奥の部屋のすみっこに床の間とも何ともつかない凹みがあるので、そこへ一閑張の机を持ちこみ、安物のカーテンをつるして妻や娘から姿をかくし、未明近くまで呻吟した。発光するほどの充実が体内のすみずみまでみなぎり、雨の夜に薄い壁ごしに雨滴が柔らかい土にしみていく気配を聞くともなく聞いていると、やっと自身にふさわしい仕事に出会えたような至福感があった。その夜、その夜の仕事が終って寝床にもぐりこんで枕に頭を落すとき、爽やかで新鮮な波が足もとからこみあげてきて、体をゆらりと優しく持ちあげ、広い背を見せてゆっくりと闇へ去っていくのが感じられた。しかし、それでいて小説家になろうという気持はほとんどなく、書きたいことを書きたいままに書くだけのことに満足、または執着しきっているにすぎなかった。だからあちらこちらの文学雑誌の新人賞に応募して原稿を出版社宛に郵送しようという考えはまったく起らなかった。第二稿がようやく完成したので佐々木基一氏宅へ持っていき、しばらくしてから師から『新日本文学』に発表ときまったという知らせをもらったとき、正直なところ、これはまたシケた雑誌だなと思うことは思ったけれど、恨めしいとも残念とも感じなかった。むしろ活字になるときまっただけで満足し、何もかも終ったと感じていた。東京で学生生活を送っていないのだから学校友達は一人もいず、同人雑誌仲間もまた一人もいないのだから、これだけでも必要十分以上の条件をみたしてもらえたのだと感謝のほかないのだった。もう二本、ローやんを師のところへ持っていくことにしよう。

ふたたび毎朝勤勉に出社し、毎夜だらしなく飲み歩く暮しが再開されたが、そのとたんに妙なことになった。『新日本文学』に掲載された作品がたまたま新聞の文芸時評欄で平野謙氏にとりあげられ、それをきっかけにして身辺がにわかに騒々しくなったのである。ドブくさい運河の近くのウナ丼屋のとなりの薄暗い木造二階建に『文学界』の西永達夫君がまず現われ、つぎに『新潮』の坂本忠雄君が現われた。そのたびに近くの喫茶店につれだされ、膝詰め談判で次作を書く気があるのかないのか、いや、次作を書け、かならず書け、〆切日は今月ならコレコレ、来月ならコレコレ、枚数、テーマ、一切たずねる必要をおぼえない、いいですね、また来ますよ。二人はべつべつの口でまったくおなじことをいって脅迫し、別れぎわにふいにそれまでとはうってかわって優しくおっとりとした微笑を浮べるのだったが、いかにもそれはいい家庭に育った、素養豊かな青年の微笑で、その点でもそっくりだった。脅迫してるときのヤクザがかった、あまり足が地についていない、偏執狂じみた眼つきという点でもそっくりで、一人に攻められたものか、二人に攻められたものか、よくわからないところがあった。何度会ってもそのたびうだうだと口ごもって不得要領なことばかりいってると、西永君は編集長のところへつれていった。この編集長は小柄だけれどしっかりした体つきの人物で、上林《かんばやし》吾郎と名乗り、京都がかった関西弁で訥々《とつとつ》とながら休みなく喋り、食いこんだり、考えこんだり、銹びついたりしてるスキをあたえないのだった。考えこんだあげくにやっと顔をあげて答えを述べようとすると、とっくにどこかへ一人で走ってしまって、フィリピンのリンガエン湾上陸作戦のときに浴びせられた猛射撃の話に夢中になっている。それでいて眼を見ると、すでに何かべつのことを追っかけにかかっているようないろが見える。関西人によくある〝いらち〟の典型のような人物で、手のつけようがないほど精悍で、ただ圧倒されるばかりであった。後日、西永君は薄笑いしながら、あの人は社内じゃ

〝丈夫一式の上林〟と呼ばれてる人物ですと、教えてくれた。

この編集長は、

「三度だけチャンスをあげます」

といった。

つぎからつぎへひっきりなしに話題を変えて、それも自問自答しながらの猛烈独白で、こちらの呼吸も返答もいっさいおかまいなしの訥弁の雄弁のさなかに、ふいに本題へもどってそんな一言を吐いた。何やら手袋を顔へたたきつけられたようでギョッとなり、いそいで顔をふりかえると、本人はニコニコ笑ってすでに話題をかえ、憂わしげな、それでいてなげやりな口調で、近年の日本茶の堕落ぶりをしきりに嘆いているのであった。何かしらそれは日本酒の堕落ぶりと平行線をたどっているとのことであるらしかった。

書きつづけようか。やめようか。書くことがあるのだろうか。ないのだろうか。あったとしてもつづけられるのだろうか。られないのだろうか。小説家になりたいのか。なりたくないのか。書け、書けと刺激を浴びせられるたびに、はじめのうちは一度書きあげればすべては終るのさと冷澄に達観して他人事のように聞き流していたのが、次第に崩れ、混乱し、熱い渦動がどこからともなくあらわれたり、心細く消えたりしはじめているところへ、この一言は闇夜の町角の曲りしなにふいに柔らかく無防備な横腹へ匕首《あいくち》を突きつけられたような迫力を浴びせかけてきた。その一言を吐いたときの編集長の針の尖端のような眼光と底冷えのしそうな声音《こわね》が、一瞬のことだったけれど、したたかな威迫となって、心身にひびいた。これはその夜の酒場でも、目薬ハイボールの泡音のなかでも、深夜のよろよろ歩きの野道でも、翌日も、翌々日も、忘れることができず、いつまでも耳にしみつき、おびえさせられると同時にそそりたてられるようでもある青銅盤の一打であった。やった本人がとっくに忘れ果ててしまっているかもしれないアムプロムプテュ(即興)の一節となった。では、少くとも、三度だけはやってみるか。応じてみるか。両面待ち、三面待ちの手ではなくて、たった一つの朦朧そのものの目に賭ける一点張りをやってみるか。ふらふらとそう思いきめてみると、いつごろから身についた衝迫か、先天性とも後天性ともつかず、日頃はどこにひそんでいるのやらまさぐりようもない破滅衝動が、ふいに、やたけたに、むらむらとこみあげ、顔を見せると同時に腰をおろして、うごかなくなってしまった。そこから眼に見えない菌糸のようなもの、気根のようなものがはびこりはじめた。

某日、喫茶店で、

「とにかく、やってみますか」

と呟やく。

西永君は、頷いて、

「そうこなくちゃ」

励ましてくれる。

とにもかくにも本を一冊作ろう。本一冊分に相当する枚数は四〇〇枚前後である。一篇を一〇〇枚前後とすると、四篇あればいい。そのうち一篇はすでにできたのだから、あと三篇書けばいい、ということになった。年内は十月に一篇、十二月に一篇、あとの一篇は年が明けてからあらためて相談しましょう。いいですね。チャンスは三度しかないそうですから。西永君は編集長にちょっと感染したらしい口調で一人でプランをたて、一人でダメ押しをし、威迫して帰っていった。

その年の夏から年末まで、サラリーマンと半熟の新人作家の二重暮しをやった。二級ウィスキーを言葉で売りまくる仕事にふけりつつ、夜は社宅にもどって白い紙にたちむかうのである。安酒場の飲み歩きはどうにかこうにかやめることができたけれど、新しく、まがまがしく、白い紙にたちむかう恐怖が前面にあらわれてきた。ネズミについての空想譚に没頭していたときは、最初の刺激の一打はそっけなく、まぐれに、アテもなく、新聞から来たのだったが、そしてイメージの抑圧力を排除するために心身のすべてをあげたのだったが、それは、いわば徹底的に自身のための労働だった。ディレッタントとしていびつな完全をめざすことにふける余業であった。しかし、編集者に枚数と〆切日を設けられて、駈けこめ、と叱咤されるとなると、様相は異ってくる。ひどく、異ってくるのである。〆切日にあわせて、何が何でも自身を煮たて、あぶり、蒸溜し、しぼりにしぼって、白い紙を埋めることにふけらなければならないのだった。

そのうちこの奴隷労働に心身でふけりこむにつれ、荒涼とした宿酔から力を移しとる方法があったように〆切日から思いもかけない自身をしぼりだせる方法というものもあるのだということに気がついた。〆切日のギリギリにならなければ机に向うことができず、何がしかの酒を飲まなければ書くこともできず、想像力がヒステリーと呼べるほど豊富ではなく、一言半句の閃めきに全心身を托して物語そのものが構想できるほどの天才でもないらしいと知覚してからは、いよいよペンが遅くなってしまった。深夜の妄想の一行や半句を、翌朝の、圧力と体臭に充満して窒息しそうな満員電車のさなかで、ヤスリにかけ、生きのびられるものがあるかないかをせわしくおびえながら感触するのは、ひどい苦痛であった。また、支店に顔をだして、辛酸をかいくぐったあげくの上役や、しらちゃけきったオッサンたちの言動に接して、その荒あらしいヤスリにかけられるのも、恐怖であった。オッサンたちの厚皮動物にも似た、ザラついた、昨夜の酒精が澱んで蒸れた呼吸と体熱にさらされて、それでもようやく生きのびた形容詞や副詞の一句を、子猫を籠に入れるようにして抱きかかえて遠い郊外まで持って帰り、風呂に入るまえにそそくさとメモ紙に書きつける。その夜の仕事のきっかけはそういう一言半句からはじまり、しらじら明けの早朝に終り、それからとろとろと眠る。そして、半睡半醒のままで、出勤ということになる。

十二月に三作めの原稿をわたすと、これまでに味わったことのない疲労が澱んでいた。形のない、質のはっきりしない、限界の見えない疲労である。いくらでも眠ることはできるけれど、浅くてすぐ醒め、何度寝直しても回復できない。体力がひどく落ち、駅の長い階段を上ると、膝がふるえだすのだった。年があけてからもう一作書いたら本ができることになるが、そのままつづけて小説家になったものかどうか。そこを考えると、まったく自信もなければ、誇りもなく、不安がひろがるだけである。登場したときすでに使いさしの、くたくたにもみつぶされて皺だらけになった歯磨チューブみたいな状態なのだから、それをいくら押してもひねっても、出てくるものはほとんどあるまいと思えてならない。といって、三作書いたきりでも、会社勤めと執筆の二重生活の胸苦しさは身にしみてわかったつもりでもあるので、とても長くはつづけられるまいとも思われる。迷いに迷って手のつけようのない状態のままで年が明け、三作めに賞があたえられた。テレビ、ラジオ、雑誌、新聞、つぎからつぎへ自動車や人がおしかけてきて、きまりきった質問をする。それをまた一人一人にきまりきった答えをするうち、いよいよくたびれてしまった。何か答えようとして口をひらきかけてそのまま黙ってしまうようなことがよく起るようになり、これは半ば病気といってよいもののようであった。

茫然としているところへ、某日、社長が自家用車でやってきた。そして丁重に挨拶をし、君の名前がマスコミに出るたびにうちの社名も出る。しかも名誉あるイメージで出るのでこんないいことはない。宣伝担当重役にいわせると、ざっと四〇〇〇万エンくらいになるというんやが、こんなことは数字に換算できることではないんで、ひたすら感謝のほかない。古風な立派な顔をニコニコさせてそんなことをいい、ウィスキーを一本おいて帰っていった。これはなかなか痛烈な一撃で、小成に甘んじて増長してはならぬぞよと、言外に含ませてのことかもしれないと思わせられた。いわゆる〝名声〟なるものの実態は意外にこんなことなのかもしれないと、すっかり茫然が冷却して形がもどり、膝に力がもどったようであった。

その翌日か翌々日の午後遅く、銭湯にいこうと思って野道を歩いていると、材木屋の空地が日だまりになっていて、淡い冬陽《ふゆび》が射し、材木置場のかげで何人かの子供がママごとをして遊んでいた。そのよこを通りかかると、一人の男の子の声が聞えた。その子はゴザの上座にあぐらをかいてすわり、威張って胸をそらし、甲ン高い声で、

「ボク、受賞サッカだよゥ、だ」

という。

するとと女の子が深く頭をさげ、

「このたびはおめでとうございます。マ、何ですね。これからいろいろタイヘンでございますすね。ほんと。お体に気をつけなさって」

泥まみれの手で土の丸めたのをさしだしてマンジュウを食べなさいといい、欠けた茶碗に水を入れたのをさしだして、うたうように、お茶が入りましてよ、などというのだった。そこを二、三歩すぎてから、ふいに笑いがこみあげ、たまらなくなって吹きだした。疲弊のせいか、涙がぽろぽろこぼれつづけた。

＊

いっぱしこうして小説家になってしまうか、ならされてしまうかすると、とてもサラリーマンとの兼業はできなくなり、会社をやめることとなる。すると、社員ではないのだから、社宅を出なければならなくなる。どこかに一軒、家を借りるか、買うかしなければならないが、徒手空拳の二十代のサラリーマンには一文の貯えもあるはずがない。

しかし、今日が明日にも社宅を出ろと迫られるから、血眼《ちまなこ》になって売家をさがし、ようやく一軒見つけ、つぎに会社の総務課とかけあってペコペコ頭をさげて金を借り、毎月、月賦で返済することを申込み、やたらにいろいろの書類にハンコを捺《お》させられる。それでいて、バカ念をおしてたずねてみると、銀行とおなじ利息をとりたてられるのだとわかり、これならペコペコ頭をさげることはなかったのだと判明する。月賦を返すためにこの利子込みの額を毎月、返さねばならず、そのため深夜の呻吟をかさねなければならない。早朝に酔いをさますため、台所で顔を洗ってから寝床にもぐりこむとき、疲労と苦痛が背骨にミシミシと音をたてて食いこんでくるし、胃の内壁はアドレナリン、プトマイン、ニコチン、アルコールで、逆剝《さかむ》けになったように荒れはて、嘔気でむかむかする。このことだけでもむかむかといっしょにとらえようのない、うつろな、はげしい怒りが何度、のどもとまでこみあげてきたことか。

見つけた売家は駅を一ついったところにあり、杉並区と練馬区の境界の近くである。ところどころに雑木林が残され、あちらこちらに麦畑があったり、キャベツ畑があったりして、夜ふけに乱酔して新宿から帰ってくると、タクシーをおりるときに、いつも一瞬、鼻さきに、爽やかな、甘い、しっとりした野菜と黒土の香りがわきたって流れていき、ただれて崩れた脳に何か一本の銀針を痛覚ぬきで深ぶかとたたきこまれるようであった。しかし、おぼえているのはそれぐらいであって、この家には結果として二十年ほど棲んだのに、左右の隣人の、名前も、顔も、何ひとつとして思いだすことができないというていたらくである。アパートやマンションで暮すならこれは常識の感覚であるかもしれないが、家屋はウサギ小屋だとしてもいっぱし指の爪一枚ぐらいの庭のついている独立家屋で二十年も寝起きしながら、お屋敷町の住人みたいな孤立と非情のなかで暮したというのは、やっぱり、いささか異常といえる。隣家の物音と人声、家の表と裏の物音と人声、しばしば子を叱る声や夫婦喧嘩の声も部屋のなかにいて窓と壁ごしに聞き、いらいらしたり、遠耳になつかしいものと聞いたりしたこともあったはずなのに、顔がどうしても思いうかべられない。それらの家の主人や妻たちと、立話をしたり、冗談をいったり、酒を飲んだり、将棋に誘ったり、釣りにでかけて魚が釣れないままにおたがいの女房の悪口をいってなぐさめあったり……というようなことも、まったくしなかったから、これまた、思いだすことができない。

ふつう家にいるときは夜の七時前後に夕食をとり、そのあとすぐに寝床にもぐりこむ。夜ふけの十一時前後に眼をさまして机に向い、ちびちびとウィスキーをすすりながら白い紙を眺めるけれど、たいていは書かないままで朝になる。本を読んだり、ライターに油をさしたり、何となくぐずぐずしてすごしてしまうのである。随筆であれ、創作であれ、〆切のギリギリになるまでの助走が長くてだらだらする癖があり、それは何年たってもあらたまろうとしないばかりか、いよいよ頑疾となっていった。正午過ぎ頃に眼をさまして軽い食事をし、午後いっぱいごろごろして本を読んだり、うたた寝をしたりしてすごし、夕方になる。外見ではこういうナマケモノじみた暮しを十年も、二十年も、三十年も飽きることなく小説家はつづける。作品はときどき精神分析学の研究資料になることがあるようだが、動物学者の興味をひけるほどの生態であるとは思えない。

原稿はきれいである。少くとも一字一字を切りはなしてマス目に鋳こんであるので、誰にでも読めるし、植字できるし、ゲラは初校でもほとんど誤りが出ない。四〇〇字詰の最後の一コマで字を書き損じるとその紙を破って捨て、新しい紙にそっくり写しなおしていく。こういうことも一種の病気に近いもので、そうせずにいられないからそうするまでのことである。そうやって書きあげたのが活字になって雑誌に掲載されると、何かしらおぞましいような、はずかしいような気持におそわれ、手にとって読みかえす気力が出てこない。その雑誌が店頭に並んでいる書店に入っていく気力もない。やがて単行本になって出版社から送られてくると、外包みをやぶって捨て、本はちらとも頁《ページ》をめくらず、そのまま押入れにかくしてしまう。二年か三年たってから夜ふけにふと思いだして押入れからとりだし、恐る恐る読みかえしてみる。しばしば眉をしかめたり、舌打ちしたり、ア、チ、チと呟やいたりして本を閉じ、そそくさともとの押入れにつっこむ。ほんのときたま、オヤ、いいじゃないかと一行、二行に眼を瞠《みは》ることがあるけれど、稀れである。ほんとに、稀れである。

原稿を書きあげると音楽のこだまが体内にひびいているのでじっとしていられなくなって、家を出ていく。書けなくていらいらすると、これまたじっとしていられなくて、そそくさと家を出ていく。家を出るまえにちらと新聞の映画の興行案内欄を一瞥して、新宿へいく。しばしば朝十一時頃のその日の初回の映画館にもぐりこみ、つぎからつぎへと渡り歩き、一日に六本も七本も見ることがある。映画は一コマを一瞥しただけで丹念につくったものかどうかがわかるが、作品としてはお粗末でもセリフにいいのがあったりするから油断できない。しかし、気力も体力も滅《め》入《い》りに滅入って青白い神経だけがチカチカとそよいでならない日によくできたセリフに出会うと、感服するよりさきに圧倒されてしまって、うなだれたくなる。そうやって一日じゅう映画館から映画館へ、闇から闇へ、気ぜわしい小鳥のようにキョトキョト渡り歩くと、心身ともにへとへとにくたびれてしまうことがある。そうなって家へもどって書斎に入ってみると、余剰物や贅肉がことごとく落ちてしまった状態にあるので、前夜のつづきの原稿をそのまま書きつぐことができることもある。清新な精力にみなぎっているときよりも生疲れや半病人がかった困憊《こんぱい》のあるほうが、かえって言葉は紡ぎだしやすいものであるとわかった。

（……『危険な関係』の作者は女の尻をテーブルがわりにして書いているのだ、と作中で書いている。ずっと後年になって中村真一郎氏と酒を飲んだとき、日本の女の尻は小さいから四〇〇字詰原稿用紙よりは半ペラ（二〇〇字詰）がちょうどいいんだよと教えられたことがある。いずれもを真に受けるとして、やっぱりこれは〝生疲れ〟と創作慾のひめやかな関係を示すものであろうか）。

試写会の招待状がくるたびにいそいそと出かけるということをしばらくつづけたが、間もなくやめてしまった。試写室では空気は清潔だし、シートは柔らかくてくたびれないし、トイレの匂いはしない。自由にタバコを吸うことができて、しかも画面は曇らないと、いいことずくめではあるが、見テヤル、という心で見るからか、何か顔を洗ったようで、コクがない。いちいち身銭を切って闇のなかにもぐりこみ、満員だと他人の息の音を耳に吹きこまれ、口臭に苦しめられ、立ったままの足の苦痛を耐えに耐え、タバコと呼吸で粥のようにどんよりにごった空気を呑んだり吐いたりし、耳と耳のあいだから遠いスクリーンをちらちらと盗み見るようにして最後まで見なければならず、ちょっとした重労働ではあるけれど、はるかにこのほうが見ごたえがある。あとにコクがのこる。生疲れは生疲れでも何かしらいいものがのこる。そうとさとってからは一切の試写会にいかないことにきめた。

映画よりもっとしばしば、もっと多額に身銭を切り、心身ともに溺れたのは、やっぱり酒であった。外出してもしなくても、毎日、黄昏どきになるとそわそわしてくるので瓶とグラスに手がのびないということがない。それもビールや日本酒などという温和なのではどうしようもないから、ブランデー、ウィスキー、ジン、ウォトカなどを手あたり次第にすする。外出すれば顔を見知ったばかりの作家、詩人、批評家、編集者などと飲んで顔から顔へ渡り歩くことになるが、家で一人酒を飲むからといって油断はできない。これは会社員をやめてからおぼえた酒癖だが、むしろ一人酒のほうが底なしになりやすいことを発見した。じわじわと一滴ずつ用心して酒を滴下していくうちに全身の血管があたたかくざわめきはじめ、しらちゃけて荒涼として無残な一日の第一部が消え、やわらかな電燈の光のなかで第二部がはじまる。体内の圧力と対外の圧力がおなじになり、間断ない歯痛のような、とらえようのない不安が消える。そして壁に映る影を相手に、内的独白をサカナにして、記憶と自我を気ままにふくらませたり、縮めたりして飲んでいると、瓶一本ぐらいを倒すのはやさしいことであった。一人酒がいいのは翌朝になっての精神的宿酔がゼロだという点で、他人と泥酔しあった翌朝のいてもたってもいられない、全身をあぶりたてるような恥しさや汚辱の嘔吐物が一片もない。前途にこの泥のような憂鬱のない安堵感が一人酒をいよいよ底なしにさせるようである。雨上りのほの暗い森かげにある、ツタに蔽われた煉瓦塀や、初夏の夕方に寺の涼しい門が大きく開かれて、打水の光った御影石がまざまざと見える……いつもふいに意味も動機もなくあらわれて、ただ歓ばしく漂うだけの光景を眺めていると、郷愁でわくわくしてくる。故郷のある光景ではないのに細胞の核からたちのぼってくるのは胸の痛くなるような郷愁である。ときには不安をおぼえるほどいきいきと力強さが湧立っていることがあり、誰かに見られているのではないかと、思わず背後をふりかえりたくなることもある。

当時すでに行李一杯だかリンゴ箱一杯だかの原稿を書きためてから文学賞をもらえ、という通り言葉があったと思う。受賞してから一つ一つ書いていたのではとても体がもたないから、過去の習作を右から左へ売りさばいてうっちゃるがよろしい、というわけである。どうにかこうにか本一冊になるだけの四篇を書いて、その本を出版してしまうと、ふいに音楽が止まってしまった。書くことが何もなく、そればかりか、書きたい気持もないということを発見した。開店のその日に休業のビラを出さなければならなくなったのだった。つぎからつぎへほとんど毎日のようにべつべつの出版社から人がやってきて、短篇だといい、中篇だといい、いや、書きおろしでもいいという。酒を飲んで話しあううちに何だっていい、随筆以外なら何だってエエんですわ、短篇でも中篇でもおかまいなし、テーマも枚数もおかまいなし、とにかく書いて下さいと、哀願、脅迫、叱咤、激励、泣訴、とめどない。しかし、そうされればされるだけ、いよいよ不毛、荒涼、沈滞に陥ちこみ、不安と狼狽でドキドキしてくる。せっぱづまったあげく、乱酔をよそおって追っ払おうと思い、その恰好をしてみせると、ほんとに乱酔して立てなくなってしまうことがある。他社に攪乱されてはならぬと一社はホテルへ罐詰にしようとし、もう一社は熱海の社員寮へつれていこうとし、体を右と左の二つに裂いて一つずつ持っていってもらうしかなくなる。しかし、原稿用紙とインキ瓶と万年筆を鞄につめて、家からつれだされることはつれだされても、閑静な山荘に閉じこめられたところで、フトンをかぶって寝るか、目がさめたら一人酒を飲むか、飲んで倒れて眠りこむか、これの無限の繰りかえしにすぎないのである。急性アルコール中毒に近い症状になりながら原稿用紙が鞄からとりだされてもいないことを、迎えに来た編集者は発見し、やっとブランクが本物であることを知ってうろたえるのだった。たまらなくなって放浪にとびだし、和歌山の岬の最突端にある旅館の一室に閉じこもって飲んだり寝たりを繰りかえしていたら自殺志望者かと怪しまれて追いだされたこともあった。

そのうちとうとう真性の急性肝炎になって寝こんでしまった。自宅療養ということになってアルコール気を徹底的に抜いて安静にしていると、たちまち治ってしまった。しかし、そこで治ったというと、たちまち狂騒と乱舞が再開されるだけだから、いつまでもグズグズいって寝床のなかで、寝て暮すことにした。糊のパリパリきいた、純白のシーツのなかによこたわって、とろとろとうたた寝していると、このまま作家でありつづけたらいいのか、もとの会社にもどってウィスキーのチンドン屋になったらいいのか、それともどっちつかずの兼業で二足ワラジをはいて暮すのか。さまざまな問いが頭も尾もなくあらわれてはそのまま消えていき、カーテンで暗くした部屋には昼とも夜ともつかぬ時間が漂うばかりである。未明のしらじら明けと思われる頃、窓の外をひたひたと小さな足音が走り、牛乳瓶をおく音がして、足音は畑の向うへ去っていく。その時刻に牛乳瓶と牛乳瓶がふれあうと、一瞬、水晶のような音が出る。若わかしい声がくぐもった声で、

「クソッ！」

いらだたしげに、半ば諦めた気配で罵り、キャベツ畑の向うへ消えていく。声は若いのにすでに諦めと忍耐を知りかけているけれど、愕然とさせられる修羅の呻吟ではない。腐りかかった腸の何重にもたぐまった内奥からたちのぼってきた泡ではない。

＊

夜に働らくしかない。夜を蒸溜するしかない。夜から言葉をしぼりとるしかない。何度となく朝や白昼をためしてそのたびに失敗したあげくそう思いきめることとなり、妻や娘の寝静まった深夜に寝床から這いだして机に向う。ライターの石と油をつめなおしたり、パイプの壺の内壁のカーボンを小刀で削ったり、万年筆のペン先を掃除したり、もぞもぞと毎夜おなじみの儀式にふけったあとで、ちびちびと粗製ウィスキーをする。一滴一滴が食道をつたって胃に落ちて小さな炸裂をするのを感じつつ、どこからかイメージが来ないか、言葉が顔を出さないかと、歩哨のように待ちうける。しかし、白いままの原稿用紙からはじわじわとおぼろな恐怖がたちのぼってくる。一語も書けず、一歩も踏みだせないですくみきっていると、やがて少年時代後半から青年時代前半にかけて夜も昼もなく上潮《あげしお》のようにひたひたと足から這いのぼって全身を浸しにかかった孤独がふたたびもどってくる。四年間の会社員生活でこれの浸透を防ぐために石灰質の殻を心にかぶせたつもりだったけれど、あっけなく溶けてしまった。あの頃は恐怖をまぎらすためにときどき千日前の赤提燈に首をつっこみ、牛の腱や筋肉を味噌で煮とろかしたドテ焼の串をおそるおそる一本ずつつまんでは一杯の焼酎をできるだけちびちびと長引かせて飲む工夫に砕心したものだった。今はそれが紙と万年筆にかわっただけのことで、心のひよわさには何も変化がなかったと感じさせられる。あれから何年たったことだろうかと、おぼろに数字をかぞえてみると、自身の心の変らなさ、うぶさに、あらためておどろきもし、愛想づかしをおぼえさせられる。寒い孤独がひとふり頭をふるってたちあがってくる。そろそろ三十歳をこえようかという年頃になっていながら、まるで子供ではないか。

アルコールの輝やかしい霧のなかで茫然となってすくんでいると、広い畑のかなたで酔っぱらいの歌声がひびく。それはタクシー代を節約してどうにかこうにか終電車に崩れこんだが自分のおりる駅だけは知覚できるという程度の正気をのこしての乱酔だな、という見当のつく声である。やっとの思いで駅でおりることができ、マイ・ホームまであと一歩ということを知覚したらしい勇ましさがそのちぎれちぎれの歌声にうかがえる。よろめきよろめき、一歩ずつその声が近づいてくるのを、広い畑の澄んだ夜気ごしに、耳を澄ませて待ちうける。どら声の、精悍な、一心こめての歌声だけれど、とぎれとぎれのでたらめであるのは、乱酔のあげくの意想奔出というものであろう。ほとんど毎夜のように自身が銀座や新宿のバーでやっていることなので、手にとるようにわかる。吐く息、吸う息のぐあいまで、わかりそうである。

敵は幾万　ありとても

すべて烏合《うごう》の　勢なるぞ
烏合の勢に　あらずとも
味方に正しき　道理あり
…………
……

そこで声が切れる。広い、澄んだ畑が、静かになる。おそらくは吐くか、溝に落ちるか、電柱にぶつかるかしたのであろう。ウン、やったなと思って待つと、しばらくしてふたたび、軍歌がひびきはじめる。

煙も見えず　雲もなく
風も起こらず　浪立たず
鏡の如き　黄海は
…………
……

そこで歌声が切れる。またしても溝に落ちたか、電柱にぶつかるかしたのであろう。眉も眼もなくなった酔っぱらいはイモ畑の湿めっぽい黒土を口に食いつつ必死でもがいているのだろう、と思う。

やがて勇壮な声がひびきはじめる。

ここは御国《おくに》を何百里
はなれて遠き満洲の
赤い夕日に照らされて
…………………

よたよたノロノロ、一歩一歩がつぶさにわかる高低のままで、陸軍上りとも海軍上りともつかないその歌声は、デタラメのまま精悍無比に叫喚しつづけて一歩ずつ近づき、自宅にたどりつくと、にわかに歌をやめて、一声、吠えたてる。

「くろまんこ、とをあけろ」

そのあとにワッとか。

ブツブツとか。

ひそひそと戸のあく気配がすると、一瞬といってよい速さでそれまでの勇壮きわまる、奔放そのものの放吟がフッと消える。これだけの蛮声を鎮めるのだからどんな怪物がいるのだろうかと思いたくなるくらいにその声はフッと消えてしまう。屋内でそのあと物が飛んだり、壊れたりの音は起らない。深夜のイモ畑の静謐がもどる。

ときたま、朝か白昼かに起きることがあり、家の外へ出たはずみに、この声の人物と顔をあわせることがあった。人物はいつも地味そのものの工場服のジャンパーを着こみ、猫背でうなだれている。眉もあげることができないくらいにすくんで肩を落している。しおしおと道のはしを歩き、ひたすらうなだれていて、どうしようもないと思える弱気の姿態であった。

＊

夜しか仕事ができないというだけではなかった。ペンの暮しがはじまってしばらくすると、自宅ではどうしても書きづらいということがわかり、ホテル、旅館、出版社の別荘、罐詰ハウスなどをつぎからつぎへと渡り歩くようになった。なじみのホテルのなじみの部屋になると壁のしみのひとつひとつが暗記できるまでになり、これでは自宅にいるのとおなじではないかと思うのだが、それでも彷徨はやめることができなかった。少年時代に没頭していた釣りの熱が再発するようになってからは、釣道具のリュックに原稿用紙やインキ瓶をつめこんで転々とするようになり、山の湖へいけばいくで山小屋にそのまま三ヵ月も流連したことがあった。この山小屋には電気がなかったので、石油ランプを使うしかなかったが、そうなると毎日、ガラスの火屋《ほや》を磨かねばならず、何であれ面倒なことや煩わしいことが苦手でならないはずなのに、奇妙にこれは苦にならなかった。原稿を書きあぐねていきづまると、ヒゲを剃ってみたり、パンツを洗ってみたりするが、これも苦になるよりは小さな愉しみとなった。これなどは誰でもやりそうなことで、奇でも妙でもないが、檀一雄氏はホテルのトイレにかくれて、便器にまたがってせっせと大根オロシをつくっているところを見つけられたりしている。

熱海の海岸の松林にある某社の別荘は静謐そのものであるうえに豊満な日光があかあかと射しこみ、血管や内臓の内部までが透けて見えそうであったが、一週間滞在して一行も書くことができなかった。できたことといえばふとんにもぐりこんでウトウトしつつ推理小説を十五冊近く読んだだけであった。すっかりおびえてわくわくしつつ東京へもどってきたが、新橋駅でふらりとおりて、駅近くに旅館ともホテルともつかない構造物を見つけて一室を借りた。これは朝から日が暮れたように暗くてじめじめし、壁は傷だらけだし、柱は干割れているし、壁と柱のすきまから隣室の灯と声が洩れてくるというていたらくであった。その陰惨と荒涼のほかに街路のありとあらゆる物音がなだれこんでくるので、せんべいぶとんにくるまって寝ていると、道路で寝ているのか、部屋で寝ているのか、ふとわからなくなることがあった。夜は夜で隣室に酔っぱらいが足音たててなだれこんだり、密会の男女のひそひそ声が聞えたりする。壁と柱のすきまに眼を持っていくとつぶさに光景が見られるが、声だけを聞いているほうが想像の愉しみがあってよかった。こんな涸《か》れ井戸の底のようなところへ迷いこむのだから男も女もよほどせっぱづまってのことと思いたいが、洩れてくる声には合歓の輝やかしい飛翔など、ひとかけらもなく、ただわびしさとみじめさに骨を嚙まれるばかりであった。どれほど激しい声を聞いても、いつも、どこか、冬近い秋の夜ふけにひそひそと喘ぐように鳴くコオロギの忍び音を思わせられるものがあった。壁ごしに聞く女たちの声は歓喜であるはずなのに苦痛の呻吟とけじめがつかない。

ある夜、入ってきた一組は、いささか変っていた。壁ぎわに新聞紙を何枚も敷いて、そのうえへ女に御叱呼をさせ、それを眺めて男が悦に入ってるらしかった。部屋に入ってしばらくすると男と女がひそひそ声で言争いをはじめ、女はしばらく抵抗している気配であったが、そのうち諦らめたらしく、ふしょうぶしょうだが、どこか優しく、もうこれでおしまいよ、いいわね、これでおしまいなんだから、と呟やいた。それから男がどこからか新聞紙をとりだし、それも一枚や二枚ではなく、何枚も何枚もとりだしてガサゴソ音をたてながら敷きはじめた。ひょっとしたらそれは新聞紙ではなかったかもしれないが、いずれにしてもそのような紙であった。それが壁ぎわそのものだったので、こちらの一閑張りの机と十センチもへだたっていない場所である。そこへいきなり、さざ流れというよりは一気通貫といいたい奔出がはじまったので、まったく意表をつかれた。これは、と狼狽して、思わず体をひくようにすると、男が低いけれどうっとりと感嘆して、

「いいなァ、いつ見てもいいなァ」

と呟やくのが聞えた。

それはかなり年配のすれっからしの男のだみ声だったが、そこに含まれているのはまぎれもなく無邪気であった。憚りたくなるほどの無邪気であった。ガラスが砕けるように純粋が粗壁《あらかべ》をつらぬいて走り、女がクスクスとおおらかに笑う声がした。そしてしばらく激しい雨が紙をうつ音がつづいた。愕然としているうちに事は終ったらしかったが、最後の滴落の音は聞えなかった。もし聞えたとしたら、『G線上のアリア』の、最初の、

あの一打のようであったかもしれなかった。ひょっとすると……

＊

海岸の松林の別荘よりは駅裏の兎小屋のほうがはるかに書ける。はるかに、というよりは、むしろ、それでなければならない。言葉は夜からだけしぼりとられるのではない。とわかったので、ひとしきりどん底旅館を渡り歩くことがつづいた。そんな旅館はどこへいっても似たようなもので、けじめのつけようがなく、一年もたたないうちに名前を忘れてしまいそうであった。じめじめして毛ばだった古畳に寝ころんで壁ごしに隣室の男女の声や物音を聞くともなく聞きながら、うつけて、推理小説を読みたどっていると、モグラになったような気がする。地上の生存競争に耐えかねて土にもぐりこんだあの柔らかい小動物は闇のなかをうごきまわるしかなく、体温を保つためにのべつミミズをあさりつづけるよりほかないのだが、眼らしい眼もなければ、牙らしい牙もなく、爪はどうやら土をひっ掻くためだけのようで、ひたすら日光を恐れている。陰惨と荒涼のたちこめる暗い部屋にころがって黄昏のくるのを待ちうけているだけの身分と、どうちがうだろう。

酔っぱらいの咆哮、嘔吐と歯ぎしりと寝言と放屁、もつれた商談、げらげら笑い、小悪党めいた手形詐欺か何かのひそひそ話、払え・延ばせの必死のぬらぬら金策、食卓のまわりを逃げ歩く小娘をいつまでもいつまでも追いかける初老の男の哀願とも脅迫ともつかない低声……そうしたさまざまの声を体のあちらこちらへよごれた花粉のようにくっつけて遠い場所にある酒場へいく。そこはいつも開店時刻になると新しいオガ屑をレンガ床にまくので、ヒリヒリと新鮮な松の香りが狭い店内にたちこめ、爽快である。バーテンダーは生まれたときから初老の年頃であったような顔をし、無口だけれど、客をくつろがせる技を上半身に持っているので、一杯のマーティニでいつまでもぐずぐずしていられる。カウンターは古くて、厚い、ありふれた樫材だが、無数の傷と手ずれで革のように光っている。なにげなく肘をついた瞬間にしっとりと吸いこむようでありながらがっしりと支えてくれる。マーティニは凡庸だけれどこのカウンターとオガ屑にひかれて会社員時代からかよっている。あの頃はこのカウンターに肘をついてマーティニをすすりつつおなじ時刻にその日一日の後味を聞く習慣だったが、いまはおなじ姿勢でその夜一夜の仕事のぐあいの前占いにふける。今朝のしらしら明けにペンをおいたところからどんな言葉で今夜ははじめたらいいか。その一語をじわじわとあぶりだしにかかる。この行を改めるべきか。そのままつづけたらいいのか。句読点をどう打ったらいいか。

思案はマーティニが最後の一滴まで冷えきっているときにはしっかりした形があり、黄昏そのもののようにわくわくして愉しいけれど、二杯、三杯と進みながら言葉が時刻と光景とグラスのうしろにたちすくんだきりで一歩もこちらへ踏みだしてくれそうにないと見えてくると、ジンの滴《しずく》が形を失いはじめる。ほろ酔いもだらしなくふくらみはじめる。苦汁が血にまじりこんで体内にひろがりはじめ、諦らめと自棄が早くも登場してくる。その足音がまざまざと聞きとれる。

どこかでいいかげんな夕食をとって銀座方面へぶらぶら歩いていく頃にはすっかり夜になっている。小説家や編集者がいくバーはたいてい巡回コースがきまっているので、水族館のプールのイワシみたいだとおたがいに苦笑しつつも毎夜おなじ回路をせっせとめぐり歩くことにふけっている。そこで、この時刻にどこの穴へいったら誰に会えるかということも、知れている。念のためにという気持をつくってためしにそこへいってみて期待の人物の期待の横顔なり後頭部なりを発見したときには、酔いが一度に開いて、破顔せずにはいられない。そこで一挙に形が崩れ、崩すことに熱中し、放歌、乱舞、哄笑、瞬間の異様に明晰で鋭敏で深い真実にふれて覚醒したかと思うと、そのあとふたたび形を失ってぐずぐずと泥になり……毎夜毎夜、飽きることない、おきまりの光景。乱酔また乱酔して手も足もとろけかかった状態でトイレによろけこみ、壁に片手をついて体を支えながら用を足すと、これだけ脳も神経もしびれきっているのに内臓諸器官がせっせと一瞬も休まず怠けず形も失わずに働らいていることが不思議そのものに感じられ、つくづくと一ツ目小僧の顔を眺めたくなることがある。トイレを出てもとの席にもどるとそんな覚醒をたちまち忘れて、キラキラ輝やく混沌におぼれこんでしまう。安岡章太郎氏と二人で流しのギタリストを威迫しつつ、『自由を我等に』、『パリの屋根の下』、『掻《か》っ払《ぱら》いの一夜』、『マッキーの哀訴』などを、赤錆びだらけのフランス語で放歌しあう。安岡大兄は赤紙におびえつつ喫茶店に入り浸って日がな一日レコードを聞いていた記憶、こちらはそれより十歳年下だけれど敗戦後の絶糧状態のさなかで谷沢永一の書斎で聞かせてもらったシャンソンのレコードの記憶をめいめい掘りかえし、錆を落し、忘れたところはラ、ラ、ラ、タ、タと口三味線でごまかす。酒場で顔が会いさえすれば二人で条件反射のように温習にふけったものだったが、そのうちちくるものがきて大兄は総入歯をしなければならなくなった。それが気持悪くてしかたないものだから、大兄は入歯をはずしてグラスに入れて『セ・シ・ボン』を歌い、つぎに入歯をはめておなじ歌をうたうということをやってのけた。二つともサッチモ風のウィスキー・ヴォイスで歌うのが大兄の得意であるのだが、入歯をぬくとにわかに口もとが崩れてしぼんで老婆みたいになってしまうので、その効果の奇妙さは本人の精妙な自意識をはるかに突破したものとなった。しかもグラスに水がたっぷり入って、そこに桃色の総入歯が沈んでいるのを見ると、無声哄笑といいたい光景であって、黒い笑いどころではなかった。

作家として登録される身分になってからしばらくして、ある雑誌の編集長につれられて銀座の『ル・シャ・ヴィフ（生きてるネコ）』というバーへつれていかれたところ、すでに池島信平氏がシャンデリアからちょっと遠い席にすわっていて、円月症かといいたいような丸い顔に鋭い炯々《けいけい》の眼光を光らせて、ヒマを持てあましている気配であった。その眼光についひっかかったと思うと、たちまち氏はニコニコと笑って、手招きで呼びよせ、いきなり、

「おい。ここはナ。銀座のこういう場所はナ。有産無知識階級のくるところなんだよ。君みたいな無産有知識階級のくるところじゃないんだ。以後、心得なさい」

といった。

氏の眼を見ると、いくらか酔ってはいるけれど、うるんで形を失うというような状態ではない。今夜のほろ酔いの早駈けがそろそろというところであるらしかった。そこでウブな若者を一喝して出鼻をくじこうという発想に出たものと、感知された。音楽でいうと〝アムプロムプテュ〟の手法かと、遠く感知できた。

そこで、一拍おいてから、

「じゃ、池島さんは何です。無産有知識階級とはいえないでしょう。有知識は有知識でしょうけれど、無産ではありますまい」

たずねてみた。

炯々氏はちょっとひるんで、遠いような、謙虚なようなまなざしになった。それが謙虚と見えるのは眼光が一瞬、後退したためで、時刻とアルコールの昂揚は消えなかった。

「おれか。おれはナ、サラリーマン重役だよ。一介の。重役は重役だけど、所詮はサラリーマン重役さ。はかない存在よ。マ、しいていえば中産中知識階級か。うちの雑誌みたいなものさ」

いろいろなことを一語に濃縮するジャーナリスト語法でそういってのけたけれど、満々の精悍さと自信ぶりを眼に見ると、とても言葉通りに身分をうけとることはできなかった。しかし、口調は辛辣でツケツケしているけれど、どことなくおおらかさとあたたかさがあって、微笑せずにはいられなかった。この博雅の紳士とはその後数知れず、銀座のバーでも、新宿の線路ぎわの兎小屋でも、顔を合わせて、飲んだり、議論したり、折伏《しゃくぶく》されたりの経験を持つこととなったが、どういうものかギャンブルでいう一点張りの手口で、君はオレたちの仲間なんだ、ジャーナリストになれ、ルポを書け、どんな費用でも払ってあげるから好きな所へいって好きなことを書きなさいと、しぶとくしつこく口説く癖をやめようとしなかった。氏はおそらく男の頭と女の直観を兼備した人であったのだろうと思う。ほとんど五秒か一分おきに名言と定義を吐きつづける才智の持主でもあって、この人と飲んでるあいだは一瞬も油断できない愉悦があった。ただし、無毛症といいたくなるくらい進化した紳士だったので、眉を墨で描いてから御登場になり、新宿に流れる頃になるとそれが汗やら指さきの水滴やらで溶けてしまい、ときどき墨だらけの円月のなかに二つの眼だけが爛々と光ったり笑ったりして肉迫してくるという異相を目撃することがあるのは不気味であったが……

＊

ひょっとしたらアル中の前駆症状かと恐れたいのだが、しばしば目撃する一つの光景がある。きまって乱酔状態になってから出現するのだが、飲んでる相手の顔が一瞬、急変することがある。それまでの笑ったり、歌ったり、叫んだりのにこやかさがふいに消え、頰から肉が削《そ》げ落ちて、眼ばかりが大きくなり、暗く爛々と輝やいて、鬼相になるのである。それをちらと見ると、声も息も吞みこみたくなる。思いもよらない兇相の禍々《まがまが》しい精悍さがあらわれて殺人の瞬前の気迫をみなぎらせる。翌日の正午近く、寝床のなかで宿酔《ふつかよい》に苦しみながらこのことを思いだすと、女たちの嬌声や、ピアノの乱打や、放歌、拍手、すべての音が消え、一瞬の深い静寂のなかで、二つの眼だけが輝やいていたと、ふりかえられる。この変貌と静寂には何かあるのだろうか。

*

ブルガリア、ルーマニア、チェコ、ポーランドと東ヨーロッパ回廊の諸国の作家同盟から作家同盟へ一宿一飯で渡り歩いたあとでパリへ入ったのが最初で、それ以後何年にもわたり、何度となくこの都へいって、寝たり、歩いたり、飲んだりすることになった。当時は外貨蓄積が僅かだったので、海外渡航者の資格審査がきびしく、やっと許可がおりても一人当り五〇〇ドルしか割当てられないので、旅先でもろくな発散ができない。ほんとに寝て、歩いて、飲むだけだった。しかし、国外へ出ることそのものに魅惑があるのだから、何やかやと口実をつくるのに腐心した。小説家などというアウツは資格審査で最後尾にまわされるので、新聞社や出版社の臨時海外特派員になるのがいちばんの早道だった。しかし、そのためには外国のどこかに事件かテーマがなければならず、そうなると人に会ってインタヴューしたり、現場へ出かけたり、ホテルにこもって原稿を書いたりという苦痛が生ずる。あてもなくだらしなく一人でぶらぶらするという最高の愉しみが苦味や酸味でひどく損傷されてしまうのである。それでもやっぱり〝旅〟は旅であるので、一度おぼえるとやめられなくなってしまった。三十代から四十代前半にかけては戦争を追って歩き、それ以後は釣竿を片手に魚を追って歩くこととなった。血が流れるか、水が流れるかの相違はあるけれど、いずれも本や、想像や、書斎のなかではない現場にほかならぬという一点ではまったくおなじだから、汗まみれで地べたを這いまわる一兵卒の暮しであった。これを書いている五十三歳の現在でも一兵卒である。いよいよ、そうである。おそらくこれまでとこれからの記述はどの上官にも聞いてもらえない一種の逃亡兵のうわごとのようなものであるのだろう。もしそうでないとしても、せいぜいのところ、流木のふちにときたま見かけられる何かの泡のようなものであるだろう。

はじめてパリに入ったときにはなかなかそれが実感できなかった。セーヌ左岸、ラテン区、サン・ミシェル通りを上って、スーフロ通りに出会ってそれを左へ折れて上って、パンテオンのすぐ手前の暗い細道を左へ折れたすぐのところにあるパンシォンに入ったのだが、二日も三日もつづけてひたすら昏睡にふけった。食事時になるとベッドをおりて靴をはいて外出し、近くで簡単な食事をしてからそそくさと下宿にもどってベッドにもぐりこんだ。電話も鳴らず、ドアも叩かれず、ネズミの巣穴はこうでもあるだろうかと思われるくらい暗くてみすぼらしい小部屋にこもって冬の幼虫のように眠りつづけた。外出して近くのバーに入ってコントワールにもたれて名無し正宗の赤をすすりだすと、風船玉グラスの半分くらいで全身に甘い、けだるい泥のような唾気がひろがりはじめ、そうなると一も二もなくもとの湿めった壁の穴へもどり、たった今ぬけだしたばかりで毛布がトンネルになったままのところへもぐりこみなおすのだった。人びとはこの町へ死ぬためにやってくるのだろうか、という痛切な一行が『マルテの手記』冒頭にあったが、それを、いっそ、失神するためにやってくるのだろうかと書きなおしたいくらいであった。そうやってひたすら何日も何日も眠りこみ、それからあちらこちらあてどもなく足が震えだすくらい歩きつづけるようになっても部屋にもどると眠りこむという癖がついて、何度いっても、何年たっても、それはやめようがなかった。これくらい昏睡にふけった都は他にあまり例がないが、どこもかしこも犬のような都ばかりの時代にここは稀れに猫の都であるらしかった。

ようやく起きて歩けるようになると、昼も夜もほっつき歩いた。夜の彷徨はときどき夜警のポリスにとがめる眼つきで一瞥される不快さをこらえると、自身の靴音だけを話相手にした、無限の、記憶のしようのない、何ひとつとして争いのない対話をつむぐ愉しさにみたされている。この町はゆるやかな丘にみたされていて、その底を一本の川が流れているという構造だから、坂をおりていきさえすればセーヌ河岸に出ることができ、橋の形を見おぼえておきさえすれば、あとは脚力の問題であって、どこからでも迷わずに下宿へもどることができた。迷ったら迷ったでさほど気にすることはなかった。ふらふら歩きつづけるだけのことだし、しょっちゅう見かけるゴミ罐わきの乞食のちょっとはなれたところに腰をおろして似た恰好をすればいいのだし、公園にはベンチがある。心配しなければならないほどの金はもともと持たされていないのだから、たとえ襲われてもどうということもなさそうだった。それに、その道のプロならレントゲンなみの眼力を持ってるはずで、アマチュアのルンペンを爪にひっかけるような気を起すとは思えなかった。

（……そう覚悟をきめて、そのとおりに終始したはずなのに、下宿にもどるときまって毛布にポケットの銭をバラまいてきちんと残金を計算しなければ寝る気になれなかったという事実は奇妙であった）。

夏の夜も悪くはないけれど、秋深くと冬の夜はもっとよかった。寒気は凍りつくようだし、氷雨《ひさめ》は針そっくりに刺さってくるが、心も体も凍結して、膿んだり、腐ったり、形を崩したりするものが何もなくなり、ただ自身の靴音だけを耳に歩きつづけるだけというのがよかった。暗い、湿めった石の森のなかを歩いていると、ところどころ町角に深夜営業のキャフェがあり、闇のなかにそこだけ赤や青のネオンが輝やいているのを見ると、魔法使いの棲むかわいい毒茸《どくきのこ》のようである。サンドウィッチやクロック・ムッシユーの値段を白字でのたくった、水滴でびしょ濡れのガラス戸をおして入り、おずおずとコントワールに近づいて、赤を一杯、バロン(風船玉)でという。どこの店でもたいてい主人はタクシー運転手とおなじようにトウモロコシの葉でつくった紙で巻いたタバコの半焦げを口にひっかけているが、いつ、どこで見てもたいていおなじ長さなので、あれははじめから半焦げにしたのを箱につめて売ってるのではないかしらと思いたくなるほどである。マロン・ショウ(焼栗)を売ってる屋台を見かけるときまって一袋買うというのも癖になった。この袋をレイン・コートのポケットに入れ、指さきをそれであたためつつ、ときどき右のポケットから左へ、左のポケットから右へ入れかえつつ歩いていくと、散歩者の夢想のきれぎれであるくせにとめどない文章に句読点をうつことができる。それからキャフェを見つけ、よく冷えた白の辛口を註文し、栗の皮をフウフウ指さきを吹きつつ剝いて、白一口、栗一口というぐあいにやると、感嘆符をうちたくなってくる。そうやっているうちに夜明けの市場にさしかかることがあるが、郊外や田舎からはこばれてきたばかりの、土の、夜露の、野菜の、魚の、肉の、すくみたくなるくらい鮮烈でいきいきとした匂いや、半ば眠りつつ口ごもって叫びかわす労働者の野太い咽喉声などは、強いけれど爽快な一撃をどこかへくらったような感動をあたえてくれる。それは簡明で、率直で、広く、深く、あたたかくて、鋭い。黒人の咽喉声のしゃがれた笑声のように何かしらほのぼのとさせてくれるものがある。これらの声の意味を知ろうと耳を凝らしたり、キャフェの主人と二言三言口をきいたり、新聞をよろよろとたどり読みしたりして、少年時代におぼえたフランス語の赤錆びを爪で落した。蜂が花から花へ蜜を集めてまわるようにして言葉を下宿へ持って帰り、ウトウト毛布のなかで眼を閉じつつおさらいする。つぎの外出のときに単語と単語をつないだうえでちょっと大胆な飛躍をおずおずと試みる。せめて小学三年生の水準ぐらいまで回復できたらと思うのだが……

慣れないうちはおのぼりさん相手のいろいろないたずらにひっかかって小さな針を刺されたものだった。ピガール広場のわきの夜の暗がりでひそひそ声で話しかけられ、ちらちらと写真のような物を閃めかすので、てっきりエロ写真かと思って買いこみ、明るいキャフェで封筒を破ってみると、『モナ・リザ』や『ヴィーナス誕生』などのきわめてお粗末な複製画がでてきたことがある。そうかと思うと、夏の白い午後、エッフェル塔の近くでどこのともしれない外国訛りのみすぼらしい男に、これまたひそひそ声で、あなたはボー・ギャルソンだ、それだけでいいんだ、ほんの一時間で金を稼ぐ気はないかと持ちかけられたことがある。どうやらブルー・フィルムに出演しないかと誘われているらしいと見当がついたので、そのまま逃げにかかったが、男はよろよろした足どりで、どこまでも、ボー・ギャルソン、ほんの一時間だ、ボー・ギャルソン、たったの一時間だとしぶとく繰りかえしつつついてきて、はなれようとしなかった。サン・ミシェル通りの角で学生相手に一席ブッてる中年のおばさんがいたのでのぞいてみると、歩道のうえで、二人のボクシング選手を切抜いた紙人形がひょこひょこと寝たり起きたりしている。おばさんは眼を煌《きら》めかせて学生たちをののしり、このチャンピオンはあんたが学校にもいかないでランデヴーに夢中になったり、ベッドのなかでいたずらにふけってるときでも夜昼なしにたたかってるんだよ、大したもんだよ、その秘密が知りたかったらこの紙に書いてあるから買いなさいと、叫びつづけ、右手に一束の紙をつかんで高くさしあげてみせる。そのあいだも紙人形は路上で音もなく踊りつづけているのである。そこで〝秘密〟を一つ買ってみると、おばさんはここであけちゃダメだよ、自分の部屋であけるんだよと、くどくど注意する。いわれるままに下宿に持って帰って紙をひらいてみると、紙人形の一方のはしに魚釣りのナイロン糸をつけ、糸のもう一方のはしを何かに結びつける。紙人形のもう一方のはしにやっぱりナイロン糸をつけ、その糸のもう一方のはしを自分の足首に縛りつけ、その足首をちょいちょいひっぱったりゆるめたりすればよろしいのであると、書いてあった。しかし、何日かしておなじおばさんがおなじ場所でおなじことを叫んでいるのを見かけたのでのぞいてみたところ、おなじ紙人形がひょこひょこ踊っているが、何度見なおしてもどこにもナイロン糸を発見することができなかったので、いまだにこれはとけない謎である。不思議のままで生きのこっている。

セーヌ河岸を散歩していると、橋の下のいたるところ、しかもたいていの橋がそうなっているが、雲古と御叱呼が垂れ放題、やり放題のままになっているので、辟易させられる。ヨーロッパの名だたる都の名だたる場所でこういうのを見かけるのはどうやらパリだけらしいと後年になって気がついたが、ソルボンヌ大学の文学部ではラブレーの作品やゴオロワ精神と結びつけて解説しているのかもしれない。安くてうまいぶどう酒にありついて御機嫌になったときは、おれならシモーヌ・ヴェイユの論文の題を借りて『重力と恩寵』という見出しで講義してやるんだが、などとあれこれ考えをめぐらすことがあった。こういう場所ではよく乞食に出会うが、彼らは東南アジアや中近東の同業者のように声をかぎりに哀訴したり、悲痛そのもののまなざしでとろかしにかかったりしない。よろよろとそばへ寄ってくることはくるけれど、ひそひそ声で、いんぎんに、しかし、しぶとく、聞えるような聞えないような小声で呟やきつづけるのである。なかにはおんぼろの体重計をまえにおいてすわりこみ、体重を測ってやるかわりに一枚はずめやと、だんまりのままでいるのがいる。これはワルシャワでも、ロンドンでも、マドリッドでも見かけたので、パリだけの特許ではない。南米のメキシコ・シティーのマリアッチ広場のすみっこで見かけたこともある。しかし、あるとき寄ってきた初老で背の高い乞食は、やっぱりおなじようなボロ雑巾風の服をひっかけてはいたけれど、ひそひそ声で、いんぎんに、ムッシューは日本人でしょう、日本は行ったことがないので残念ですが、すばらしい国ですね、みごとに近代化をやってのけておきながら、一方でジュドーのような伝統も完全に保存していると聞きます。近代化のさなかであなたがたは伝統を忘れていらっしゃらないんですね、これはたいしたことですよ……など、なかなか手のこんだ、ひとひねりひねった讃辞を、いっしょに肩を並べて歩きながら、ゆっくりと、一語一語、教授風に語りつづけるのだった。そこでついうれしくなってなけなしのポケットから一枚か二枚とりだして進呈し、別れしなに、メルシ、ムッシューといってしまった。乞食はそれまでのいんぎんさを捨て、冷めたく猫背のままでふりかえりもしないで去っていったが、乞食にメルシといったのはこれがはじめてであった。

そのうちキャフェの椅子にすわりこんだきり一時間も二時間もぼんやりとしていられ

るようになってからは、ぶどう酒のほかに夏の夕方ならペルノー、冬の黄昏なら一杯のグロッグをちびちびすすりながら人の顔を眺めることをおぼえた。キャフェの客や通行人の顔を眺めて、ひとりで勝手に短篇を組みたててみたり、長篇の一部をつくってみたりするのである。ここの女たちは眼と指の使いかたのたくみさでは傑出しているから、一瞥をどう使うかを眺めているだけで、瞬間の人生とでも呼ぶべき短篇をつくるきっかけはいくらでも手に入った。ときどき素速い冗談や顎をそらした哄笑のすぐ背後に悲痛や切迫がさりげなく顔を覗かせているのを見ることがあったが、眼を凝らしてもう一度眺めなおすと、たいてい消えてしまっている。しかし、もっとしばしばあるのは、二〇分も三〇分もさりげなく観察して一つの短篇を組みたて、あちらこちらをかるく叩いてしっかりしてるかどうかをたしかめ、すっかり安心していると、ふいにその顔が一変することがある。それも新聞をとりあげるとか、給仕にチップをわたすとか、どうでもいいような瞬間に変貌が起る。本人はどうやらほとんど意識してもいないし、感知もしていないらしいのに、それまでとはまったく異なる顔がありありと出現し、つぎの瞬間にどこかへ去ってしまうのである。おぼろながらも人を読みきって構成したつもりの作品が、それを見た瞬間、カードのお城のように瓦解してしまう。影ものこさずに霧散してしまう。つくづく自身の観察眼と想像力の甘さを反省させられるのだが、しかし、新しい顔が入ってくるのを見ると、またしても新作を書きなおしにかからずにはいられない。知らず知らずのうちにストーリーを考え、表題を考えにふけるのである。夜ふけによろよろと、他人の人生にくたびれて、下宿の暗い部屋へ、古い、がたぴしの階段をのぼっていく。遠い町角を高速でかけぬける車輪のきしみが、深い石の森のなかを、雄叫びとも悲鳴ともつかぬ声となって吹きぬけていく。それは無数の古い石の小さな箱から箱へやすやすと通りぬけ、ひりひりする痛覚をつたえながら何の痕跡ものこさない。

*

まなざしのように素速く
たわごとのようにうつろな

ここの住人の気風を要約してそういう言葉があると、どこかで読むか聞くかしたと思う。この市の気風や性格を表現するマキシムはたくさんあって、どれもがなるほどとうなずけるのだが、同時に手から洩れ落ちるものもあると感じさせられる。〝必要十分条件〟という言葉に照らしていえば、どのマキシムも必要なことはいいあてているのだが、けっして十分ではないというもどかしさもおぼえさせられるのである。すべて格言というものの持つ、避けられない特質として……

リュクサンブール公園で見かけた一人の男のことはなかなか忘れられない。二年か三年、この男を見たいばかりに国外逃亡の口実をつくることに腐心したようなものだった。彷徨が終って東京へもどり、昼も夜もけじめなくとろりと脳を浸していたぶどう酒の酔いを一滴のこらずぬきとってから、ある朝、爽やかなお茶をすすりつつ、さまざまな匂いと響きと瞬間を回想して蒸溜していくと、きまって最後に一滴、この男の姿態があらわれてくる。茶の匂いに眼をしっとりと洗われつつ、彼の猫背や、よたよたとした足どりのことなどを、紡ぎにかかる。

こういう男は意外にたくさんいるのでないかと思いたいが、フランス語でどう呼んでいるのだろうか。せいぜい、〝なまけもの〟とか〝カエル男〟といったぐらいのところだろうと思いたい。のびきったよれよれの服をひっかけ、中年肥りで腹が水袋のようにベルトのうえにもたれかかり、筋も何もついていないズボンはだぶだぶしている。皮膚のガサガサした荒れかたを見ると、肥厚は肥厚だとしても、あまり品のいいものを食べたあげくのそれだとは感じられない。そういうおっさんが、公園の植込みのかげでこっそり金魚鉢からカエルを一匹つまみとって口に呑みこみ、ミネラル・ウォーターの瓶から水をごくごく呑んでから、夏の日光の輝やく公園の白い道へ出ていく。観光客の一団がやってくると、そのまえに出ていき、手で手刀をつくってみせてから、太鼓腹をトンと叩く。そのはずみに口からドッと水がとびだし、同時にカエルもとびだして、砂利のうえでピョンピョン跳ねる。観光客が呆ッ気《あけ》にとられてぼんやり口をひらくと、彼はいんぎんに礼をして手をさしだし、一枚はずんでくだされやと、指をしなやかに、しかし、意図はくっきりと、うごかしてみせるのである。

一団の観光客が銭を落してわいわいガヤガヤと去っていくと、男は砂と胃液にまみれたカエルをひろって金魚鉢に入れ、水でよく洗ってやり、ぼんやりと木にもたれかかる。しばらくそうやってウトウトしてから、やがて別の観光客の一団がやってくると見ると、ふたたびカエルを口に呑みこみ、水をたらふく呑んで、道へ出ていく。ときには金魚鉢を抱えたまま出ていって、観光客の面前でゆっくり鉢からカエルをつまみだし、苔だらけの舌をべろりと出してみせ、そこへカエルをのせて呑みこむということもやってみせる。いずれにしても手刀で太鼓腹を叩いて水とカエルがいっしょにとびだすということでは変りはないのである。そうやって彼は一日じゅう、水とカエルを呑んだり吐いたりして銭を稼ぐのである。終始一貫、だまりこんだきりである。愛嬌に眼をグルグルうごかしたりすることはあるけれど、けっして口はきかず、頭もさげなければ、お愛想もいわない。傲然というそぶりではないが、ぺこぺこもしていない。観光客一同を頭からバカにしてはいるけれど侮辱的ではないというしぐさに終始する。すりきれた、なけなしの自身を保持しつつ、客に媚びずに一枚、二枚をかすめとる。この、一切無視、一切否定、徹底的な怠惰の姿態には、どこか鮮やかな小気味よさがあり、いささか品がわるいという一点をのぞくと、下宿へもどって毛布にもぐりこんでよくよく思いかえしてみれば、イォネスコなどの実存暗黒喜劇よりも、よほどヒリヒリと否定意志を発現していると、思えてくるのだった。そこで、翌日、またしてもそれを再確認すべく、リュクサンブール公園へ出かけて、ベンチに腰をおろし、ちょっとはなれたところから、惚れぼれと、観察にふけることとなる。はじめのうちこの男は啞ではないのかと思うことがあったが、いつか夕暮れどきに公園近くのキャフェで亜鉛張りのコントワールに金魚鉢をのせ、ビールを飲みながら店の主人と何やら愉しげに談笑しているのを通りがかりにかいま見たことがあって、不具なのではないとわかった。しかし、そうとわかったからといって、その魅力が翳ることはなかった。いや。むしろ。好感はいよいよ増した、といいたかった。

ある年の秋、いきつけのキャフェのおなじみの椅子に腰をおろしてパスティスをすすった。サン・ミシェル橋の左岸寄りのたもとにある『出発《デパール》』というキャフェである。つめたい茴香《ういきょう》の匂いがグラスからたちのぼり、しっとりと眼がうるおい、滴が体内で炸けるたびに小さな火が閃めいて、足もとから這いのぼってくる夕刻の底冷えを忘れさせてくれた。すでに学生たちはヴァカンスから街にもどり、スペインやギリシァの日光を体のいたるところに煌めかせながら、笑いあったり、叫びかわしたりしていた。それをぼんやり眺めているうちに、すぐよこの席に腰をおろした男と二言、三言、挨拶をかわしあった。男は初老の年配であったが、着古したツイードの背広、ネクタイはつけず、スポーツ・シャツの襟もとをはだけ、ざっくばらんの恰好だが、どことなく気品があった。この男とは何となく通じあうものがあったので気楽に穴だらけのフランス語もおかまいなしに話しあったが、男は広い旅の経験があるらしく、眼を細めてサイゴン、ホンコン、トーキョーのことなどを口にして、なつかしがった。そのうち話が物価高のことに触れ、世界中どこでもインフレで、逃げることができないという苦情で意見が一致しあった。

「……いったい、ブルジョワって、何なんでしょうね。金をたくさん持つことですか。大きな家を持つことですか」

どうしてかわからないが、そんな質問をしてしまった。あわてて口を閉じようとしたけれど、もう遅かった。質問の唐突さと幼稚さにわれながら狼狽をおぼえ、それをかくすためにパスティスをあわてて一口、二口すすりこんで、むせてしまった。

しかし、意外なことに男はにこりともせず、真摯な顔つきでしばらく考えこんでいたが、やがて顔をあげて、迷い迷い、

「静かに暮すことでしょうね」

と呟やいた。

「静かに暮すことです。たぶんね。そのためには金がいる。大きな家もいる。電話や自動車があると静かには暮せない。となると、現代の金持で電話や自動車のない人なんて、まず考えられないから、ブルジョワはいないということになる。ブルジョワの時代はとっくに終ったのかもしれない。ブルジョワという言葉があるだけなのかもしれませんね」

そんなことをゆっくり、ひっそりと話すうちに男は腕時計をちらと眺め、昔のブルジョワの家を友人が持っている、その友人はワシントンに住んでいる、今はその邸に管理人の老夫婦が住んでいるだけで、私は親しいから覗くだけならいつでも見せてもらえる、今からちょっといってみましょうか、という。旅行者だから時間だけはたっぷりありますよ、ポケットは静かですけどね、とつけたすと、男は苦笑してたちあがり、電話をかけにいった。しばらくしてにこにこ微笑しながらもどってくると、いきましょう、という。

男の中古の自動車に乗せられて走るうちにすっかり夜になってしまい、どこをどう走ったのかもわからないうちに閑静そのもののお屋敷町につき、古い邸宅につれこまれた。剛健な鉄門をおして入っていくと庭には巨大な木が鬱蒼と茂って夜のなかでしめやかに息づき、玉砂利を敷きつめた道が白い。その道を歩いてギリシァ風の柱のたった玄関の階段をのぼり、男が呼鈴をおすと、巨大な、厚いドアがゆっくりと開き、電燈がついて、たったいま帚《ほうき》に乗って夜空からおりてきたばかりといいたくなるような老婆があらわれ、氷柱《つらら》のような鼻に皺をよせて男の顔を仰いで笑いくずれ、何か早口に喋ったかと思うと、どこかへ消えた。男は悠々とした身ごなしで動作し、ひとつひとつの部屋のドアをあけて、電燈をつけ、ゆっくりと室内を一瞥させてから、電燈を消してドアをしめ、ちょっと歩いてとなりの部屋のドアをあけ……いったい何枚のドアをあけたてしたことか、数えようもない。男が低い声で短く説明するところでは、男用のコート預り室、女用のコート預り室、男用の喫煙室、女用の喫煙室、サロン、バー・ルーム、舞踏室、会議室、書斎、寝室、部屋の数もおぼえていられない。どれもこれも天井は高く、柱は厚く太く、革製の書籍の背には鈍色《にびいろ》の金が輝やき、安楽椅子はタップ・ダンスができそうなくらい巨大である。無数の肖像画にも、カーペットにも、豪奢と、悦楽と、静寂の、ただし、とっくに息絶えてしまって、こだまも聞きとりようのない事物そのものと影そのものがあった。あらゆる室の壁や蔭に大小さまざまの闇が棲みつき、それを剝がそうとすると邸そのものが音たてて瓦解しそうであった。木、革、鉄、陶器、ガラス、油彩、繊維、あらゆる事物にひめやかに活潑にガンがひろがり、音たてて間断なく侵攻し、沼は死滅したはずなのに怪物じみた生命力にみちみちてもいるのだった。その叛乱の全貌が露呈するにはあと一〇〇年か一五〇年か、かかりそうであった。たじたじとなるような蓄積と衰亡であった。

どこからかふたたび影のように老婆があらわれ、いきいきと笑声をたてて挨拶し、男は丁重に軽快に声をかけ、ゆったりと老婆の全身を抱くしぐさをしてから、戸外へ出ていった。老いた巨木の発散する爽やかな呼吸を浴びつつ、玉砂利の道を歩き、男は短く、ひっそりとした声で、

「これがブルジョワですよ」

といった。

サン・ミシェル橋まで送ってもらい、そこで何度も丁重に礼をいって車からおろしてもらった。尾燈が煌めく混沌に消えてしまってから、男の名、住所、電話番号、何ひとつとして聞きとらなかったことに気がついたが、もう遅かった。下宿の部屋にもどって、いろいろ思いかえすうち、あの邸のドアの一枚一枚はとりもなおさず一〇〇年前の明晰

で退屈な心理小説の頁《ページ》を一枚一枚繰ることではなかったのかと、二日たってから、やっと思いあたった。静かに暮すことが妖怪と同棲することであるのなら、たしかにブルジョワの時代は終ったのだ。しかし、妖怪と同棲しないで人は暮していけるものなのだろうか。古いそれが消えただけのことではないのか。ネズミの巣に棲みつく妖怪もいるのではないか？……

ヨーロッパに猿はいない。アメリカにもいないと聞く。猿がいるのは、アジア、アフリカ、南米などである。しかし、ヨーロッパにも猿まわしは、いる。少くとも、パリには、いる。何度か見かけたことがある。すりきれた赤や緑のチョッキを着せられ、両手首におんぼろのバンデージをはめられ、それに玩具の小さなタンバリンがついていて、猿は何度かカチャカチャとそれをうちあわせ、道の割栗石のうえでトンボ返りをやってみせ、見物人はそれを見て一枚か二枚投げてやるのである。ある冬の夜、通りすがりに入ったキャフェでちびりちびりやっていると、一人のよれよれの老人が入ってきて、コントワールに猿をおいた。猿は毛がすりきれて、ところどころ赤裸になり、うなだれてぶるぶる体をふるわせていた。老人がピーナツをやると、怒って投げ捨てた。つぎにクルミをやると、それもいらいらと投げ捨ててしまった。老人は淡青色の瞳の輪郭がとけかかったような眼に軽蔑と苦痛のいろを浮べ、しきりに何か小声で猿をなだめにかかった。それを見て、すぐよこのストゥールにすわっていた女が、小さな声をあげて、かわいそうだわ、くたびれてるんだわ、寒いのよ、といった。栗色に白金がかった髪をそっけなくひっつめにした、背の高い、少しくたびれた、美しい女であった。澄んだ灰青色の眼にはまざまざと優しさがあったが、おなじくらいに寂寥で寒がっているようでもあった。端正な美貌だけれど美しすぎないことが親しみを抱かせて血をほのぼのとあたたかくしてくれた。何となく声をかけて話しあううち、女はスェーデン人で、英語とフランス語を話すことができ、ここへアルジェリア独立運動のテロ活動と秋のファッションの取材にきた雑誌記者だとわかった。

めいめいのグラスをすすりおわると、どちらからいうともなくコントワールからはなれたが、ガラス戸をおして店を出るときには肩と肩がふれあい、肉のあたたかさと香りがつたわりあうようになっていた。女につれられて暗い坂をあちらへ折れたり、こちらへ曲ったり、サン・ジェルマン・デ・プレの方角へおりていったが、ごく小さな広場だったから、フュルステンベルク広場だったかもしれない。そのまわりの暗い壁にドアが一枚あって、看板もないし、ネオンもないが、女が軽く叩くと、内側からひらいた。穴蔵のような部屋が一つあるきりで、粗末な椅子と小さなテーブルがいくつかあり、女とならんで壁ぎわに腰をおろした。テーブルをはさんではあるけれどあまりに小さいので、はこばれてきたコニャックのデギュスタシオン・グラスをとろうと体を傾けると、女の髪が額に触れ、鼻と鼻が触れあい、女のすこやかな息がそのまま吸いとれた。一人の若者がギターで、『ナイフの唄』というシャンソンを低い声で語るようにうたった。女が小声で英語で飜訳してくれたところでは、その歌は一本のナイフの一生を語っていて、赤ン坊のヘソの緒を切ることからナイフの一生は始まったが、パンを切り、バターを塗り、さまざまな人とすごすうちにやがて人を刺して、川へ捨てられることとなる。《私は何も知らないのに》という繰返し《クープレ》がついていて、ホロにがさのある、ひとひねりひねった、いかにもフランス人好みの歌であった。これが終ると、どこからか人形使いがあらわれ、まッ暗ななかで骸骨を踊らせた。蛍光塗料を塗られた骨が一本ずつ集ってきてやがて人体になって踊り出すのだが、踊りながら腕の骨があわてて大腿骨をおさえたり、肋骨と腰骨が喧嘩したりして、ヒリヒリした皮肉が鋭い笑いになるのだった。女は闇のなかでコニャックをすすりつつタバコをふかし、おだやかな声をたてて笑った。この店を出ると、もう真夜中だったが、レ・アルの『豚の足』へ夜食《スペー》をとりにいくと、女はすっかりくつろいで眼をうるませ、手をのばしてこちらの髪に触れ、純粋に黒い、まっすぐな、しなやかな、アジアの髪、と呟やくようになっていた。女の手をとって、金髪の、優しい、タフな、オーディンの娘、というと、女は白い咽喉《のど》をそらせてひくく笑った。北欧神話の主神は、たしか、オーディンだったな。その住むところはヴァルハラというのではなかったか。ヴァルハラだったな。戦士の屍《しかばね》をひろって革の楯に乗せて持って帰る若い娘はヴァルキュリヤだったか。だったな？……

深夜労働の市場の畜肉労働者がたくましい体に血まみれの前垂れをひっかけてコントワールにむらがって白ぶどう酒を飲んだり、カキをすすったりしている。そのすぐよこのテーブルで肉厚のどんぶり鉢から舌を焼きそうな熱いオニオン・スープをすすり、とろりとしたグリュイエール・チーズを嚙みしめ、ジャガイモのピュレーを添えたブーダン・ノワール（血の腸詰）を食べおわると、女の眼からすっかり寂寥が消え、寒がっていたいろも消えた。女はテーブルからたちあがるときに木鉢からオレンジを一箇つまみとり、いたずらっぽく笑う一瞥を見せた。下宿へもどるタクシーのなかで女はオレンジを手のなかで踊らせたり、愛撫したりしていたが、ネズミの巣に入りこむと、はじめて使いかたを教えてくれた。それをナイフで二つに切ってから、二人とも全裸になって毛布にもぐりこみ、女は腕を高くかかげてオレンジをしぼって、液汁をおたがいの茂みにふりかけるのだった。女の茂みに鼻を埋めて舌で芽をもてあそぶと、すこやかな体臭と、ちょっときつい御叱呼の匂いにまじって、豊沃な、甘いオレンジの香りがたちあがり、血が音たてて全身に沸きはじめるのだった。体がほどけ、こころが形を失い、ベッドが舟となって、漂流がはじまった。壁も、窓も消え、二人でひしと抱きあったまま、深夜の石の町の夜空へ流出していった。女は一夜かぎりの、いきずりの恋にこころを傾け、唇と、指と、舌を精妙に働らかせ、歯をまったく感じさせなかった。それは精妙で、なめらかで、リズムがありながら即興をまじえ、知りぬき、熟しきっていた。たくましい太腿の橋のかげで呻めきながら、これはソワサンテ・ヌフ(69)だねと呟やくと、女が、これはソワサンテ・ヌフともいうけれど、ここじゃポンピェ・エ・ミネットといってるわよ、といった。

「……ミネットって、英語のプッシー・キャットだろう。ポンピェって何のことだろう。わからないな」

女はゆっくりと顔をあげ、濡れて輝やいて一滴の涙を浮べている良心なき正直者を柔らかくにぎって壁に向け、火事よ、火事よ、それ、水だ、と小さく叫んで、笑いころげた。消防夫ということらしい。ポンピェ・エ・ミネットとは、《消防夫と仔猫ちゃん》ということらしい。うまい言葉の遊びではないか。一瞬、感じ入らせられたな。

終ってから、息絶えだえになり、瞼のうらの燦爛があるばかりで、眼も見えなくなって、粗い毛布のうえで喘いでいると、しばらくして女の頬がそっとしのびよってきた。長くて骨張った指に一枚の写真をはさんでいる。ひりひりふるえる瞼をあけて見ると、一人の男と女が寄りそって夏らしい日光のなかでまぶしそうに眼をしかめながら笑いあっている。微笑で顔が崩れそうになって輝やいているのだ。

「去年の夏、この男と別れたの」

「どうして?」

「それは長い話よ」

「……」

「だけど、何かが残ったの。だから私はそれを忘れたくて、この写真を二つに切るの。だけど、一度にじゃなくて。少しずつ、切っていくの。ごらんなさい。こういうぐあい」

そういって女は指をたてると、すでにまんなかから切れかかっている写真を、大事そうに、しかし、断固とした気配をこめて、爪でちょっぴり裂いて、おいた。いつか二つに切れる日がくるというわけだ。それまで少しずつ断腸の怨みか悔いかで、ちびちびと爪で裂きつづけていくというのだ。女の顔には昂揚で血が夕陽のようにあかあかと輝やいているが、眼は穴のように暗くて深かった。絶望から女は今夜を求めたらしいと、はじめて悟れた。しかし、あれも真情なら、これも真情といいたいものも、あたりいったいに漂っていた。少しずつ《プー・ア・プー》、裂くの。少しずつ。手術の傷痕のように深い皺が唇のわきにでき、女は低く呟やいて、写真を毛布に落した。
プー・ア・プー。
プー・ア・プー。

＊

北京。ソフィア。ブカレスト。プラハ。ワルシャワ。モスコォ。イエルサレム。アテネ。イスタンブール。東ベルリン。西ベルリン。ヘルシンキ。オスロー。ストックホルム。コペンハーゲン。マドリッド。ローマ。ジャカルタ。この三年間に通過した首府を、パリをのぞいてかぞえてみると、それだけになる。招待でいったところもあれば、出版社の臨時特派員になっていったところもあり、自身の興味でいったところもある。帰国すると書斎にこもって原稿を書くことにふけり、ひたすら紙と字に沈澱するが、やがてひっそりと何かが腐って分解のはじまる気配がこみあげてくると、不安からか、焦躁からか、もしくはその二つのからみあいからか、新しい刺激と口実をとらえては、空港へかけつけた。国外逃亡という少年時代のたった一つの希求を疑似で、せめて身ぶりだけでもやってみたかったのかもしれず、自身に追いつかれまいとして一歩でもいいからさきへ出たくてそうしたのかもしれず、〝ここ以外の場所ならどこへでも！〟というあの古い男の本能に遅まきながら目ざめたためかもしれなかった。十代末期や二十代前半期に現在の若者が何の苦もなくやってのけると感じられることに妻子のある三十代の男が遅ればせに没頭しているようなところがあった。そのせいか、旅さきで日本人のやせた、暗い眼つきの若者を見つけると、よくコーヒーをおごったり、チャプスイ屋につれこんだりした。

これらの首府の記憶はほとんど失せてしまった。匂いも、輝きも、声音も、稀釈されてしまい、水割りになってしまった。上海で会った毛沢東は幸福なカボチャといいたい丸顔で輝やいていたけれど、自身の生涯としての中国革命史を記憶のまま語ることに終始するだけで、それっきりであった。エレンブルグは〝ミスター・胆汁〟という仇名がつくぐらいやせこけてにがにがしい顔つきではあったけれど、サルトルを〝もともと書斎派の知識人が無理に自分に使命を負わせて街頭へ進出している〟という意味の、正確そのものの評言を語ったほかには、ソヴィエト国内事情については外交官並みのことしか語らなかった。そのサルトルにパリで会ってみると、子供が大人の外套をひきずるようなぐあいに外套を着こんだ小男で、ひどいガチャ眼で、右の眼に挨拶していいのか、左の眼に挨拶していいのか迷うくらいであったが、社会主義について語る言葉は自由主義左派の凡庸な通り言葉を出なかった。これは当時たまたま出会った有名人の横顔の寸描にすぎないのだが、むしろ歳月がたったいまでもありありと思いだされるのは、さして意味や意義があるとは思えないような二、三の断片である。ソフィアのレストランで出された〝紳士の乳〟と称するマスティカ、真正アブサントといわれたかいわれなかったか、その冷水割りゴブレットの表面にキラキラと輝やいていた何かの油精の筋である。初夏の北京の町角で老婆が屋台に氷の塊りをおき、匂いが失せないようにとその氷塊にジャスミンの小さな花をたくさんおいて売っていた、そんな光景である。後日の思像にのこるものを痛切だとして人は尊重する頑癖があり、事実、痛切が思像になることはしばしばあるけれど、痛切でも何でもないことがしぶとい思像となって生きのこることは、もっとしばしばである。何から何までを論理整合性と合目的性で説明しつくさなければ気のすまない精神分析学はこれをどう説明するのかしれないけれど、もっぱら貴重でいつくしみたいのは、これらとりとめない破片の光景である。そのなつかしさはいつまでものこっていく。

その年の夏は北欧諸国を歩きまわったあとでパリへ出てきた。いつものように左岸の学生街にパンシォンを見つけたが、サン・ミシェル橋のすぐ近くで、セーヌ河に直面し、ノートル・ダム寺院の石壁が、その垢と雨の地図が、窓ごしにすぐ眼前に見えた。小さくて暗い部屋にこもって毎日毎日、またしても脳がとろけだすかと思うくらい眠りこけた。疲労は毛布から、壁から、寺院の晩禱の鐘声から、歩道の人声から、とめどなく分泌され、指一本を持ちあげる気力もなかった。夏のヴァカンスで人口の流出してしまった街はどこもかしこもがらんどうになり、露地は暗くてからっぽの井戸底か空谷《くうこく》かと感じられ、大通りは風雨で白くさらされた先史時代の巨獣の骨格標本のようであった。ところどころの窓ぎわにある鉢植えのゼラニウムの花がゆらめく白暑のさなかで血の滴のように輝やいている。そういう白昼がようやく消えて、長くて淡くて華やかな黄昏が空や壁や舗道から分泌されるようになってからやっとベッドからぬけだし、いつものキャフェ『出発《デパール》』の最前列の右から三つめの席へすわりにいき、パスティスを註文する。冷めたい、濡れた、ツンとくる茴香の匂いを一滴ずつすすりながら、舗石にただよう紫紅色の澄明な夕陽を、うつけた眼で眺めつづける。何もかもがけだるく、時間の酸に侵されて正体を失い、分解の恐怖はテーブルにのせた指さきのすぐそこにすわりこんでいるのだけれど、どう身動きのしようもない。自身が何か脂っぽい、灰いろの、ぐにゃぐにゃしたゼリーの塊りになったかと感じられ、熱もなければ形もない。

このような無為の白想のさなかに突如としてシャルトルの焼絵窓の燦光が登場して、したたかな一撃を浴びせてくれた。ある日、何ということもなくシャンゼリゼをのろのろと凱旋門からおりてきながら、クラリッジ・ホテルを見かけたので入っていき、案内所においてある無数の観光パンフレットを眺めるうちに、すぐ近くからシャルトル大聖堂までのバスが一時間おきに出ていることを知ったので、そのままホテルから出て、灰いろの脂肪質の一滴としてバスに乗りこみ、たくさんのアメリカ人のツンツン鉱物質の香りをたてるお婆さんの観光客といっしょにけだるい夏のボーヌの平原をよこぎったのだ。バスから追いだされるようにして、古くてたくましい聖堂の荒れたドアから、一歩、入ったとき、ひんやりした巨大な闇のなかに、異形の燦光の氾濫を目撃した。それまでの数知れない美術館めぐりの経験から〝出会い〟は最初の一瞥にしかないことを知らず知らずのうちに体得させられていたのだが、このときの一瞥には背骨を鋭いナイフの刃で逆撫でされるような、冷めたい戦慄をおぼえさせられた。一瞬のうちにそれは全身に波をたてつつ広がっていき、脂っぽいぐにゃぐにゃを、肩、腹、指、すべてから消去した。強大、剛健なゴチックの腕が、たくましくうねる闇が、天井にそびえたち、そそりたち、砂漠の夜空のように深沈とたたえられているが、そこに紺碧《こんぺき》と深紅と……無数の燦光と像が、煌めいているのだった。おそらくその闇には中世の疫病、飢餓、流血、闘争、殺戮、阿鼻、叫喚の一切がこめられているのだろうと思いたい。その闇の深沈があればこその燦光と讃仰なのであろう。これはわきたつ光と色と像の大合唱であった。酷烈と無残をものともしない、たじたじとなるほどの豪奢と稚純の讃歌であった。一瞬も休むことなくふるえつつ移動する真夏のけだるい日光が、どの一閃にも、濃厚と澄明をあたえている。幼稚と至上、華麗と簡素、精緻と即興、深遠と単純、爛熟と祈り、すべて相反するものが楽々とまじりあい、とけあい、ゆるしあって、飛翔しつつ定着されている。計算されつくしているのに気まぐれであり、しかも放恣はどこかで全体に合一して傲慢ではなく、横溢しながら昂揚しあっていて、一片として無駄もなければ、落下もない。混沌そのものなのに整序そのものでもあるのだった。ひとつひとつの男や女の顔は無数の聖書伝説を語っているけれど、意味は肉からとびたち、教訓は語られながら服従を求めず、花のように自身であることに満足しきっていて、その満足の意識すら知らないでいるかのようであった。おしつけがましくない。何よりかより、おしつけがましくない。これほどの惜しむことを知らない豪奢があるのに、どこを見てもおしつけがましさがないのだ。燦爛と敬虔が手をとりあって乱舞しながらその足音が聞えないのである。しかも、おぼろな知識が教えるところでは、これらはことごとく四〇〇年、五〇〇年にわたる無名の職人が、親方の命令のままに右へ左へうごいて、黙々と鉛の枠のなかに色ガラスの破片を埋めこむことにふけるだけであった、その親方の名すら伝えられていない、匿名の労作なのである。曾祖父、祖父、父、子、孫と、飽きることなく伝えられつづけ、作られつづけ、祈りつづけられた所産である。日記をつけることも知らず、雑誌に近況報告を書くこともなく、新聞に写真をとられることも期待しなかった、寡黙な、重い腕の持主ばかりだったのだろうか。一匹のアリとして足場から足場へ移動するだけでありながら、心のどこかでは断固として奴隷ではなかった人びとの甘い肉の苦汁がこれらの煌めきなのだろうか。何を語りあい、呻吟し、どんな罵りを洩らしあったのだろうか。ほとんど何も書きのこされていない。何もわかっていない。何ひとつとして往時は知覚されることもなく、体感されることもない。これもまた、いかにあるかが、わかるだけである。これほどの尨大と精妙が、わかるといえば、ただ、Howだけである。それだけだ。いま、どのようであるか、だけである。

この聖堂を出ると、すぐよこに画廊のようなものがあり、大小さまざまな画やデッサンが並べられていたが、ことごとくこの聖堂をテーマにした作品群であった。しかし、どれもこれも萎びて枯れて濁った駄作、愚作、凡作であって、お話にも何もなったものではない。現代の悲惨とお粗末をそのまま見せられるようであった。パリにもどってからたまたまルオーを見るチャンスがあったけれど、その敬虔な呻吟は額縁に封じこめられていて、たちあがりもしなければ、あふれだそうともせず、造花としか見えなかった。放射能が消えていて何ひとつとして感染されるものがないのだった。聖堂から出てバスのほうへ夏の道を歩いていくとき、石灰質の孤独の殻が消え、脂肪質の憂鬱もなくなり、体内には火の輝きと晴朗な眩耀があり、爽やかな沸騰で小躍りせんばかりであった。そしてつぎに来るときはこの小さな町の旅館に泊り、何日も滞在して、未明のしらしら明けからとっぷりした夜まで、日光の移動とともに聖堂の闇と燦爛が一時間ごとにどう変貌していくかを、どこかの柱のかげにうずくまって観察しようと思いきめていた。心の陽炎《かげろう》を直視することをひたすら避け、二つの眼だけとなって、サンドウィッチをかじりかじり、一日じゅう、眺めつづけたい。それを何日も何日もぶっつづけにやってみるのだ。色と光のたわむれと融即するのだ。

＊

東京からパリまでの往復切符を持っていたとする。そこでたまたまパリからマドリッドまでいくことになってチケットを買う。そのとき東京→パリ間のチケットを見せると、何もなしでパリ→マドリッド間を買うよりぐっと安く買える。それは〝シュプレマン（追加）〟としての扱いをうけるチケットだから、断然安くなるのだそうである。散歩でなにげなく立寄ったエール・フランスの本社のカウンターでそんな説明を聞かされたので、発作的にマドリッドへ行く気になって金を払い、チケットを買った。これで東京へ帰りついたときにはほとんど無一文になりそうであったが、何とかなるさと呟やいて、マドリッドへいった。そしてもっぱら裏町をほっつき歩いてイワシの塩焼やエビの鉄板焼を立食いでつまみ食いしてその日、その日をしのいだ。居酒屋ではいろいろと安くてうまいオツマミがずらりと並んでいるのでむしろそのほうが愉しいくらいのものであった。

夏の闘牛は観光客向きのものであって、二流の闘牛士しか出場しないと聞かされたけれど、かまうことではなかった。天井桟敷といいたいような安い席のチケットを買い、となりに来たアメリカ人の観光客に双眼鏡を借り、お返しにビールを一本買いとってプレゼントしてはるかな谷底の血と砂を観察した。牛は三〇分が一勝負で一頭ずつ屠《ほふ》られるのだが、三時間で六頭が殺される。午後もずいぶん遅くなってから開始され、強烈な夕陽のなかで長剣が煌めき、真紅のケープが閃めき、オーレ！　の叫喚が空にこだまする。牛は殺されると馬にひかれて消えるが、つぎにとびだす一頭がそっくりの体格なので、たったいま殺されたばかりのが息を吹きかえしてとびだしてきたのかと思いたくなる。夕闇の迫るほの暗いなかで一頭の牛が刺されてはよみがえり、倒れては起きあがりして人とたたかっているように見えてくる。人はいつまでも一頭きりの牛とたたかっているように見えてくるのである。これは虚無とのたたかいではないのか。人は血と汗にまみれて不屈の虚無とわたりあっているのではあるまいか。勝っているのが人なのか牛なのかわからなくなってくるが、これはもともと勝負などのない舞踏ではあるまいかとも感じられる。

バルセロナの町はずれの小さな居酒屋で老婆が太鼓の上でタップ・ダンスを踊るのを見たときには魅せられた。いがらっぽい安葉巻の煙りがもうもうとたちこめる、暗い、荒涼とした部屋のまんなかに輪切りにした巨大な酒樽がおいてあり、そこに粗革が張られて、大太鼓になっている。傷だらけのその粗革の上で肉の小山といいたいくらい太った老婆が髪をふり乱し、汗まみれになり、眼と歯を煌めかせて快活に叫びながら踊る。もとはダンサーだったらしいその老婆は巨体をらくらくと持ちはこび、かすかにかすかに軽くタップを踏み、山のかなたの遠雷が近づくようにしてしだいしだいに音を大きくし、踵をたたきつけ、革を踏み鳴らし、汗を散らして踊りまくった。巨大な乳房が雪崩《なだ》れのようにゆらゆらと揺れ、老婆の笑声と叫声が壁をつらぬいてつっ走り、大太鼓のとどろきが腸をゆさぶった。いっさいの精力の乱費をものともしないこの快活な老婆が、白い、たくましい咽喉をそらせて叫ぶとき、壮烈はいじらしさと不屈をふりまいて輝やいた。ここはどうやら虚無と壮烈の国であるらしかった。かさかさにひからびた灰褐色の土と岩と夜から孤独がほとばしり、老婆はほとんど不死身であった。

＊

人の不幸は部屋の中にじっとしていられないことである。たしかパスカルだったと思うのだが、そういう箴言がある。どの著作物に出ていた言葉かと思いかえしはじめると怪しくなってくる。パスカルかデカルトか、それも怪しくなってくる。しかし、旅行癖が昂進してとどめようがなくなり、枯草に火がついたみたいにひたすら燃えるだけとなってくると、自身にたいする弁解としてはもっともしばしばこの言葉がよみがえってきて、爪か髪のようになってしまった。ゲーテ、ボードレール、E・パウンドなど、旅への誘いの名言はいくらでも引用できたが、これ以上に短くて的確なのは他になかったので、他人にたずねられるとしじゅうこれを口にして返答とするのも習慣となってしまった。

夜ふけにバリ島のヤシの葉小屋で眼をさましてヤモリの鳴声に耳を澄ませたり。ロンドンの安宿で便器にまたがって水音を聞きながらその水が鉄管からテームズ川へ、そこから大西洋へと流れていくことを想像したり。よしなしごとに思いふけっていると、しばしば、何だってこんなところにいるのだろうと、苦い疑いがこみあげてくる。その苦さにはどこか甘さがかくれているので、苦いままでとどまることはない。鬼火のように揺れて明滅してとらえようのない心にしがみつかれたくないばかりに走りつづけているのだ。ひょっとしたらどこかで立ちどまりたくてしかたないのにそうしようとあせればあせるだけ、いよいよ走りつづけずにはいられないのだ。しかし、一度立ちどまったらその場で頭からカビが生えて腐朽しはじめるのが恐しくて、それがわかりきっているようなので、こうせずにはいられない。醒めること、冷えこむことをひたすら懼《おそ》れ、止まったら倒れるものと思いこんでいる。ときどき冷えきったマーティニの最初の一滴をすった瞬間にあてどない昂揚をおぼえて、独楽《こま》だ。独楽なんだ。おれは高速で回転する独楽なんだと、イメージを自身に擬したくなることがある。独楽は止まることをひたすら拒んで回転しつづけるが、倒れるときは従容としている。しかし、それが回転しているときには中心に動きが見えず、まるで冬の深夜か淵のように澄んだ静謐がある。しんしんとしたそれがある。こう見えてもおれのどこかにはそういうものがあるはずだ。ただおれの不幸は自身の眼でそれが見えないだけなんだと。キッと頭を擡《もた》げてそんなたわごとに心を托してみたくなることがあるのだった。ただし、高速で回転する独楽のしんしんとしているはずの静謐に二日酔いの吐気、頭痛、悪熱、ふくれあがって毛虫のようになった舌、硫酸のように心を焼きにかかる後悔ばかりが毎日のようにどんより沈澱しているというのは奇妙であった。

ある年の秋晩《おそ》くにポーランドへ流れつき、アウシュヴィッツへいって、粗末な板張りのバラックの強制収容所をそのまま博物館にしたのを見せられる。ヒロシマは都市そのものを全滅させた惨劇なので当時の状況をそのまま保持するためには全域を無人地区にするしかないが、小さな島に過密の人口がひしめきあう日本列島ではそれは無理な註文である。そのうえ日本人の清潔趣味が〝記憶〟を無化することにふけったから、小綺麗な博物館のおぼろな黒白写真をたよりに当時を想像するしかなくなってしまい、核を開放する力はまったく萎えきった形のなかにそこはかとなくさまようだけとなってしまった。しかし、アウシュヴィッツはもともと上部シレジア地方の荒地であったし、ポーランド人の執念そのものの底深さもあって、当時の状況はことごとく事物で保存された。強制収容所のバラック群は荒野の風と雨のなかで朽ちるままに保存され、ガス室や火葬場はナチスが撤退するときにダイナマイトで爆破した、その力の炸裂のままに丈高い雑草のなかに放置されていた。男や女の髪、義足、眼鏡、ことごとくが分類されて小さな山となって粗末な板小屋の蛍光燈の冷めたい光のなかにそそりたっているのを見せられた。また、無数の死体をガス室からはこびだし、荒野に大穴を掘って薪といっしょに積みあげて焼却したのだが、その穴が池となってあちらこちらに水をたたえてにぶく光っている。この池のまわりは草むらだが、無数の骨の細片が土にまじっていて、土と骨とどちらが多いのかけじめがつかないほどになっているが、にぶい晩秋の陽のなかですかして見ると、池の底の傾斜はギッシリと骨片で蔽われているのだった。こういうことはことごとく記録文書と写真で見せつけられ、読まされつづけてきたことにすぎなかったが、生まれてはじめて見るような衝撃をうけた。読むことと見ること、想像することと見ることのあまりの相違に愕然とならされたのだった。しかし、このナチスの強敵であったソヴィエトでは独裁体制下にあって何十万、何百万の人体が冷寒の荒地で拷問と重労働のあげくに火葬にされることもなく腐朽させられていったのであって、その全容は徹底的に隠蔽されていて正確な数字は誰にもつかみようがないものの、敵の骸骨で城壁を築いたと伝えられるチムールもよろよろとなるほどのものであったと教えられると、茫然と朦朧があるだけだった。〝第三帝国〟の地獄は数年にしかすぎなかったが、スターリン体制下ではそれがケタはずれの年月にわたって一貫して持続して遂行されたのである。それを可能にしたのはいうまでもなく一指導者の恣意もさることながら体制そのものである。社会主義だからそうなったのではなく、独裁体制だからそうなったのである。社会主義が独裁体制ぬきで成立できないものであるならば、社会主義だからそうなったのである。

この翌年にアルゼンチンの某所にひっそりかくれて暮していた旧ナチスの親衛隊大佐がイスラエルの工作員によって拉致されてイエルサレムへはこばれ、裁判にかけられるという事件が発生した。そこで出版社へ出かけて臨時特派員として買うつもりはないかと相談を持ちかけると、その場で身分証明書をつくってくれたので、羽田から出発した。これは〝オリンピック裁判〟と呼ばれ、世界じゅうのジャーナリストが流れこんだ事件であったが、そのため数少いホテルがことごとく満員となったので、イスラエル情報局はたいへんくどくどした口調であやまったあげく、一軒の下宿のメモをくれた。その紙きれを手にしていってみると、これは裏町のしょぼくれた小さな映画館の屋上につくった鶏小屋のような部屋であった。困苦や窮迫は少年時代からの親友みたいなものだから、波形トタンだけで砂漠地帯の入口の白暑をさえぎった、ドアもあるかなしか、ベッドは組立式の軍隊のカンヴァス・ベッドであったが、不満は何もなかった。ゴキブリも入ってこないこのあけっぴろげの独房から、毎日、裁判所にかよって、イヤホンを耳につけて傍聴にふけったのであったが、まったく退屈であった。昔の写真で見る大佐は冷酷で傲慢で有頂天になっている美貌の青年だが、防弾ガラスにかこまれて佇立《ちょりつ》しているのは、禿頭にイヤホンをかけ、しじゅう顔面神経痛で頬や眼をひきつらせている、ときには端正、ときには臆病とも見える初老で長身の男であった。何を訊かれても彼は徹底的に命令でした、抵抗は不可能でした、歯車でありましたと返答するだけであり、そのしぶとさはなかなかのものと思えることがあった。これにたいして禿頭の検事は流亡二〇〇〇年のユダヤ人の執念をこめて彼が情熱や感傷のある〝人間〟であったこと、それによって数十万、数百万の全ヨーロッパのユダヤ人列車のプログラムを組みあげたのだという事実を立証しようとすることに没頭していた。一例をあげると、ヴァン湖会議《ゼー》である。ベルリンのはずれにあるヴァン湖の岸にある別荘でユダヤ人問題の〝最終解決〟が議論されたのであったが、その会議が終ったあとで出席者一同がマントルピースのまわりに集ってコニャックで乾杯をした。検事はそのメンバーの名前はもちろんのこと、マントルピースの右から一番目が誰、二番めが誰とかぞえあげ、大佐が何番めに立っていたかをみごとにいいあてた。そして、声低く、そのコニャックはどんな味がしたかと、たずねた。大佐はうっかり日頃の用心を忘れ、長時間の大会議のあとでしたのでそのコニャックはうまかったですと、答えたのだった。とたんに検事は禿頭を赤くして、君は人間だったのだ、歯車ではなかったのだと、食いついた。

前年のアウシュヴィッツの記憶が深刻すぎたので、その谺《こだま》としてイエルサレムへいったのだったが、ここには声と議論と数字しかないので、やがてくたびれてきた。毎日毎日、明けても暮れても、あちらの収容所ではどうだった、こちらの収容所ではどうだったと、重労働、拷問、飢餓、強姦、人肉嗜食、無数の〝問題〟が煮たてられ、あぶりだされ、ヤスリにかけられる。傍聴者は一つ一つの事件について知性と感性をじっくりしっとりと問題の核心のおぼろなところまでおろしているゆとりがないのだった。もともとこれは裁判というよりは中世の族長会議に似たものであることは万人承知のことであるが、それでも訴追者が〝律法の民〟であるユダヤ人であるので、何か新しいことがあるのではないかと思って、〝オリンピック裁判〟といわれるほどのラッシュが出現したのであった。ユダヤ人は〝法〟の形式を整備するためのあらゆる努力を惜しまなかったし、すべてを公開して関係各人に自由な発言を許すという形式を固持し、傍聴人としては退屈そのものでもあった。ダハウであったか、ザクセンハウゼンであったか、何万人かを殺したはずだが、それは五万人であったか、五万五千人であったかと検事が声を荒げて追及する。被告は顔面神経痛をこらえこらえ、小声で、よくおぼえていません、忘れましたと、呟やく。つぎにルブリンとか、何か、別の地名があらわれて、またおなじ訊問がつづく。はじめのうちは心も耳もたてて聞きこみ、ノートをとり、そのノートに註をつけということにふけっているのだが、毎日毎日ただそれだけの繰返しとなると、くたびれてしまう。わからなくなってくる。数字は極端に膨脹の一途をたどるが、一人の人の死で深刻が知覚できるのは父母、兄弟、妻、恋人、子供ぐらいであろうか。あとは台風の死者や古代の暴政の死者の〝数〟だけである。追及者が誠実になればなるだけ傍聴者はくたびれる。当時の白暑のイエルサレム市内でクーラーがあるのはこの法廷だけであったから、爽やかな涼気にさそわれて聴覚がほどけ、視覚がほころびて、ついウトウトとなる。ノートの落ちる音にハッと眼をさましてみると、イヤホンは敗戦直前にハンガリーでユダヤ囚人に強制した行進につきその死者の数を声鋭く追及している。その数字に耳をこらしてみると、ウトウトのあいだに数万人がどこかへ消えてしまっているのだった。これではこの裁判を傍聴する資格がまったくないと、恥じ入って思いきめ、翌日からは出席をやめた。リュックにシャツと歯ブラシをつめこんでヨルダン国境沿いのキブーツに出かけ、ひたすらオレンジの実をつむ重労働にふけった。トラックに乗った小柄なシオンの娘たちの汗みどろのTシャツの腋の暗い影に金いろのたわわな腋毛が汗粒を光らせているのをちらちら盗み見ながらオレンジの箱を投げあげる筋肉と汗の重労働は愉しかった。くたくたになってシャワーを浴びる力もなくなって小屋の清潔なベッドに倒れこむ瞬間、何か大事なことを成就したような、果実のようにつまりきった感触が全身にひろがって、ほのぼのできた。

大佐には失望させられた。映画、ラジオ、レコード、そのどれの録音でもない、生きているナチス将校の声を聞いてみたいという期待を抱いてイエルサレムまで来たのだった。法廷の傍聴席のイヤホンでは英語、ドイツ語、フランス語、ヘブライ語の四ヵ国語を聞くことができ、完璧な同時通訳であるが、大佐の声そのものが、ぼそぼそと低く、凡庸で、抑揚がなく、しかも意味としては、命令でした。命令は第三帝国では絶対服従あるのみです。たとえ私がやらなかったとしても他の誰かがやっていたでしょう。この三つのいずれかを毎日毎日ただ繰りかえすだけなので、単調さにくたびれてしまう。かつての金髪の野獣は定年退職後の一人の禿頭の官吏になりきっていた。そのぼそぼそ声を聞いていると、あの晩秋の澄明な弱陽《よわび》のなかで、板小屋のなかで、草むらで、池で、むらむらとたちのぼっていた凄惨な事物の力が水割りにされ、まったく萎えてしまうのだった。光景は消えることがなかったけれど、薄明のなかにとけ、遠ざかり、小さくなり、放射能を失って、ただの回想となってしまいそうであった。《アウシュヴィッツのあとで詩を書くのは野蛮である》という有名な言葉があるが、それにすら感染できなくなってしまいそうであった。

（結局彼は予想通りに死刑を宣告されて執行されたが、世界は声をあげなかった。彼がアルゼンチンで逮捕されたというニューズは少くとも全世界の無数の新聞社のすれっからしの編集室を沸きたたせたけれど、死刑宣告では誰もふり向かず、三行きりで片づけられてしまった。傑出した〝律法の民〟にしてはあまりにも常識的でありすぎるこの措置には痛く失望させられた)。

毎週、週末になるとこの国に独特の習慣として〝シャバト〟がくる。金曜の夕方の一番星から翌日の土曜日の夕方の一番星まで、二十四時間の宗教的カーフュー(外出禁止令)である。この時間内はすべての人が家にこもって一歩も外出してはならず、働いてはならず、火を使ってはならず、刃物といってはカミソリすら使うことも禁止されるのである。鶏小屋から出て砂漠からくる浄白そのものの、ヒリヒリするような涼風に吹かれてちびちびぶどう酒を飲んでいると、禁のとけた土曜の夕方、にわかに町がよみがえる。市が身ぶるいしてたちあがる。若い男女のはじけるような、湧きたつような、叫びと笑いと罵りが、あちらこちらに起り、キラキラ輝やく上潮《あげしお》となって一瞬に全市にひろがり、いっさいの乱費を惜しまない精力でたちあがってくる。ときどき〝ハヴァ・ナギラ〟の歌声がひびいてくることもある。それは下手くそきわまるし、訓練もされていず、萎えていたり、そうかと思うと勃起しすぎていたり、バラバラの声の集群にすぎないが、法廷のランチ・タイムのときに顔見知りになったイスラエル人の新聞記者がそそくさと紙きれに書きつけてくれたところでは左のようである。

Hava Nageela
Hava Nageela
Hava Nageela vay mismacha
Hava Nageela
Hava Nageela
Hava Nageela vay mismacha
Hava na ranina
Hava na ranina
Hava na ranina vay mismacha
Hava na ranina
Hava na ranina
Hava na ranina vay mismacha

Oo roo oo roo achim
Ooroo achim be'lev say maya
Ooroo achim be'lev say maya

Ooroo achim be'lev say maya
Ooroo achim be'lev say maya
Ooroo achim ooroo achim
Be'lev say maya

＊

一つの原因がいくつかの結果を生む。その結果の一つ一つがつぎの右往左往を生みだして、またたくさんの結果を生みだす。それらが一つ一つの原因となってまたたくさんの結果を生みだす。この〝原因〟と〝結果〟の大数のもつれあいのハッスル・アンド・バッスルが〝森羅万象〟とアジアでは字になる。ギリシァ人は筋肉労働をもっぱら奴隷にまかせておいて陽当りのいいひっそりした壁ぎわや、ときにはニンニクとナツメの匂いのみなぎる市場の混雑のさなかで抽象思考にふけった結果、この因果論を〝必然の大車輪〟と呼ぶようになった。それから二〇〇〇年近くたってからアインシュタインはおなじ思考にとりつかれ、すべては必然であるということを、〝神がサイコロをふることはない〟という一語に封じこめた。

アウシュヴィッツへいったのは一九六〇年である。アイヒマン裁判はその翌年の六一年である。ついでヴェトナムへいったのは六四年である。六八年の春には〝五月革命〟と称してパリで学生の争乱が発生し、たちまちヨーロッパ全土に波及し、東京では〝お茶の水カルチェラタン〟なる騒動となったが、七月のヴァカンスがはじまるとたちまちひっそりとなってしまった。アラブとイスラエルはあいかわらず抗争しあい、スエズ運河が封鎖されて戦闘がおこなわれたので、エジプトへ出かけたけれど、最前線にいくことは禁止されていた。そこで一度パリへ出て、イスラエルへ入り、スエズ戦線までいった。そのついでにヨルダン、レバノンの二方面も観察にいった。そして帰途にヴェトナムに寄り、二月にあったテット攻撃のその後を眺めた。一九七三年には第一次和平協定があったけれど、たちまち戦闘が再開されたので、三回めの観察としてサイゴンへ出かけ、一五〇日間、第二次和平協定が結ばれるまで、滞在した。

死んだ戦争の事物の力にひっぱたかれて独楽として回転しはじめ、つぎつぎと生きたそれの力にひっぱたかれつづけたのである。大車輪のふちを走りつづけ、諸国の戦場から戦場へ影のように移動しつづけたのだった。もっぱら耳と眼をたよりにしてさまよい歩いたのだったが、死体と血はつねに鮮烈で、何度見ても慣れることができなかった。叫びと囁きにみたされて帰国し、杉並区のはずれの二階の薄暗い小部屋にたれこめて、リポート、随筆、短篇、長篇などを書きつづるのだが、書いているうちは沈潜と凝結にふけったつもりなのに、ペンをおくとたちまち煙りにすぎないと感じられた。しかし、それ以外の何もできないことがわかりきっているので、しばらくたつとまたぞろペンをとりあげずにはいられない。裸の知覚は一瞬にしかなく、そのはかなさはあふれる強力さと紙一枚であるが、たちまち日常がひっそりと避けようなくしのびよってきて、拡散してしまう。そこで水っぽくなった自身をひきずって遠方の災禍めざしてふたたび出ていくこととなる。ブリキの車をまわしつづけるハツカネズミにも似た生き方だったが、そうせずにいられないばかりにしつづけたのだった。神がサイコロをふることはないと知りつつ、サイコロばかりがあると感じられる。どこにいても、いつも耳のうしろあたりに、〝トーテン・タンツ(死の舞踏)〟という言葉が漂っている。

　はるか遠方の銃声を聞いて銃口がこちらを向いているかそれているか、その銃はM16かそれともＡＫ47か、耳はそんなことを聞きわけることにふけっていたのだが、他の無数の場合とおなじようにすぐ手近のことを聞き落していた。忘れたわけではないけれどついつい注意することを怠って身辺にひそむ重大な声をまったく聞き落していたのである。ある日、たぶん土曜か日曜の夜だと思うが、妻と娘をつれて新宿のレストランへ食事に出かけ、帰宅してから、たまたまパリから持って帰ったブルゴーニュの赤のシャトォ物の栓をぬいて三人して書斎で飲みはじめたところ、たっぷりまわった頃になって妻が叫びはじめたのである。ついで娘が叫びはじめた。気がつくと二人は爛々と眼を輝やかせ、頰を紅潮させ、声をかぎりに罵っていた。何事だ。なめるのもほどほどにしろ。女房子供をほったらかしてあっちこっちほっつき歩いて。てめェの家を母子家庭みたいにしておいて、よその国の切った張ったを覗き歩いて、御大層なこと書きまくりやがって……というのであった。隠忍また隠忍のあげくの炸裂だから声は壁をふるわせ、精力はほとばしるままに部屋を右へ左へ突ッ走った。

妻が叫ぶ。

「女子供の面倒も見れない男がパチンコ玉みたいにころがり歩いてちらくら何やら書いて、それで世の中変るわけでもなし。戦争が終るわけでもなし。脳天気とはあんたのことや。ええ年ぶッこいて」

娘が叫ぶ。

「そうだよ、そうだよ。たまに家にいるかと思ったら日中はグースカグースカ寝てばかりで、夜になったら起きてきて実存しやがって。それも大酒ばっか飲んで。家庭遺棄罪で訴えるわよ。そんな罪あるんじゃないの。あるわよ、きっと。どこかに」

もつれもつれ一気にまくしたて、ぶるぶる手をふるわせながらタバコに火をつけると、小さな鼻の穴から二本、ぎょっとなるほど太い煙りを長ながと吐きだした。

　二人はかわるがわるつぎつぎと日頃の軽犯罪を数えあげ、まくしたてて、叫びつづけた。夫婦喧嘩はしょっちゅうのことでうんざりするだけだが、この気迫には稀れな直下《じきげ》の凄みがこもっていたので顔を伏せるしかない。日頃は大半のことを冗談口調でうっちゃってしまう習慣に三人ともなじみきっているのでこれはやり慣れない争いであったが、〝雌伏〟や〝蜂起〟という文字そのものを見せつけられたようであった。よせばいいのに血のなかでぶどう酒が沸騰するので、ついつい、たいていの小説家は放浪を終ってから家庭を持つんやがおれはそれを何しろ学生のときにやってしもて、いわば春にめざめたとたんに墓場に入ったようなもんやからといいかけ、ハッと気がついて黙ったときはもう遅かった。

　妻が叫んだ。

「私が墓場やと?!」

　娘が叫んだ。

「そしたら私はおばけか?!」

　無数の蜂が羽音をたてて巣からとびだしてくるような気配がした。娘は怒ってタバコをもみ消すと、あぐらをといてパッとたちあがり、殴りにかかるのかと体をすくませたら、フンと嘲笑し、万年床にテッテケテーと叫びつつとびこんだ。妻は眼を怪物のように光らせてグラスをひっつかんだが投げるのはやめ、かわりにそこらに積んであった安物の本を二、三冊足で蹴散して、ころがるように階段をかけおりていった。正しい。正しいのだ。三人とも正しいのだ。だから……

という呟やきはドブの泡か。

*

部屋のなかにじっとしていても、木工が木をきざみ、女が編物をするように、指に頭と心をこめられる人は、いい。その指頭からたえまなく少しずつエゴを事物に注入できる。しかし、そんな稟質《ひんしつ》にめぐまれていない男は凝視するきびしい視線にさらされて石化する。または癩に冒されてじわじわと分解していく。それからのがれるためには酒で酔いつぶれるか旅に出るしかないとわかる。しかし、心はいつも部屋を携帯したがるので、格子のない独房の囚人になることを避けるにはひたすら安逸を恐れなければならないともわかってくる。安逸は懈怠《けだい》を分泌し、男はたるんで腐敗する。しかし、どんな激越な文体もコンマとピリオッドをうつことは避けられないのだから、放浪のさきざきでもときどき部屋にたれこめずにはいられまいし、懈怠に浸ることもしなければなるまい。それに心身をあげて浸りながらもいつもどこかにそこからぬけだす一歩の力は保持しておかねばなるまい。その心の技はどうきたえたらいいのか。まるで鏡を見るようにおぼろだけれど、額をあげて正面から直視しなければならない瞬間はきっとどこかに待伏せている。部屋にとどまることも不幸なら、とどまっていられないことも不幸である。いささか激しく響くが、いっそ、自殺したくないから旅に出るのだといってみてはどうだろうか。すでにそうメルヴィルが吐いているのではなかったか。たしか、メルヴィルであったはずだ。だったな？……

一九六四年に新聞社から臨時移動特派員になってヴェトナムへいってみないかという誘いがあると、その場で乗ることにした。その頃、この国のことはほとんど何も報道されていず、何やらいつも殺しあいをやっているらしいなというぐらいにしか感じられていなかった。クーデターや大統領暗殺があると、そのときだけ記者はかけつけ、騒ぎが終ると、香港やバンコックへ引揚げるという習慣になっていて、支局をサイゴンに設けている社は一社もなかった。記者の誰一人としてサイゴンから出たものはなく、まして最前線へ出かけたものとなると一人もいないばかりか、思いもよらないことのようであるらしかった。あとになってふりかえってみると、この年の暮れにはほとんどサイゴンはコミュニストに陥落させられそうになっていたのであって、だからこそ翌年の六五年からは米軍が大量に全精力と資材と人員を投入しはじめ、それは〝エスカレーション〟の一途をたどることになるのだが、東京の新聞社では誰も何も感じていなかった。新聞社だけではない。テレビ、週刊誌、月刊誌のどれにもこれにもサイゴンのサの字、ヴェトナムのヴの字すら出ていなかった。

ほとんど何の情報もないので、いたしかたなく約一ヵ月かかってアメリカ人とフランス人の書いた書物を読みあさったあげく、ことごとくそれらの知識は薄暗い二日酔いの脳の片隅にそっとおしやっておいて、サイゴンへ出かけた。記事は現地から送るもよし、帰国してから書くもよし、いっさい自由に裁量されたしと編集長からいわれ、カメラマンの秋元啓一と二人して羽田から出発し、サイゴン河岸のマジェスティック・ホテルに入った。その一室を巣にして蜂のように毎日、情報を求めて出入りし、街をかけまわった。ほとんど毎週のように何かが発生し、権力亡者《もうじゃ》の将軍どもがクーデターやクーペット（小クーデター）のやりあいをしたかと思うと、学生がデモをし、焼身供養のクァン・ドック師の真似をして女子大生が広場でガソリンを浴びて火を放つ。ホテルや米軍宿舎がテロで爆破されて無数のガラスの粉が散って水晶の黄昏となった舗道をボブ・ホープが怒って歩いていく後姿を見かけることもある。クーデターもなく、学生も走らず、仏僧も断食ストをやらないので今週は珍しくひっそりしているなと思うと、ある夕方、ヴェトコン少年が市場前の広場で公開銃殺されるという情報がふいにとびこんでくる。

テロリストの手榴弾を恐れて目抜き通りのレストランやキャフェはことごとく窓に金網を張っているが、プラスチック爆弾と時限装置は匂いのように細菌のようにどこへでもしのびこんだ。キャバレが粉砕され、ホテルが破壊され、新聞社が吹きとばされる。消防車の水の奔流のなかでちぎれた女の太腿の靴をはいたままのが右にころがったり、左にころがったりする。そういうテロはアメリカ人とヴェトナム人を分離するためのコミュニストの示威行動だとされているが、サイゴンはこんなにあぶなっかしいのだからアメリカはもっともっと金と人員と資材をつぎこんでこの国を防衛しなければならないのだということを見せつけたいばかりに政府側のテロリストがやる場合もあるんじゃないかという意見を聞かされることもある。また、コミュニストにも反対だがアメリカにも反対だという民族主義グループの仕業である場合もあるだろうという意見を聞かされることもある。何日もたたないうちに、ここではどんな突ッ飛《とぴ》と思われる意見でも何人か人の集っているところでそれを口にしたら、たちまち一人は同調するのが出てくると判明した。まさかそんなことはありっこないと断言できる意見などはどこにもないとわかった。さて、そうなると、あるのは事実だけであり、事物の力だけであるということになりそうだが、このハードボイルド趣味も警戒して眺める必要がある。なぜなら〝事実〟も、〝事物の力〟も、ことごとく人の情熱の果実なのであるし、それはまさぐりようがないとしてもとことんわきまえておかねばならないことである。ハードボイルドそのものが甘いモラルをことごとく追放したつもりなのにその結果として抒情の氾濫をまねくしかなかったという事情を一瞥すれば、これは誰にも頷ける心の定理であるはずだった。このような状況を記録し、報道するとなると、心得は〝非情多感〟の一語につきるであろう。右の眼は冷めたくなければならず、左の眼は熱くなければならないのである。いつも心に氷の焔をつけておくことである。

ホテルは目抜きのチュドー通りの河岸への出口にあった。毎朝、ホテルの小さなロビーをよこぎって、カメラマンと二人して、ちぎれちぎれの風聞を追うべく、この通りへおずおずと、または勇み足で踏みこんでいくのだが、たくましい幹をしたタマリンドのたわわな並木道、その葉繁りを洩れる早朝の、または午前十時頃までの日光は、つねに洗われていた。豊饒なのにひきしまって鮮烈であり、舗道や飾窓にふんだんにおちゃっぴいに跳ねまわっている。フランス人は並木道と女郎屋を先頭にたてて植民地をつくるという古い諺をそのまま体現したのがサイゴンであり、この通りでもあるのだった。インド人が物悲しげなまなざしで安物のキャンディーの瓶の列のうしろに佇んで戸外をまぶしそうに眺めている。どっぷり肥った華僑が鋭い眼でホテルの建築現場を視察している。小金持のヴェトナム人の紳士がパイプをくゆらせつつブティックの戸口にたって新聞を読んでいる。ボロ一枚きりの裸足の孤児が潑剌とした声をあげて一本足の老人の乞食をからかって跳ねまわっている。近郊の戦闘で村から追いだされた農民がゴミ箱のかげや露地にうなだれてしゃがみこみ、物乞いの声をあげる気力も失って、しかしどこか不屈の忍耐と頑強の気配を漂わせて、湿めった影といったそぶりで伏寝している。夕方近くになるとポン引き、チェンマネ屋（闇ドル交換）、エロ写真売り、スリ、掻ッ払い、娼婦、つぎからつぎへの前線帰り、または前線行きのアメリカ兵と将校たち、休暇のヴェトナム兵と将校たち、世界じゅうからかけつけた新聞記者とカメラマンたち、その誰も彼もがめいめい自身に溺れたまなざしで上潮、引潮となって通りをいっぱいにする。そのなかにおそらくは左翼のヴェトナム人のテロリストと情報員がまぎれこみ、それらを追う右翼のテロリストと情報員もまぎれこみ、一人きり、または家族連れでにこやかに散歩しているのであろうと察したいけれど、誰がそうであるのか、ないのかは、見きわめようがない。河岸へとってかえすと、暗い亜熱帯の蒸暑い夜のあちらこちらに屋台が出て、七輪でスルメをあぶったり、洗面器でバナナを揚げたりしている。家族連れがゆるい足どりで散歩し、乞食少年が花火をとばしてふざけあっている。若者と若者が鶏の骨のように細くて筋張った指をからみあわせてそぞろ歩きをしている。それはこの国の常習であってけっしてホモ関係ではないのだよと、教えられる。五分か十分おきに市の上空をとびまわるヘリコプターがフレア(照明弾)を落し、サイゴン河が濡れたように蒼白く輝やく。誰かの手にぶらさがった携帯ラジオのなかで若いヴェトナム女がみごとなフランス語で、

とっといて
最後のダンスを
私のために

しめやかに熱くささやく。

秋元啓一が感嘆して小声で、

「負けたね」

と呟やく。

徴兵令に抵抗したばかりに投獄されて軍事法廷にかけられることとなった学友を救うためにといって大学生がデモをやったことがあった。こういうデモはある時点まで煮え

てくると軍隊が包囲して催涙弾を浴びせかけるので、デモ隊はあらかじめそれを覚悟して、水いっぱいのバケツや、ガーゼや、青くて酸っぱいミカンの実などを持って出かける。催涙ガスでやられた眼をその実の酸っぱい汁でぬぐうと中和されていいということらしいのである。何度となくデモ隊の学生にその青い、辛辣な実をもらって眼をぬぐったので、いくらかの効果は確認できるようになった。ところが、あるときの坐りこみデモのとき、まだこの市に着いたばかりで何もわからなかった頃のことだが、一人の老女が学生にまじって声をかぎりに泣き叫ぶのを見た。老女は何か叫んではチョーイヨーイと呻めき、ふたたび背をもたげて何か叫んではチョーイヨーイと呻めくのだった。〝チョーイヨーイ〟は朝鮮語の〝アイゴー〟であり、中国語の〝アイヤー〟である。

やせた手で舗道を叩き、涙をポロポロ落して泣き、身もだえして老女は叫ぶ。その声を聞いていると、切実の一気通貫がひしひしと感じられて、非情をどう鎧っていても、何やら眼があやしくうるみそうになるのだった。ところが、いよいよ状況が煮つまって軍隊が肉迫し、兵が銃をかまえ、その気配におされて学生が浮足立って腰をあげにかかる。たちまちティア・ボム(ガス弾)が何発か投げこまれてチカチカといがらっぽい煙りがたちこめる。すると、いまのいままで体をよじって泣き叫ぶだけであった老女がいきなりすっくと立ちあがり、学生群の先頭にたって突進をはじめ、激烈そのものの声をほとばしらせて、〝ダダオ(打倒)〟、〝ダダオ〟と叫んでチュドー通りを一目散に疾走するのであった。いまのいままでの哀訴がふいに一変して怒号となるのである。この光景は何度となく目撃したが、そのうちこの婆さんは葬式にやとわれる泣き女であって、その道のプロ中のプロの名物女であると判明した。学生たちはどうやら若干の金を婆さんに前夜つかませて、おばはん、明日はしっかり泣いてくれよなと、たのみこんだのであるらしい。事実、その後、たまたま中国人街のショロンを通りかかったときに賑やかな葬式の行列にぶつかったことがあるけれど、この婆さんがやっぱり先頭にたって、おんおんと泣き叫ぶのを見た。こういう泣き女を何人やとえるかでその家の格式と富貴ぶりがわかるという、いつごろからともわからない古い東洋の伝統にしたがって、どうやらこの婆さんは一生泣声と空涙で生計をたててきたものらしいとわかった。よくよくそうとわかったので、それ以後は冷静に婆さんの〝チョーイヨーイ〟が、いつ〝ダダオ〟に変るか、それを観察するのがもっぱらの愉しみと変じたのだった。ところが、そこまでわかっても、婆さんが必死になってまじめそのものの姿態で空涙と号泣にふけるのを見ていると、やっぱり一生かかってのプロ芸の迫力というものはあるのであって、ふと眼があやしく湿めっぽくなる瞬間が発生するのだった。あとでホテルにもどって、ガスや、果汁や、汗をシャワーで流しつつ思いかえして、よほどおめでたくできているらしいなと、叱咤にかかるのだが、それすら嘲笑よりは、むしろ、失笑といいたいものであった。

＊

サイゴンで暮していると、〝戦争〟はおぼろであった。まったくおぼろであった。サイゴンだけでなく、全土どこへいってもそうなのではあるまいかと思うこともしばしばだったが、とりわけ首都ではおぼろであった。毎日、夕方になると定刻に米軍情報部では全世界から集った記者団にブリーフィング（戦況報告）をやり、どこそこで戦闘があって、あちら側は何人死んで、こちら側は何人死んで、キル・レイシオ（殺戮比）はこれこれでと、係官がうんざりした声でメモを読みあげる。しかし、まともにその数字を彼我ともに信じる者はいないだろうから、わかるのは戦場があちらに移った、こちらに飛火したと、地名を聞いて知るぐらいのことである。それでめいめい薄暗い脳のなかにプリント・インされているこの国の地図のあちらこちらに赤いピンを刺しこむわけだが、あまりおびただしいので三日もおぼえていられない。

市内でテロがあって米軍宿舎や右派新聞社やキャバレが爆破されると、厚皮動物のような膚になりかかった心を切実なナイフで一裂きされるようだが、これも度重なると交通事故の血とどこが違うのか、まぎらわしくなってくる。ナパーム弾と火焔放射器で村を焼かれた農民が市内へ避難してきてゴミ箱のかげで寝ている姿も、はじめは心痛んでならないのに、やがては眼に入らなくなってしまう。正午頃に中学校の校門のあたりを通りかかると色とりどりのアオザイを着た、顔の丸い、眼の大きい少女たちが小鳥のように甲ン高い声で笑ったりふざけたりしてあふれ出してくる。夜になってフランス料理店へいくとカーペットが敷きつめられ、テーブルには花が盛られ、みごとに爽やかなヴィシソワーズのスープがはこばれてくる。中華街のショロンで、ねばねばのサウナ風呂のような蒸暑さをおしわけおしわけキャバレに入ると、潮のように冷気が波うち、ミラー・ボールが回転し、フラッド・ライトが輝やき、おろしたてのトロピカル・スーツの白人、アジア人、インド人の紳士淑女たちが身うごきもならないくらいひしめきあって眼を輝やかせ、入口の横幕には『今天徹宵　狂舞歓喜』とある。ヴェトナム人のダンサーを誘って踊ってみると、薄いアオザイのしたに鳥籠のようにもろい肋骨が感じられ、手首もちょっと強くにぎると折れてしまいそうだが、ふとした眼のうごきにはうるんだ優雅とまじって辛辣な意力のひらめきがあって、内心たじたじとならされる。

チュドー通り、中央市場、サイゴン河岸、露地、書店、花屋、どこでも人びとはのびのびと笑ったり、冗談をいったり、議論したり、昼寝したりしている。しかし、その花々はたった一つの質問でその場で閉じてしまうのである。この戦争をどう思いますか。どちらが勝つと思いますか。あなたはどちらの味方ですか。この三つのうちのどれでもいい、どれか一つを質問すると、ふいに笑いがとまる。眼がけわしくなる。だのに眼に焦点がない。さりげなくそっぽを向く。何となく離れていく。おたがい眼くばせもしないでだまりこむ。はじめのうちはそのことに気がつかないので質問を発しつづけた。そのうちにタブーであることをしたたかにさとらされたけれど、それゆえ躍起になってたずねまわる時期が短いけれどしばらくつづいた。やがてどんなことがあってもひとこともたずねなくなり、もっといろいろな質問のしかたをおぼえて、遠巻きにじわじわと寄っていく方法を身につけた。おそらく大半の人びとはその質問にたいする答えを自分自身知らないでいるのであり、模索しかねているのであり、答えようがないのであろう。べつにこの国のように兄弟殺しの内戦のさなかにいなくても、たとえばコカコーラとハンバーグの氾濫する東京で、すれちがいの若者に、君の人生の目的は何だ、何のために生きているのだとたずねても、似たような表情になることであろうと思われる。ただし、ここでは壁にも便器にも耳がある。そして耳は兇器に直結しているのであるから、何であれハッキリした声は危険なのだった。それがいくらかずつ、おいおい、じわじわと皮膚にしみてきて、沈黙は金とさとりつつも、ついつい影のなかの迷路をさまよう日々の不満に耐えかねて、何かのはずみに、ひょっとその質問が口をついて出るのだった。そのたびに反省して、おれはやっぱり外国人で第三者にすぎないのだなと、痛烈に思い知らされる。それが度重なると、いくらかふてぶてしくなり、よし、第三者にしか知覚できない現実に徹してやるぞ、第三者にしか見えない現実というものもあるのだからな、と思いきめることとなる。たとえそれが左と右の現地人の当事者から嘲罵される程度のことにすぎなかったとしても、第三者の眼は眼であるだろう。何しろ左と右が殺しあうよりほかに理解がないとしている状況であるなら、彼らおたがいが未知の分野をそれぞれの心に抱いて不可触のままで土に沈むしかないのだから、人の心の混沌ぶりに思いをいたせば、〝第三者の立場〟は論理としてもその場でりっぱに成立しそうであった。決定的に不満なのは左と右のどちらからもこの立場の証言の現実性なり正当性なりを立証しようとする証人が出ないことである。つまりは影の争闘の影の証人でしかあり得ないということにある。平穏無事ですごせるはずのトーキョーからやってきていったいこれは何という穴に陥ちこんだものだろう。

ＡＰ、ＵＰＩ、ＡＦＰなど、さまざまな国際的な通信社のサイゴン支局に働らくヴェトナム人の通訳やカメラマンと仲よくなって、それとなくショロンで御馳走をおごったり、ポケット・マネーをわたしたりして、極秘情報を素速く伝えてもらう工夫をしたが、マネーを電光石火でわたすのはカメラマンの秋元啓一の役割であった。そしてその青年が、やましさの反映か常習か、焦点のないまなざしでボソボソと英語もしくはフランス語で伝える言葉を飜訳するのはこちらの役割となった。そして突ッ走るとなると、二人そろって部屋をとびだした。こういう生活はそれまでにやったことがなかったので、ヒリヒリと爽快であった。戸外生活と室内生活が相半ばしているので、それまで室内ばかりにふけってきた経験からすると、きわめて新鮮であり、不安であった。秋元啓一は英語、フランス語、中国語、ヴェトナム語、いっさいの語学を欠き、学ぶ知的野心もないのだが、どういうものか図々しく人びとの表情をとらえる特技があって、デモであれ、クーデターであれ、公開銃殺であれ、現焼にしてみるとしばしば惚れぼれとするような瞬間をキャッチするのだった。のべついっしょにつながって起居し、走り、眺めしているはずなのに、彼が見せる現焼を見ると、しばしば新しく追体験を知覚させられることがあった。内心ひそかに尊敬するという感情がじわじわと、ときには閃光のように鋭く脈動するようになってきた。しかし、カメラからはなれると、彼は酒に弱いのにおぼれずにはいられず、おぼれたとなると誰かに口論を吹っかけずにはいられず、女とみるとちょっかいを出さずにはいられないのだった。それは察するところはなはだ軽快で短時間であるのだがやっぱりいたさずにはいられず、犬が電柱に御叱呼をかけるようなことなのに毎度出かけずにはいられれず、それでいて出ていくときは散歩にいくような口実をまじめに口に出していくのだった。

マジェスティック・ホテルの部屋の浴室を暗室がわりにするので、そして浴槽でフィルムを泳がせるものだから、彼がそこから出てくると、酸っぱい匂いがむんむんとたって、やりきれない。しかものべつクーデターだ、仏教徒闘争だ、と事件がつづいたので、ほとんど毎日のように浴槽がフィルム・タンクになる。徹底的に仕事熱心な頑張り屋の気風ではまったく一致したけれど、そのあと当然のことながら発散がくる。ホテルのすぐよこに小さなバーがあって〝21〟と看板がでている。そこの帳場にいる広東出身の女に彼は惚れ、なんとか口説いてみようと思うのだが、言葉が通じないと訴える。そこで、いたしかたなく、いわれるままに、カード一枚一枚に、うろおぼえの中国白話文で、あなたは美しい、と一枚に書き、つぎにぼくはあなたが好きですと一枚書き、段階を追って数枚のカードを書いてわたした。どうするんだろうと思ってついていくと、彼はカウンターに向ってすわってから、ジン・トニックとか何とかいってバーテンに命じてから、カードの一枚を女に走らせる。女がそれを見る。まんざらでもない色が頰に出る。すると彼はつぎのセリフを書いたカードをそっと走らせる。それを読んで女はこちらを見てにっこり笑う。それを見て彼はにっこりする。そんなもやもやのうちにハナシは成立するのであるらしかったが、それからさきのことはまったく不明である。翌朝、カーフユータイム(外出禁止令時刻)のとける六時頃にどこからともなく彼はかけつけてきて、ドンドン、ドアを叩き、戸をあけると、ものもいわずに浴室にとびこみ、しばらくしてから髪も体もびしょ濡れのままでベッドにもぐりこむのだった。

「早すぎるな」

「おれはそうなんだよ」

「あたふたしすぎるんじゃないか」

「ペンシルロケットなんだよ、おれは」

「何のこと?」

「いいんだ、いいんだ」

もぐもぐ口のなかで呟やいてシーツを搔きよせ、何かのサナギのようになる。それからしばらくすると安心しきったいびきと歯ぎしりがシーツのかたまりから洩れてくる。

カーフユーは毎夜のことだし、その時刻をすぎて町を歩いていたら各町角に歩哨として立っているヴェトナム兵に無断発砲されても泣寝入りするしかないという規制になっているので、誰ものびのびと夜遊びができない。ホテルのあの社、この社の部屋を巡航してコニャック・ソーダをすすりつつ麻雀をするか猥談をするしかない。エアコンがどの部屋も半壊れなので亜熱帯の濃密な湿気と蒸暑さがしのびこみ、全身の皮膚がいつも蛙のようにじんめり湿めり、何もしなくても汗がたらたら流れる。フランス植民地時代に建てられたこのホテルは当時の慣習として隣室のためのドアがつくってある。すべて釘づけにされて開けられないようになっており、鍵穴には何か詰め物がしてある。ところがある夜、秋元はそこから灯と声が洩れてくるのを発見し、ポケット・ナイフで苦心して詰め物をとりのぞき、鍵穴から自由に隣室が覗けるようにした。そして各社の記者をかわるがわる呼んで覗かせ、一回にコニャック・ソーダ一杯の席料をとった。ちょうど札幌からポンちゃんという若いストリップ・ダンサーが中年過ぎのしけたアメリカ人のマネージャーと東南アジア巡業に来て、ここのヴァン・カンというキャバレで踊り、それがはねると隣室にもどってくる。ポンちゃんは独身だけれどすでに一児の母である。その子供を札幌の母に預け、巡業のさきざきから育児費を送ってやっているとのことだった。シンガポールから、アモイから、バンコックからとストリップで稼いだ金をせっせと送るのである。このけなげなポンちゃんは毎夜、ステージからもどると風呂に入り、そのあと全裸にネグリジェ一枚という姿になって、マネージャー相手に英会話の勉強をする。〝ジャック・アンド・ベティ〟を片手に持ち、たどたどしいが一心不乱、小学生のように声をだして音読するのである。その光景が鍵穴からすべて見える。ポンちゃんのうなじからオー・ド・トワレットの香りがたつのまで嗅げそうなくらいの近くですべてが見える。

ある夜、ポンちゃんは勉強にくたびれて小さなあくびをし、読本をテーブルにおいた。それをきっかけにしてアメリカ人がたちあがり、ポンちゃんに近づいて肩を抱き、唇を吸った。それから〝世界一周〟がはじまった。男は女を表返しにしたり裏返しにしたりして全身にくまなく舌を這わせ、走らせた。

「お、お尻の穴を舐めた」

「立派じゃないか」

「バッチイじゃない」

「ド阿呆」

「感心したといえ、感心したと」

「ぼくにはできないなァ」

「だからダメなんだよ、おまえは」

「あ、また。バッチイなァ」

「阿呆。そこどけ」

「かったるいのがいるぜ」

「子供はさがってろ」

「また、また、また」

「子供はさがれといってんだよ」

みんなおしあいへしあい鍵穴にしゃがみこみ、声を殺してののしりあいつつかわるがわるに覗いた。そのたびに秋元は冷静に回数をかぞえてノートに〝正〟の字をつけ、へべれけになれるくらいコニャック・ソーダを稼いだ。そのうちに世界一周を終った男は女の蜜壺を上下に左右にくまなく舐めはじめ、女は呻めいてのけぞった。男は紅潮した顔をあげ、こちらを直視して、

「オオ！」

と呟やいた。

「デリシャス！」

その声があまりにはっきりと聞きとれたので記者たちはたじたじとなって鍵穴から後退した。肛門を舐めるといってさきほどからびっくりしていた男は感嘆して頭をふり、こんなときはデリシャスっていうのか、なるほどなァ、と呟やいた。よほど感じ入ったらしい顔つきであった。あとでみんなから口ぐちに、ハシカもすませてないんじゃないか、とか、オシメをして寝るこったな、などとからかわれた。秋元は稼いだコニャック

でいつものように酒乱になり、かたっぱしから口論を吹っかけ、ソファと壁のすきまに落ちこみ、顔じゅう綿埃りだらけになって泥睡《でいすい》した。

ある日の正午すぎ、シエスタ(昼寝)をしようと思ってベッドに寝ころんでいると、ふいにドアを乱打して一人の記者がころがりこんできた。この男の部屋は三階にあるのだが、いてもたってもいられなかったのでと口走りつつ浴室にかけこんでシャワーを浴びた。しばらくして水をぽとぽと耳からしたたらせつつ出てきたので事情を聞くともなく聞いてみた。何でもショロンで昼食をすませ、ぼろぼろのルノー四ツ馬印のタクシーでもどってきたら途中で左側に〝サイエンティフィック・バス(科学風呂)〟と英語で書いた看板を見かけた。そこでタクシーからおりて入ってみると、これが稚拙きわまるけれどトルコ風呂でフェラチオ屋であった。蒸気も何も出ず、むきだしのコンクリ壁にコンクリ床があり、シャワーが一つついて、なまぬるい湯が出る。それを浴びると中国人の初老の婆さんが入ってきて何かたずねる。面倒くさいのでOKといったら、いきなり婆さんが彼を安物のビニール・レザーのソファにおしたおしてお水取りをはじめた。それが終ると婆さんがまた何かたずねる。またOKと答える。すると婆さんは綿にいっぱいアルコールをしませ、それでごしごしぐいぐいと萎えきった息子を消毒のつもりでぬぐってくれたというのである。とたんに局部が火傷したような、硫酸を浴びせられたようなことになり、彼はそそくさとズボンをはくと金を払ってホテルまで一目散にかけてきた。三階までエレベーターが上るのを待ってられるもんじゃないからここのシャワーを借りたんだとのことであった。

いつかもこの男は似たようなことでいきなりかけこんできたことがある。そのときは科学風呂ではなくて、コンガイ(むすめ。おんな)であった。昼下りの情事をいたしたまではよかったのだが、そのあとでシャワーを浴びようと思ったら、できたばかりのアパートなので、水道がついていなかった。そこでいたしかたなくベッドにもどってウトウトしかけたところ、つぎからつぎへとこの国の凄い風土病の噂話を思いだして、じっとしていられなくなった。気になって気になってシエスタどころではなくなった。とりわけ〝ローソク病〟のことが気になってならなかった。これは性病の一種で男だけがかかって女は何ともないという噂さである。男根が腐ってじわじわと肉がとけ、輸尿管だけがのこるというのである。その病源菌はここのパストゥール研究所でもまだつきとめていず、抗体も発見していず、したがって薬も開発されていない。野放しのままだとのことである。それは噂さだけであってそんな病気など実在しないよという噂さがあるが、いや、仏印時代に日本兵が何人もこれにかかって自殺したという噂さを大使館で聞いたことがあるよ、という噂さもある。あれこれ思いかえすうちにこの男はベッドのよこのテーブルにハイボールのコップがあるのを眼にした。チュドー通りの酒店でジョニ黒を一本とソーダを四本買ってアパートに持ちこみ、氷ぬきでハイボールをつくってコンガイと飲んだ、その残りである。これだってアルコールじゃないかと思うと元気がでてきたので、そのコップを持ってシャワー室に入り、息子をそれで洗ったところ、たちまちアルコールがしみて、火がついたみたいになり、ものもいわずにかけだした。

秋元はくすくす笑い、ベッドにころがって大きな吐息をついている記者を見て、おれは酒乱だがあんたもいいかげん乱れておるな、といった。記者はあえぎあえぎ、

「こないだはハイボールで今日は薬用アルコールか。こんなことしてると今におれはオチンチンからアル中になりそうだな。サイエンティフィック・バスだなんて。とんでもねぇサイエンスよ。うっかりタバコを吸ったら爆発しちゃう」

と呟やいた。

ここでは毎日、正午から三、四時間、シエスタをする習慣である。その数時間、いっさいの物音が消える。無人の道路には白昼の深夜がくる。ホンダも走らないし、トラックも走らない。うどん売りのおばさんはタマリンドの木蔭で眠り、役人はオフィスの机のうえにゴザを敷いて眠る。請願人は階段で眠り、乞食はゴミ箱のかげで眠る。犬も眠り、ネズミも眠る。田舎へいくと戦争も眠るのである。朝から作戦がはじまって正午ま

でに片づかなければやむなく続行されようが、そういうことはあまりない。ここの戦争はゲリラ戦であるので、電撃的であり、ヒット・アンド・ランである。待伏せであり、奇襲である。長時間つづくとゲリラは空からのガン・シップ（武装ヘリコプター）の掃滅的なロケット弾やナパーム弾を浴びせられるから、奪える物を奪って彼らはさっさと逃げる。だから、たいていシエスタの時刻には戦闘がない。こちらも眠るが、あちらも眠るのである。こういうことがあるので、昼寝まじりの戦争であるので、それはいよいよおぼろなものに感じられてくる。酷烈と懈怠、非常と日常、精妙と放逸、奇習と常習、事物と影、火器と夢、叫びとあくびがいつも手をたずさえあって進んでいく。おそらく眠らないのはメコン・デルタ地帯の水路にひっそりと、しかし強力無比に出入りする南シナ海の海水だけだろうか？……

しばらくたってDゾーンのジャングルの入口の地点にある前哨陣地で起居するようになってから、某日、国道13号線の地雷除去と輸送隊防衛の作戦に従軍したことがある。このときは二晩三日の行軍だったが、初日の正午にあるバナナ畑で昼食をすませると、ヴェトナム政府軍は大隊長から一兵卒まで全員が一人のこらずあちらこちらのバナナの葉蔭に寝そべるのを目撃して狼狽した。顧問としてついてきたアメリカ人の将校と通信兵も地べたに寝ころんで、寝ころんだかと思うとウトウトしはじめた。この軍隊を全滅させるためなら地表に出てきたミミズを踏みつぶすよりやさしいことと思われた。そこでアメリカ将校のところへいって肩をついて起し、ここを攻撃されたらどうなるんですと、どもりどもりたずねた。

将校はものうげに眼を半ばあけ、

「あちら側も寝てるんですよ」

ひとことそういって眼を閉じ、頭をバナナの枯葉に落して、うらうらと甘睡に陥ちこんでいった。青い、うるんだ空と積乱雲のしたには広大な静謐がたちこめ、バナナ畑には早くもあちらこちらで煙りのように軽いいびきの音がたちのぼっている。

＊

街道沿いのすべての町と村は夕方六時になると有刺鉄線で封鎖される。朝六時になるとそれが開かれる。だから旅をする者はそのことを心得て出たり入ったりしなければならない。バスは朝の六時からうごきはじめるけれど、その時刻では夜なかに活動していた軍隊がようやく引揚げにかかるので街道にＶＣ（ヴェトコン）ゲリラが埋めた地雷が生きていることがしばしばあり、一番バスや二番バスがひっかかってよく吹飛ばされる。

だから一番や二番は避けて三番ぐらいのバスに乗るのがいい。どんなことがあっても生水を飲んではいけない。茶はどこにでもあるから、湯ざましか沸いたのをたのむことである。村に入ったら子供の顔をよく見ろ。清潔で子供があまり笑っていない村はゲリラに浸透されていると知り、不潔でだらしないけれど子供がニコニコ笑っている村なら大丈夫だと知るべきである。しかし例外もたくさんあると心得ておかねばならない。誰とも政治や戦争の話をするな。とりわけ熱中してやるな。

他人から聞いたり、自身で編みだしたり、そういういくつかの原則を体して秋元と二人して北上して十七度線のベンハイ河までいき、つぎに南下してサイゴンにもどる。ふたたびサイゴンから出て南下の一途をたどり、カマウ岬までいく。そしてまたおんぼろバスでよちよちとサイゴンまでもどってくる。これで山岳地帯をのぞいてどうにかこうにかこの国の北限から南限までを歩いたことになった。おんぼろバス。シクロ(三輪車)。ランブレッタ(モーター付三輪車)。ときには水牛のひく牛車。旅館はたいてい華僑の経営するところを選んだが、部屋のすみっこに素焼の大きな土ガメがあって、これは呼吸をするから井戸水のように冷えきっている。ベッドはただの硬い木の台にすぎず、よれよれの木綿布を一枚、体にまとって寝る。蚊帳《かや》が壁からぶらさがっていたらありがたいと思わなければならない。寝ているとときどきゴキブリが体表を走り、ドキッとなってとびあがるけれど、壁や天井のヤモリの鳴声はつつましくて、おだやかである。ヒビ割れたタイル張りの床にころがった水浴び用のプラスチックの洗面器をひろってローソクのゆらゆらする灯ですかし見ると、きまって、Made in Japan とある。それもたいてい金魚が藻をつついている絵柄である。

どのバスもこのバスもよれよれにくたびれているけれど乗客と汗でハチきれそうに膨脹している。そのうえ、ニワトリ、卵、カメ、バナナやパパイヤ、ときどきロープで縛った大トカゲなどを持ちこむので動物園並みのにぎやかさである。こういうバスがしばしば何台となく街道につながって作戦が終るのを待たされる。乗客たちはうんざりして、めいめい道ばたへおりて御叱呼をしたり雲古をしたりにふける。パイナップル売りの少年が寄ってきて註文があるとパイナップルの切身にサッと塩と唐辛子のまぜたのを塗りつけて甘さを殺して客に手渡す。兵隊たちはM16や重機関銃を頭上に高くさしあげて腰から胸まで水田に浸ってよちよちと進んでいく。タンクが水田のかなたの孤島のような村をめがけて砲弾を発射したり、機関砲を連射したりして、腹にこたえるような衝撃がそのたびにバスのなかまでつたわってくる。しばしば孤島の森かげでオレンジ色の火が閃めいて弾丸がこちらへ飛んでくるが、よほどでないかぎり用を足している人は姿勢をあらためない。こういう光景のさなかで川漁師は水田ぎわの狭い川で長い竹竿でライギョのポカン釣をすることにふけり、カエルを藻のあいだで踊らせることに余念がない。藻やハスは茂るまま、はびこるままに小川を埋め、葉も花もたけだけしいばかりに栄養にみなぎって輝やいている。

銃声ほどしばしばではないけれど、よく死体を見かけた。政府軍としてはVCもしくはその容疑者の死体はコンサン(共産)の味方をするとこんなことになるんだぞと見せしめのために半日か一日道ばたに放置しておく習慣である。村はずれ、水田ぎわ、森かげの草むら、そんなところに倒れたときの姿勢のままで死体はころがり、子供がはだしのままで何人か、ぼんやりと眺めている。たいていの死体は農民姿であった。黒いパジャマの上下を着たまま、はだしで、眼をあけたまま、よこたわっている。眼は乾いて、うごかなくなり、網膜をハエがせかせかとうごきまわっている。胸か、腹か、どこかに赤黒い穴があいて、肉がはじけるか、めりこむかしている。血はすでに止まっていて、手も足も指はこわばって、乾き、皺がよっている。どの死体の顔も風霜の辛苦をきざんで皺だらけであるが、どことなく疲労した人が居眠りしているような気配がある。生の本質については科学者と宗教家がさまざまの意見を書いているが、亜熱帯のギラギラする日光のさなかでは、それは動きであると腹にしみて教えこまれる。動くこと、運動することが生の本質である。死体の眼が動かないからそれは死体なのだ。ただ瞳が動かないからそうなのではなく、無数の、一瞬もじっとしていない、透明な陽炎《かげろう》とでもいうべき動きを含んでいないからそうなのである。生者の眼は一瞬もじっとしていない。日光が一瞬もじっとしていないようにそれは不動であり得ない。こちらを瞶《みつ》めていながら何も見ていない眼だから死体はいつまでも異物である。異形である。

たまたまダナンの町を歩いているときに陸軍病院のまえを通りかかったので、受付へいってバオチ・カード(記者証)をさしだして見学を申込むと、ヴェトナム人の若くて温厚そうな中尉の軍医があらわれて、構内を案内してくれた。中尉はゆっくりとした口調で正確な英語を話し、病棟から病棟へまわり歩きながら、これは手術室です、これは麻酔室ですなどと説明してくれた。ふいに思いたったことなので心の準備ができていず、何を質問してよいのかわからなかったが、一つめの病棟を通過して二つめの病棟に入ったとき、何を質問する気力も失ってしまった。一つめも二つめも病棟は傷病兵ではちきれそうになっていた。一つのベッドに二人寝ているのはざらだし、そこからはみだしてベッドとベッドのあいだや通路にも毛布を敷いて兵たちはよこたわり、薄暗い廊下も帆布の野戦用の組立ベッドで埋めつくされ、体をよこにしなければ歩けなかった。ベッドはどれもこれも血と垢と汗でゴムのようににぶく光っている。汗、膿汁、薬品、尿、ニヨクマムの匂いがいたるところにたちこめて、空気はまるで粥のようになっている。それはねばねばしてしぶとくて重くよどみ、空中に手をつきだして指をこすりあわせたらただそれだけで指の腹にべっとりと何か脂肪質のものがついてきそうである。どの兵もこの兵も、やせこけて、肉が薄く、手や足が腺病質の子供のように細い。それが手首を切りとられ、腕をちぎられ、膝から下をもぎとられ、胸に穴をあけられ、腹からたえまなく膿汁を透明なビニール管で排出しつつあり、これまでの何千年間かに感じやすいけれど注意深い観察者が毎度毎度おびえながら克明に描写しつづけてきた戦記の惨禍をそのままさらけだしている。五体満足で立って歩ける人間が立ったままで下を覗きこむしかなく、下におかれた者はその視線をただ眼で見あげるしかない関係である。非情を鎧として心に着こんでいる男もそれがいかにもろくて無知ゆえの傲慢で織られていたかをさとらされる。そして自身の無知ぶりに恥じ入っているうちにやましさに犯される。

病棟の出口に近いところで、二人の傷病兵が将棋をさしているのを見た。木の丸い駒に漢字を書きこんだ中国将棋だが、ヴェトナム人は漢字が読めないので字を形だけで知って駒をあやつるのである。さまざまな場所でこの遊びにふけるヴェトナム人を目撃してきたけれど、この二人は傑出して特異であった。一人の兵は足をちぎられているが手はのこされたのでそれで駒をつまみ、相手の兵は足はいいけれど手がないので口で駒のうごかしかたを呟やき、よこで眺める仲間が健全な指をのばしてその指示どおりに駒をうごかしてやるのだった。二人は駒のうごきに熱中し、病みあがりの少年のように弱い声をたててときどき笑った。秋元啓一はすかさずシャッターを二、三発おしたが、すぐにやめて、眼をそむけた。

「まだ見るのか？」

「どちらでもいいよ、おれは」

「もうたくさんだよ、おれ」

「じゃ、やめよう」

二人で短く呟やきかわしたことをヴェトナム人の中尉に告げると、中尉はおだやかに頷いて病棟からつれだしてくれた。戸外へ出た瞬間に雨上りの亜熱帯の、恋する女の掌のようにしっとりしてむっちりあたたかい、清潔そのものの空気が肺になだれこみ、海底からいきなり海上にとびだしたようで、よろめくほどだった。

中尉はちょっと歩いて、別棟の小さなハウスにつれていってくれた。なにげなく一歩入ってみてわかったことだが、これは霊安室であった。死体置場であった。この国の棺は白木ではなくて、赤、緑、黄のペンキで華やかに塗りたくる習慣であるが、そのけばけばしい棺がいくつとなく並べてあった。どれにも一体ずつ死体が入っている。壁には石版刷りのお粗末きわまるマリア様とお釈迦様のポスターが貼ってある。仏教徒の兵もいればカトリック教徒の兵もいるから、どうしても二枚必要なのである。マリア様もお釈迦様もおなじように下手糞きわまる画家が描いたために、一人はバセドウ氏病患者のヒステリー女が涙を落しているように見え、もう一人は栄養疲れの肥厚のために顎も腹もだぶだぶになった初老の男がシエスタをしているように見える。しかし、線香のくゆる強烈だけれど陰暗な香りのたちこめるなかで、一つの棺からは屍液がしたたり落ちていた。それははじめて目撃することだけれど、コーヒー色をしている。暗褐色の、濃厚な、粘ねばとした液である。すでに十分以上に死体はとろけているらしく、液はゆっくりとだけれど間断なくしたたり落ちていた。滴は小さいけれどどっしりと重く、ねばねばした糸をひいて土へ落ちていき、吸われた瞬間にひきつれて棺へ上昇し、すぐさま新しい玉がふくらみはじめ、下降をはじめる。滴が土にはじけると、瞬間、分解しきった蛋白物質の、甘いとも淫猥ともつかない、強烈な匂いがひらく。あまりにそれがきびしいので眼をあけていられない。病棟ではやましさにおそわれていたたまれなかったが、このコーヒー色の滴ではやましさも恐怖も感じているゆとりがなく、たじたじとなって体をかえすだけであった。秋元がシャッターをおしたかどうかもおぼえていられなかった。

芝生の通路のよこにハイビスカスやブーゲンヴィリアの花が咲きみだれている。その広い構内を出口にむかってゆっくりと歩きながらヴェトナム人の中尉は声低くいろいろな数字をあげて現況を説明してくれたけれど、耳に入らない。中尉の眼と口は状況に慣れきっていてあくまでも淡々としている。

「兵隊はケガをしたらよろこびます」

病院の出口で中尉は呟やいた。

「戦争にでかけなくてすみますから」

おだやかな口調で彼はそういい、鶏の骨のように細くて筋張った手で一回強く握手したあと、いんぎんに弱く手放し、ゆっくりとした足どりで病棟のほうへ去っていった。

北へ北へといくにつれてヤシやバナナの木が少くなり、水田は浅くなり、一枚当りの面積が小さくなる。日本の水田とほとんどおなじ風景になる。しかし、あべこべに南へ南へとおりるにつれて眼に見えて土が豊沃になり、街道沿いの一瞥ですらヤシ、バナナ、パパイヤ、マンゴなど、あらゆる種類の南方の果実がたわわに木にぶらさがっているのが見えてくる。水田は深くなり、広くなり、しばしば稲というよりは葦か何かのように背が高くなり、水浸しの藪のように見えることもある。これでは中隊単位ぐらいの数のゲリラがひそんでもわかりっこないし、バズーカや迫撃砲のような大型武器もらくにかくせる。東京を出るまえにフランス人やアメリカ人の記者の書いたドキュメントを読んで、しばしば街道をいく輸送隊が重武装にもかかわらず水田にひそんだゲリラに奇襲されてあっけなく撃破されるという報告を不可解に感じていたのだが、現場を見るとたちまち疑問が氷解した。何しろこのあたりでは水田の稲を刈るのに小舟をだし、穂さきを舟べりにたたきつけて実だけを舟のなかに落すという方式なのである。それくらい水は深いし、稲は背が高いのである。

ミトはいわゆるメコン・デルタの中心の町である。この周辺から南は最南端のカマウまで一望果てしない平坦な平野であり、クリークが無数に入り乱れている。このクリークを一本につないだら約五〇〇〇キロになるだろうかという米軍情報部の研究を読んだことがある。つまりこれは碁盤そのものは小さくてもそこにきざまれた縦の線と横の線を一本につないでみたら莫大な数になるというのとおなじことである。五〇〇〇キロという数字はチベットから発して南シナ海に終る偉大なメコン河の本流の流程とほぼおなじ数字である。ここを小舟で自由に往来するゲリラにとってはこの沖積土平原は一つの大国である。暗黒時代のアフリカのどこかのような、侵入が不可能な大国なのである。しかもここの土は灰白色でねっとりしているけれど大河の沖積土であるから肥沃そのものである。南へ南へとおりながら一宿一飯のたびにあらゆる町で朝早くに起きて市場へいってみると、戦争が爛熟しきっているはずなのに、どこへいっても野菜、果物、米、魚、ニワトリ、アヒル、生鮮品、干物品、あらゆる食料が地べたに並べて売られている。これでは糧道を断つという最有効の手段に出ることもできない。しかもそれらを産出する村は一つ一つが海のような水田に浮ぶ離れ島みたいなもので、ガス、水道、電気、ラジオ、テレビ、新聞、すべてを欠いている。メキシコ・オリンピックの年にそんな村から市場へアヒルを売りにきた農民がオリンピックの話を生まれてはじめて聞き、大いに面白がったあげく一見したいという切望にとりつかれ、そのメキシコとやらはここからバスで何時間でいけるのかねと、真剣にたずねたことがあると、伝えられている。イデオロギーとその究極の意図が何であれ、こういう農民と寝食をともにしているのは政府の軍隊でもなければポリスでもなく、お役人でもなければ地主でもない。〝あちら側の人〟である。沖積土、クリーク、ジャングル、雨、日光、孤島村、その人びとはこういうもので時間を買いとっているのだと思われる。人の心もまたまさぐりようのないジャングルであってみれば、心で時間を買いとっているのだともいえる。外国人にはそれは不可能である。同国人なのに外国人のような政府にもそれは不可能である。サイゴンはメキシコのように遠いのだ。おそらくこの戦争はアイルランド紛争よりは早く終るであろうが、アメリカとヴェトナム政府の勝利にはなるまいと、おぼろげながらも痛感されることになった。しかし、そのあとに何が来るかということになると、おなじおぼろさとおなじ痛覚で、やはり何の希望も抱くことができなかった。外国人の訪問者にはおそらく現在以上に何も見えないであろうという、余計な一項を附加してであるが……

(イエルサレムでナチスの親衛隊大佐の裁判があったときに明けても暮れてもナチス・ドキュメントを読みふけったが、第二次大戦中にスイスの視察団が風評にうごかされて何度かドイツ領内の強制収容所を視察に出かけながらガス室のことを何ひとつとして報告できなかったという事実を知ったことがある)。

北上しようが、南下しようが、毎日、夕方に新しい町につくと、ヤキソバかヤキメシかを食べおわると秋元はきっと宿から出ていった。土ガメの水で体を洗って一日の埃りと火照りと疲労を治そうと木の台にころがって息をついていると、しばらくして彼はもぞもぞと起きあがり、何か口のなかで呟やいて外出する。そして小一時間もするとふらりともどってきて、もう一度水を浴び、丹念に体を洗ってから床几《しょうぎ》に寝ころがって、疲労とも満足ともつかない長い吐息を一つつくのである。デルタ地帯のソクチャンの町に入ったとき、ちょうど彼が外出しようとしたそのときに宿の主人の中年の中国人が一人のはだしのヴェトナム人の若いおかみさんとその息子らしい子供をつれていきなり部屋に入ってきた。中国人はカタコトのフランス語を話し、その程度ならこちらもいいかげんなところなので、よくよく話を聞いてみると、ナパームで村を焼かれて夫が死に、畑仕事もできないのでこの親子は町へでてきたけれど、どこへもいくところがないから、今夜この部屋にとめてやってくれないかというのであった。おそらくその眼と言葉の裏ではこの女を買ってやってくれとのことであった。そのことを伝えると秋元は何故か気勢を削《そ》がれて外出できなくなり、子供に石ころでおはじきを教えてやった。こちらもすることがないので、おかみさんとならんでタイル張りの床にあぐらをかき、茴香のにおいのツンツンたつ焼酎をちびちびやりながら指角力《ゆびずもう》を教えた。おかみさんはまだ若くて、頬が丸く、ふっくらし、髪からはきつい汗と泥にまじってヤシ油の匂いがかすかにたっている。手を握りあわせて親指と親指でおさえあう遊びを面白がってクックッと笑いころげながら、ときどきうるんだ眼で秋元のほうを見やる。

「おい、色男」

「何だ?」

「寝てくれとさ」

「冗談いっちゃいけない」

「冗談じゃないよ。この人たちはメシも食えないし、今夜寝るところもないんだ。お前さんが金を払って寝てやらなかったらどうなるんだ。毎晩やってることじゃないか。今夜にかぎってできないという理屈は、ちょっと説得力がないな。おれはちょっと外出していい空気を吸いにいく」

「よしてくれ、冗談じゃない」

「なぜだ、色男」

「人助けで女と寝られるもんか」

「一理屈ではあるな」

　おはじきを子供に教えてやったり、指角力を若い母に教えてやったりしながら、うだうだ議論するうちに、秋元はひょんなきっかけではじまった含羞にこだわって、とうとうその夜は乾いたまま、床几にあがって寝てしまった。母と子はタイルの床に寝ころび、頭の二つある獣のように抱きあってやすやすと寝息をたてて眠りこんでしまった。一切合切は割勘でいくのが友情を永続させる最低の条件だという日頃のとりきめになっているが、女と酒はめいめい持ちだという一項がついている。しかし、この場合はどうやら割勘項目に入りそうなので、とろとろしかけた秋元をゆり起して昨夜の発散の値段を聞きだしてその半額をよれよれのピアストル紙幣で出させた。こちらもおなじ額をズボンから出し、二つまとめて若い母の胸もとにおしこんでから、床几にのぼって寝た。

　朝になって眼がさめると母と子の姿は消えていた。よれよれのシーツがきちんとたたんですみっこにおいてあるほか、ヒビだらけの安物のタイル張りの床のどこにも二つの人体が一夜をすごした痕跡はなかった。のろのろと不機嫌な顔つきで起きだしてきた秋元と二人して土ガメの水をしゃくって顔を洗い、口をゆすいだ。貧しくて、穢れて、荒涼とした階下の暗い帳場に、明るい、爽やかな朝の日光が射しこみ、その光耀ぶりを見ると、今日も何とか汗と埃りにまみれても旅をつづけられそうであった。旅館を出てちょっと歩くと、垢だらけの暗いミエンジャ(麺家)があり、店さきで蒼ゝぶくれの気の強そうな、ひっつめ髪の広東人らしいブスのおばさんが湯のなかでしきりに麺を洗っている。その手つきにさそわれてワンタンと肉饅を食べ、食べたあとで二人して短く酷評をかわしあってから町の出口へいった。シクロ(三輪車)の二人乗りのがあいていたので二人して乗りこみ、キラキラと朝陽に輝やく泥水の運河の岸沿いに走った。すると対岸の一本のヤシの木の根もとにすわっていた二人の人影がいきなりたちあがってかけだした。それは昨夜の母と子であった。二人は、はだしのまま、こちらを見て、笑っている。眉も口もひらきっぱなしにひらいて、何か大きな声をあげて、叫んでいる。晴朗に、溌溂と、叫んでいる。こちらのシクロの走るのにつれて対岸の岸をちょこちょこと走り、ヴェトナム人に特有の、甲ン高い、小鳥の囀りのような、尻上りのイントネーションで二人はいきいきと叫んでいる。

秋元はにこにこと笑って手をふり、

「立派だ、立派なもんだ」

と呟やいた。

それからうなだれて、

「めんこいや」

ともいった。

＊

ＵＨ－１Ｂのヘリコプターは攻撃用のマシーンで、機体の左右にロケット弾を入れたポッドを装着している。パイロットのボタン操作で左から右から自由にロケット弾がとびだすようになっている。乗組員はめいめい強化プラスチックの皿をわたされ、それを尻の下に敷いて座席にすわる。地上から対空機関砲の銃弾が殺到してくると、機体を貫通し、座席を貫通する。それをプラスチックのお皿一枚ではじいて防ごうというのである。このヘリコは〝ガン・シップ〟と呼ばれ、それだけを聞くと心強いけれど、当りどころがまずいとカービン銃の一発が致命傷になると噂されるくらい脆弱でもある。翼がないのでエンジンが止まったらその場で直下、落下する。オート・ローターという装置がついていて落下のときにプロペラにうける空圧で自動的にスイッチが入ってプロペラが回転するよう設計されてはいるけれど、たいていそのまえに地上に激突して〝フィニ（終り）〟となる。という陰鬱な説を何度も聞かされた。

プラスチックの皿を敷いて、それに尻をのせ、不安の陰火にちろちろとこころをあぶられていると、パイロットが乗りこみ、ついで銃手《ガンナー》が乗りこんでくる。どっしりした大型機関銃を持ちこみ、入口の支柱にのせる。弾帯が巨大なニシキヘビのようにとぐろを巻いて床にたぐまる。両側のドアはその銃のためにあけっぱなしになっている。ゆらゆらと地上から浮いて三〇〇〇フィート（約一〇〇〇メートル）の上空に達すると、亜熱帯とはいっても、風がびゅうびゅう吹きこみ、凍えるような寒さである。防弾チョッキで固めた銃手のたくましい背にそっとにじりよりたい気持になる。弾丸が地上から飛んできてその胸の防弾チョッキを貫き、ついで厚い肉と肋骨を貫き、もう一枚背中の防弾チョッキを貫いてこちらの心臓にとびこんでくるときはどれぐらいの力になっているか。それは計算のしようもないけれど、昨日の夕方、チュドー通りを散歩しているときにサラマス書店で買ったガーネット訳のチェーホフ短篇集とドストイェフスキーの『白痴』を日本航空のエアー・バッグからとりだし、さりげなく野戦服の左右の胸のポケットに入れる。帝政期ロシア知識人の饒舌と苦悩のおかげでその二冊はペイパー・バックにしてもズッシリと部厚いので、何となく心強い。

サイゴンはたちまち消えてしまい、広大な水田地帯がひろがる。収穫を終ったあとなのでどの田からも水がひいてメコン河の本流に吸収されたはずなのに、なぜか、見わたすかぎり淡水の海のように見える。そのなかにところどころ孤島のような森と村が散らばり、炊煙が何本か、のどかに、ゆらゆらとたちのぼっている。機は北西に進路を決定し、カンボジア国境めざして飛んでいく。やがて水田が消え、整然としたゴム林が広がるが、その背後には広大で無辺際のジャングルが見える。それはカンボジア領からヴェトナム領へ進出したジャングルであって、首都からたった七〇キロほどである。このジャングルはつねに反政府活動をする者のために天蓋の役をつとめ、ヴェトミンとフランス遠征軍が抗争をしていた時代には〝マキD〟と呼ばれ、ゲリラの聖域であった。いまは〝D－地区《ゾーン》〟と呼ばれている。やがては〝オウムのくちばし〟、〝鉄の三角地帯〟などと呼ばれるようになる。

サイゴンからこの地方に向っては国道13号線と呼ばれる道路が一本通じているだけである。ゲリラはこの国道か、その両脇を通過して進出を企図し、政府軍はそれを抑圧しようとするので、この13号道路はのべつ破壊されたり修復されたりである。その道路の左右にはいくつもの政府軍の前哨陣地があるので、物資の補給のために輸送大隊が組まれるのだが、しばしば待伏せに会い、激戦が発生する。そのためこの道路は〝死の13号道路〟と呼ばれ、誰もいきたがらない。この道路の左右には小石の山がいくつもあるが、地雷をゲリラに仕掛けられて道路が破壊されたときただちに穴を埋めるためであり、同時に戦闘のときにその背後にかくれるためでもある。いちいち大後方から砂利を運ぶ手間をはぶくために、あらかじめ道路の両側に小山として砂利を積んであるわけである。この道路の両側はもともとはジャングルとゴム林であったが、ゲリラがかくれられないようにと枯葉剤を散布したために、いちめんに赤茶けて枯れている。しかし、亜熱帯のふんだんな日光と雨はその赤い荒野にも緑を回復させつつあり、小さな灌木林を育てつつあるので、体の小さなヴェトナム人のゲリラなら、いくらでも体をかくすことができる。というようなことは、ベン・キャット陣地から二晩三日の地雷除去作戦に従軍してわかったことである。

この13号道路のわきに小さな、小さなベン・キャットの町がある。それは町というよりは村と呼んだほうが正確なくらいの家屋の集落であって、せいぜい気をつけてゆっくり歩いても一〇分とかからずに通過できる。この町のすぐ外に前哨陣地がある。それはフランス遠征軍当時からの陣地で、三角形につくられている。四角形の陣地だと四辺を守らねばならないけれど、三角形なら三辺を守るだけでいいので、兵力が節約できるという構想である。この国ではあちらこちらにしじゅう見かける設計である。その三辺の外側には三重四重の鉄条網と地雷の地帯があり、三辺はすべて塹壕になっている。それぞれの辺の頂点に見張所の小屋が設けられ、二十四時間、ひっきりなしにヴェトナム兵が歩哨としてついているが、銃眼から覗いて見えるのは国道とゴム林だけである。一五五ミリ砲弾を入れる金属の筒がどの小屋にも一コずつぶらさげてあり、夜になると一時間おきに兵がそれを叩いて知らせあうことになっている。ねばねばして蒸暑い、寝苦しい、亜熱帯の濃密な深夜にカンカンとその音が答えあうのを、うとうとした耳に聞いて、何ひとつとしてアテにできないのにその場かぎりの安堵をおぼえて寝返りをうってつぎの瞬間の甘睡に陥ちこんでいくのが心の習慣となった。歩哨兵が生きているのならおれは無事であるらしい。ただそれだけの半覚半睡の知覚だけれど、つぎにくる甘睡はどうしようもなく深いのである。野戦用の汗まみれの組立式のカンヴァス・ベッドがまるで骨も筋もない女の肉のようにやさしく体と鼻と心を吸いこんでくれ、靴をはいたまま、野戦服を着たままなのに、とろとろと吸いこまれていく。これまでに無数の金属音を耳は聞いたけれど、甘睡をさそってくれるということでこれ以上のはついぞひとつもない。

ルイジアナ州、ニュウウェルトン出身のロイ・J・ヤング少佐にひきとられ、波型トタン一枚の小屋へつれていかれ、ベッドをあてがわれる。グランド・オペレーション（大作戦）があるまでここにいたい、それまであなたたちといっしょに寝たり起きたりする、戦争そのものを観察したいのだと、よたよたの英語で陳述すると少佐は自身のわきのベッドを二つあけてくれたうえ、どういうことか、自身のベッドの下から段ボール箱をひっぱりだして、タオル、石鹼、シャツ、パンツを二人にくれた。秋元啓一はおろおろして、いつものようにたったひとつしかしゃべれない英語で、〝Thank you too much〟といった。これがこの男の口にできるたったひとつの外国語なのである。何かあるたびにきっとそういうのである。タバコ一本もらっても、それにジッポで火をつけられても、彼はいつも恐懼《きょうく》してニコニコ笑い、そういうのである。そのたびに、あとで、それは〝Thank you very much〟というのではないかと訂正してやるけれど、何度直されてもやめられないのである。タバコ一本で毎度毎度〝ありがたすぎる〟と挨拶されるものだから、くれたアメリカ兵のほうがそのたびにキョトンとした顔になる。しかし、これから三年後にパリで学生が大暴動を起したときにたまたまサン・ミシェル通りで出会うと、ビストロで彼はギャルソンに〝メルシ・ボークー〟とはいったけれど、〝メルシ・トロ・ボークー〟とはいわなかったところを見ると、〝Too much〟はただの口癖にすぎなかったとわかる。

ヤング少佐の沈着な、思慮深い口調の解説によると、この三角陣地は赤い海のなかの孤島だとのことである。附近の住民の九〇％はヴェトコンであるか、その同調者である。この陣地に出入りする洗濯屋、床屋、果物売りのおばさん、ことごとくがヴェトコンであるか、その関係者である。さらにいえば、この陣地に暮しているヴェトナム政府軍の将兵も誰がそれだとはわからないまでもたっぷりとヴェトコン分子であって、いつ叛乱を起すか知れたものではないとのことである。だから、われわれは前方から攻められることを用心しつつ、同時に、いつ友軍から背後から攻められるかわからないという用心をしつつ暮しているのだという。しかも、ヴェトナム兵は金に窮すると平気でヴェトコンに弾丸を売りにいく。そして兵隊はのべつポケットがぺちゃんこできゅうきゅうしているから、弾丸を敵に売るのはしじゅうのことである。将校のなかには政府からくる兵のための給料をピンはねをするのが珍しくない。ときには戦死した兵の給料を、戦死を報告しないで軍に請求し、その金を兵の遺族に一文も送らないで自分のポケットへ入れ、涼しい顔をしているのもいるという。そうなるとここのヴェトナム兵は生前も死後も上官にピンはねされっぱなしだということになる。これで叛乱が起らなかったらそれこそおかしい。しかもそれはここだけのことではなくて、全土において珍しくないことなのであって、話を聞かされても誰もおどろくものはない。ヤング少佐はうなだれてそんなことを声低く説明したあと、夜になって九時以後の消燈時刻になると、白いタオルを一枚くれ、今日は右腕の上に巻けといって、実演をしてみせた。これは毎日変る秘密であって明日の夜はまた変るが、それは明日教えてあげるという。意味がわからなくてきょとんとしていると、敵襲があって乱戦に陥ちこむと友軍のヴェトナム兵に背後から射たれるから誰が味方で敵であるかはこうやって闇のなかで見わけるしかないんだとのことであった。

おずおずと、

「地雷の上で寝るようなもんですか？」

とたずねると、

「イエス・サー」

言下にはげしく首をふった。

そのまま訳してつたえてやると、秋元は、

「……ムゥ」

というような声をだした。

何日かたっていくらか眼が沈着して細部が見えるようになると、ヤング少佐の解説はかならずしもアメリカ人好みの誇大表現ではないらしいことが読みとれてくる。アメリカ兵の小屋とヴェトナム兵の小屋のあいだに二重の鉄条網が張られていることが見えてくる。これは少佐の陳述を現実として語る何よりの証左であるかと思われた。狭い三角陣地の内部でこんなことをして何の役にたつのだろうと考えたいし、背後から乱射されたら弾丸は有刺鉄線などを無視して飛来するはずだから、ただの気休めにすぎまいとも考えたくなる。しかし、そうとわかってもそうせずにいられないくらいアメリカ将兵が切迫した心情に陥ちこんでいるらしいことも、まざまざと読みとれるのだった。

ここのヴェトナム政府軍のボスはグエン・ヴァン・トゥ中佐である。中背で肉厚の、南方人らしく陽性でよく豪傑笑いをする人物である。ヤング少佐の打明話では、中佐はたいへんな精力家であって、子供が十五人いる。ダラットの本妻に九人、サイゴンの妾《めかけ》に六人。なおそのほかに毎日どこからかバスで若い女がこの陣地まで会いにやってくる。夕方になると中佐はパジャマ姿になり、司令室の小さな、粗末な小屋にその女といっしょにたてこもる。その小屋は四方の壁に砂袋が天井まで積みあげてあり、天井は鉄板である。つい数日前にヴェトコンがゴム林から迫撃砲をたたきこみ、その一発が小屋に命中したので、修復したばかりである。中佐は大工が天井に鉄板を張る仕事をしているところを見せ、ひどいフランス語訛りの英語で、この大工もＶＣかもしれない、いずれまたやられることだろうといって声をあげて笑った。ヴェトコンはモグラ戦術が得意で、直径一メートルほどのトンネルを掘り、あちらこちらに抜道や空気抜きの穴をつくりつつ、三キロでも五キロでも平気で掘り進む。なかには十一キロもあるトンネルが見つかったこともある。いつぞやはゴム林からそうやって掘り進み、地雷原と鉄条網の下をくぐりぬけ、この司令部の部屋のまんなかへひょっこり穴をあけて顔をだしたのがいた。夜と昼をまちがえたのでそんなことになったのだが、もし見つからなかったら爆薬を仕掛けられておれは部屋ごと吹きとばされていただろうと、中佐は事もなげにいうのだった。こんな話ばかり聞かされると、ここは陣地というよりは、ザルであるように感じられてくる。この国全体がそうであるらしいのだが……

アメリカ兵の小屋には電気もあるし、冷蔵庫もある。爪楊枝と果物だけがヴェトナム産で、あとはジュース、ケチャップ、マスタード、スパゲティ、牛肉、すべて本国から運んできたものである。週に一回か二回はTボーン・ステーキが夕食に出る。こういう物資はすべて輸送大隊が運びこむか、サイゴンからヘリコプターで運ぶかしたものである。ヘリコは食料品や武器のほかに映画のフィルムも運んでくる。この定期便のことを〝ミルク・ラン（牛乳配達）〟と呼ぶ。『七年目の浮気』や『南太平洋』などがスポーツ映画一本といっしょに二本立興行で毎夜、上映される。小屋のなかや、ときには戸外のヤシの木と木のあいだにスクリーンを張って。こういうことが物珍しく感じられているあいだはいちいち〝アメリカ〟の豪富ぶりに驚愕をおぼえさせられ、秋元は唸ってばかりいる。しかし、トイレが水洗式であるのにはつくづく声が出なくなってしまった。井戸を掘って地下水を揚水ポンプで汲みあげ、それをトイレにまわすのだが、電気は発電機からまわってくる。これらの工事のための掘削機や、パイプや、水洗便器をいちいち〝死の13号道路〟づたいに輸送大隊で運んできたのであろうが、ときにはゲリラに待伏せされてバズーカで強襲されたこともあるかと思われる。とすると、水洗便器のために落命した兵もいるはずだし、手や足をとばされて不具になったものもいるはずということになる。夜ふけに便器にまたがってヤモリの鳴声を聞きつつそんなことを考えていると、愚劣すら感じられなくなり、朦朧となるばかりである。

これがヴェトナム兵の小屋となると、ないないづくしである。床板もなければ窓もなく、ベッドもなければ蚊帳もない。むきだしの土にぺらぺらのゴザ一枚を敷いて寝るのもいれば、何かの戸板にころがるのもいる。鉄兜で顔を洗い、それで体を拭い、米もたくし、野菜と野ネズミの肉の煮込みもそれでつくる。ときには砂を入れてコオロギの決闘をさせて、一銭、二銭の銭のやりとりをすることもある。サイゴンで洗面器のやることをここではスチール・ヘルメットがやるのである。この貧しいかぎりの兵がたいていみんな何かのペットを飼っている。犬、ネコ、インコ、オウム、九官鳥、ときにはコウモリやニシキヘビなど、なけなしのポケットをはたいてどこからか餌を持ってきて食わせてやるのである。口うつしに食わせてやることもある。ニシキヘビはピッと頭に唾を吐きかけ、せっせと野戦服の袖で磨き、まるで靴のように光らせ、その光沢に恍惚と見とれている兵もいる。何もペットを持っていないのはコオロギをつかまえてきて陽気にはしゃぎつつ喧嘩させてバクチをやる。ニシキヘビは無理だろうが彼らはこれらのペットをつれて戦闘に出かける。出発となると兵たちの声にまじってオウムの叫声、サルの鳴声、九官鳥のヴェトナム語の呟やきなどが聞え、まるで移動動物園のような光景である。ヤング少佐の説明では三人も四人も主人をかえた犬がいるとのことである。それらの兵はことごとく戦死したのである。

ここの軍隊の風変りぶりはまだある。まだまだある。その一つは兵が最前線で家族と同居していることである。北上したり南下したりあてどなく田舎をほっつき歩いているとき、しばしば移動中の軍隊とすれちがったが、トラックが兵といっしょに家族を満載しているので、はじめのうちは難民の群れかと思ったものだが、話を聞いてみると、そうではなかった。兵が家族ぐるみで移動しているのであった。このベン・キャット陣地には見られないけれど、すぐ近くの〝24高地〟という陣地では見られる。13号道路の地雷除去と輸送大隊防衛の作戦に従軍したとき、夜になって先史時代の巨獣の骨の林のような枯死した森を行軍したけれど、ベン・キャットまで帰りつくことができないので、その陣地に泊めてもらった。朝になって塹壕から這いだすと、キラキラ輝やく日光を浴びて兵が赤ン坊といっしょに遊んでいる。塹壕の上に弾薬箱が積みあげてあって、そこを素ッ裸の赤ン坊が笑声をたてつつヨチヨチと這いまわっている。それを兵がからかって四つン這いになって追っている。それを兵の母であろうか、皺だらけの老婆が洗面器でバナナを揚げつつ恍惚となって見とれているのだ。そこでこの陣地では兵が家族ぐるみで暮しているとわかったのだが、同時に、もしここへ迫撃砲弾が一発降ってきたら、とも考えた。すぐ近くにやせたヴェトナム人の中尉が立っていたのでその意見を述べた。

中尉は淡々とした口調で答えた。

「これが私たちの生きかたですよ。みんな慣れてるんです。もう長いあいだこういうやりかたで私たちは暮してきたんです。ジ・アザー・サイド(あちら側)もおなじです。あちら側は村民全部が戦闘員だと宣伝しているし、事実そのとおりです。赤ン坊から老人まで全住民が戦闘員なんです」

「しかし、迫撃砲で赤ン坊が死ねば、親である兵は士気《モラル》を失うのじゃありませんか。家族と兵をわけておいたほうが兵の士気は傷つかないのではありませんか?」

「家族が陣地にいないと兵はもっと士気を失いますよ。そういうこともあるんです。

これが私たちの生きかたなんですよ」

中尉は平静な口調で短くそう説明し、軽い足どりでどこかへ消えた。秋元が塹壕から這いだしてきておなじ光景を眺め、眼を丸くしている。中尉の言葉を一語のこらず訳してつたえると、彼は何もいわずにうなだれてしまった。無残やな、兜の下のキリギリス、というのは誰の句であったか。

昼のうちはピクニック気分である。ヴェトナム人の将校の小屋へ遊びにいってビールをおごりあったり、中国将棋をさしたり、身上話を聞いたりする。アメリカ兵と馬蹄投げをしたり、ロープ一本を小屋と小屋のあいだに張ったのをネットと見たててバレー・ボールをしたりする。しかし、夜になって食事も映画も終ってしまうと一変する。ジャングルに送りこまれた偵察隊や特殊部隊が無線通話で送ってくる情報でその夜その夜の〝アラート〟度が決定される。〝アラート50％〟なら十人のうち五人、〝アラート80％〟なら八人、〝レッド・アラート〟なら全員が武装して塹壕にもぐりこんで夜襲を待ちうける。夜襲があるとすれば十二時をすぎてから一回、もう一回あるとすれば夜明けまえの五時か六時頃である。一夜に二回が限度でそれ以上はこれまでにあったことはないと、トゥ中佐にも教えられ、ヤング少佐にも教えられる。しかし、アラート度が五〇％だろうが八〇％だろうが、毎夜九時になると消燈し、白布を腕に巻いたり、腿に巻いたりして、靴も服もつけたままでベッドによこたわる。そうしろと固く命じられる。迫撃砲弾の飛んでくる音を聞いたり、銃声を聞いたりしたら、素速く小屋をとびだして塹壕へ駈けこめともいわれた。しかし、現実としては、マシン・ガン攻撃ならまだしも、迫撃砲弾から逃げだせようとは思えない。空中の擦過音を聞いたつぎの瞬間には小屋に落下しているはずである。小屋の屋根は波型トタン一枚だからひとたまりもあるまい。

暗がりによこたわってひっきりなしにタバコを吹かしつつヤモリの鳴声を聞く。ただ殺されるためにだけ身じろぎもしないでそうやって待つ。秋元は歯が砕けてしまうのではないかと思うくらい一晩じゅうひっきりなしに歯ぎしりする癖があるのだが、ここへ来てからはピタリと止まってしまった。ウィスキーを呑んで酒乱になる癖もなくなってしまった。暗闇のなかで話しかけてくることもしない。こちらも話しかけない。ねばねばと蒸暑くて濃密な闇のなかで汗まみれになるが、しばしばそれは暑熱や湿度のためだけではない。想像の伸縮のたびにじっとりと冷めたい汗や熱い汗がにじみだす。三つの歩哨小屋で一時間おきに鳴らすカンカンという音のほかに、耳は枯葉を踏む足音や、銃のふれあう音や、おし殺した咳の音などを聞きつづける。これまでの三十五年間の生涯の浮沈、明暗、悲喜のさまざまな瞬間がとめどない行列となって明滅する。死に関する無数の定言、戒語、諺、挿話なども明滅する。そのどれかに全心身を托したいのだが、どれもこれも持続しない。強力な放射能を発しつつ登場する一つの定言がじっと凝視するとたちまち褪せて、音もなく消えてしまう。心は狐火のように陽炎のようにうつろいやすくてとらえようがない。たしかゲーテは『西東詩集』であったか、人を火にとびこむ蛾にたとえ、死を介してこそ生は十全に味わわれるのだ、それを体得しないかぎり人はいつまでも〝地上の夜のかなしい客人〟にすぎぬと書いた。たとえばそんなことまで、ふいにまざまざと思いだされるのである。いつ、どこで、誰の訳で読んだかも思いだせない記憶がよみがえってくる。しかし、頭はそれを完全に肯定して満足しているのに心はつぎの瞬間にすりぬけて恐怖におびえる。たちまち忘れて幼年時代のある日の追憶にとりすがる。祖父も父も健在で家じゅうに明るい灯がつき、二人の妹のはしゃぐ声や、お手玉の歌声がひびき、従弟《いとこ》と取っ組みあいをしてふとんの山からころがり落ちることに夢中だった日々がよみがえる。感傷の大波におぼれそうになる。夏の夕方の御影石に涼しく水をうった寺の門や、ツタに蔽われた林のかげの煉瓦壁などがまざまざと見えてくる。スキー場で雪まみれになってころんだ妻や冗談を叫びつつ家のなかを全裸で突進する娘が見えることもある。パリではじめて舌と歯の精妙な性技を教えてくれた年上の女のあたたかい灰青色の眼の輝きが見える。ジャディン地区のがらんどうのガレージの蚊帳つきベッドのなかで戸外で一五五ミリ砲が吠えたてる轟音にも屈せず一匹の蚊の羽音を聞いて〝ムオイ!　ムオイ!!〟と叫びつつ両手をうっていたティ・フォンのくぐもった声が聞えてくる。ふたたび母があらわれる。妻があらわれる。娘があらわれる。みんなはしゃいで笑っている。

ある日の午後、トイレの裏の日当りのいい場所に一人の若いアメリカ兵がタオルを敷いて日光浴をしつつ、歌をうたっているのを聞いた。それがひどい音痴で、はじめは歌とも独白とも見当がつかなかったのだが、何やらブツブツ呟やいてはきっと〝わが家の、緑の、緑の草よ〟というリフレインをつけるので、やっと歌らしいとわかった。それで、いつもポケットに入れている紙とボール・ペンをさしだし、歌詞を書いてくれといって、わたした。それを忘れるともなく忘れて、夕方になり、〝ディナー・タアアアアイイイイム!〟の炊事兵の叫声を待ちつつカンヴァス・ベッドにころがってうつらうつらしていると、誰かがよこを通過し、だまって紙きれを落して、小屋を出ていった。起きあがって紙きれを手にしてみると、ひどい乱字でくねくねと何か書きつけてあるので、苦労しつつ、読んでみた。大意はおよそつぎのようであった。

故郷《くに》の古い町はおなじに見える。汽車からおりるとパパとママが迎えに来てくれる。メアリーが走るのも見える。金髪とサクランボのような唇が見える。みんなやさしく笑っておれを迎えに来てくれる。ペンキは乾いてひび割れてるが昔の家はそのままだ。おれが登って遊んだ古いカシの木もそのままだ。しかし、気がついてみると、まわりには灰色の四つの壁。夢を見てただけだとわかった。守衛がいて、年とった悲しい神父がいる。夜明けにおれたちは道をおりていく。古いカシの木の下におれをよこたえてくれて、みんな会いに来てくれる。

ところどころに〝わが家の、緑の、緑の草よ〟というリフレインがつく。さんざん苦労して乱字を読みたどった結果、午後の若いアメリカ兵は死刑囚の歌をうたっていたらしいとわかった。自身を死刑囚になぞらえてトイレの裏でうたっていたのだ。名状しようのないひどい音痴だったが、この三角陣地での暮しを独房の死刑囚のそれと感じているらしいのだった。とわかった瞬間、一閃するものがあった。あらくれ男の手でいきなりはらわたをにぎりしめられたようなショックを下腹におぼえた。同時にその若者のはにかみぶりもわかり、瞬間、日夜つきまとってはなれない悲惨と愚劣が一歩しりぞくのを感じさせられた。とぎれとぎれのその若者の音痴の声を思いだすと、微笑がこみあげずにはいられないが、声にはならなかった。

この二日後にトゥ中佐とヤング少佐の意見が一致して、グランド・オペレーションがおこなわれることになった。附近の前哨陣地の兵をかき集め、ふつう一大隊が三〇〇人なのに二〇〇人の小型大隊、それを三つ、後方からは一五五ミリ、上空からはサイゴンから呼び寄せたガン・シップで、ゲリラの聖域のジャングルに浸透する。この作戦はかつてこれまで一度も手をつけたことのない聖域に浸透することでこちらもやる気があるのだということをあちら側に思い知らせるのが大目的だとのことであった。ヤング少佐は以上をベッドのよこにたって手短に説明し、トゥ中佐は星まわりがいいのでやる気になったのだとつけたした。星占い《ホロスコープ》で作戦を、と思わず口走って体を起しにかかると、ヤング少佐は痛ましげに眼をそらし、ここでは上官に星がいいといわれると兵隊は士気があがるんです、星占いがどうこうというよりは兵隊の士気があがること、これが問題なんです、その点だけは私も賛成する、口早にそんなことをいって、消えた。これを訳して伝えると、しばらくしてから秋元は両親に宛てて遺書を書きにかかった。

＊

小説家になってから旅館やホテルに〝罐詰〟になることはしょっちゅうで、しばしば自分で自分を罐詰にすることもあり、すれっからしになってしまった。その経験が物珍しく、習慣が目新しく感じられていたときには、自宅の書斎のそれではない四枚の壁のなかに封じこまれることに新鮮な不安があって、おびえた気持でたれこめることができ、有効であった。しかし、どの旅館もホテルも度をかさねてなじみになってしまうと書斎と大差ないから、居ハ気ヲ移スの原則もあまりきかなくなり、よほど〆切日に追われて煮つめられなければ体を起して机に向う気持になれない。すこし後年になると、もっと図々しくなり、釣道具をつめたリュックと竿を出版社の罐詰ハウスに持ちこみ、原稿を書きあぐねるとそのまま山へイワナを釣りにいき、二、三日たってふらりともどって原稿を書きつぐというようなこともやった。山の宿が気に入ってそのまま三ヵ月近く腰をすえてしまったこともある。ごく稀れにだけれど罐詰をぬけだして自宅へもどって寝たこともある。愚の骨頂としかいいようがないが、そんな身分の心で書斎で寝てみると奇妙に新鮮さをおぼえて、迷路打開の一言や半句の閃めくことがあり、そそくさとズボンをはいて家を出る。

しかし、香港経由でサイゴンからもどってきたときは、酔蟹、熊掌、汾酒、紹興酒でも殺しきれなかった弾音がまだ体内にひびいているというのに、出迎えにきた妻や娘といっしょにそのまま新聞社の自動車で箱根のホテルへ拉致された。そして一室へ封じこめられ、原稿用紙とインキを差入れされ、やいのやいのと催促された。その社の出版局の編集氏がおなじ部屋にたてこもり、二〇枚か三〇枚書きあげるとそのままつかんで東京へ走り、印刷所へつっこんで、折返しでタクシーで箱根まで飛んで帰ってくるのだった。ジャングルから救出されてサイゴンのホテルへもどったところで戦闘状況を書かされ、それを新聞に発表したものだから、社としては読者の〝熱〟がさめないうちに書きおろしの本を出したかったのだろう。いつもの刺激飢餓の持病にかりたてられて、偏執狂じみた眼で編集氏は時計を見つつ寝たり起きたりし、それに脅迫されてこちらも何かの玩具のように寝たり起きたりした。罐詰暮しに慣れっこになっているものだからついつい輪転機に巻きこまれてしまったわけだが、無茶もいいところであった。もう二度とこんなことはしないと自身に向って血相変えて誓ったのは、書き終えたあとでのことだった。体内で何日おどんでいたのかしれない酒精がいっせいに新鮮な湯にあおられて毛穴から這いだし、浴槽にはウィスキーともコニャックともつかない匂いが、つんつんあふれた。

これは無茶の一語につきる行為だったが、しゃにむにせきたてられるままに、それでも何とか自身の見聞に執する一心を持ちこたえて書きあげてみると、そしてそれをいくらか他人の眼になって読んでみると、ヴェトナムのコミュニストを支持することは一言も書いてないが、サイゴン政府とアメリカ人の軍事的努力はまったく無益であると読みとれるものになっていた。うすうすそう感じたり、閃めきのように濃くそう感じたりするサイゴン暮しではあったけれど、昼夜つきまとってはなれない酷烈の朦朧のために、それを断定的な言葉にすることはできなかったし、何よりかより自身すらとらえておくこともできなかったのである。ところが、せきたてられるままに精いっぱいのディ・ファクト・ストーリーを書いてみると、混沌にひとつの秩序があたえられたと、知ることができた。そして、何とか他人の眼と心を持とうと努めて何度か読みかえしてみた結果、その結論には不満をおぼえなかった。結論が大きすぎるのに見聞のデータが不足すぎるという欠陥は蔽いようがない。しかし、何かしら、いつも見聞や素養や経験を上まわってしぶとくつきまとう〝直観〟が、省察の前面にも背後にも登場してきて、しかたないのだった。現場ではなまなましい、とらえようのない朦朧であったものが大後方に帰ると、とたんに言葉や文字になってしまうことに狼狽と羞恥をおぼえたが、いずれもが〝事実〟という一点では相違がなかった。この〝直観〟のイエスかノーかを知りたいばかりに、三年後と、八年後に、もう二回、あの国へいくこととなる。

罐詰を終って箱根から東京へもどると、狂ったみたいに自身を開放した。週刊誌のインタヴュー。対談。座談会。文学雑誌の随筆。インタヴュー。座談会。テレビの討論会。反戦運動の街頭デモ。講演会。ニューヨーク・タイムスに反戦広告を出すための街頭募金。電話のかかるまま、誘われるままに、何でも書き、何でも語り、何でもやった。国会の外務委員会に出頭して証人としての立場で見聞と意見を述べたこともある。ニューヨーク・タイムスに反戦広告を出すための運動をしたときは数寄屋橋《すきやばし》に箱を首からぶらさげてたったり、メガフォンで呼びかけたり、日頃なら愧死《きし》してしまいたいような行為であった。そして、わが国の街頭の募金活動は、たいていその場で通行人になけなしのポケット・マネーを放出させることだけで終り、その金の行方はまったく通知されることがないという習慣が常習と見なされているので、寄附者一人一人に住所・氏名がわかるかぎり、一枚一枚、領収書を送るようにした。それからそれらの人名とアドレスをノートしておいて、ニューヨーク・タイムスに出す反戦広告のゲラを、あらためて一枚一枚、送るようにもした。こうしたことには若い男女がヴォランティア活動として参加してくれ、その人たちは報酬を一切、求めなかった。しかし、いつからともなく、急速に、避けようなく、この人たちはヴェトナムで反米闘争をしている、顔の見えないグループだけをヴェトナム人と見なすようになり、その人びとを支持し、その人びとを勝たせるためだけの言動に没頭するようになった。そして、アメリカの軍事政策の過熱の一途のままに、それにつれて偏執狂的にいよいよヴェトコン支持になり、それ以外のことをヴェトナム人について考えるのは〝非人間〟であるかのような不寛容にいきいきと溌溂と凝縮していった。サイゴン政府とアメリカの軍事的努力は無益であるという立場だけでは話にならなくなった。アメリカの軍事活動の残虐だけが糾弾され、ヴェトコン、もしくは北ヴェトナム正規軍のそれは無視された。ソンミの虐殺は記事になり本になったが、ユエで北ヴェトナム軍がやった集団テロの行動は無視された。また、ためしに、アメリカがいると戦争があるから困る、しかしアメリカがいなくなるとホー・チ・ミンがくるからこれも困る、といった仏僧の言葉を伝えてみると、誰も聞くものがなかった。もしそうなればカトリック教徒はオーストラリアへ亡命したいといってるが仏教徒ならバンコック、セイロン、トーキョーだろうと思う、日本政府は私どもを受入れてくれるだろうかといった別の仏僧の言葉も無視された。食うや食わずのはだしの農民が赤ン坊から老婆までがなけなしの武器を持ってヴェトコンとたたかっているカトリック村のことも無視された。そういうカトリック教徒がざっとかぞえて一〇〇万人か二〇〇万人いるといっても無視された。話題にもならなければ議論にもならなかった。ヴェトコンもしくはその同調者だけがヴェトナム人であるかのような言説が一般となり、大勢となった。無邪気は残酷である。そこで、いつだったかおぼえていないが、ある日、いっさいの活動をやめることにした。インタヴュー、講演、デモ、いっさいをことわって書斎にたてこもることにした。誰にも会わず、何も喋らず、無益ということならこれ以上ない仕事に没頭することにした。小説を書くことにしたのである。ときどき人がやってきて、〝敵前逃亡した〟とか〝転向した〟と噂されていると伝えてくれたが、いっさいとりあわなかった。ひとりきりになって、黄昏の窓ぎわでウィスキーを一滴ずつすすりながら思いかえしてみると、それまでの対社会活動は何もかもヒステリックな空騒ぎだったように感じられ、愚行の連鎖を一つふやしただけのように思われてならなかった。ひとりごとを喋りちらかしていただけのことだった、とも感じられた。

アリストパネスは、思案に暮れたときはカブト虫のように頭のまわりを飛びたいだけ飛びまわらせるがいい、やがて思案はくたびれて手に落ちるから、それからゆっくり眺めればいいのだ、ただし糸はしっかり握ってはなすなと、ある劇の登場人物に語らせていたはずである。帰国してから書きおろしに着手するまでに二年以上かかったが、カブト虫は飛びまわりつづけて、なかなか手に落ちてこようとしなかった。しばしば羽音ばかり聞えて姿が見えなくなることがあった。糸は握っているつもりだが、姿が見えなくなるのである。もともと作品の取材のために出かけた旅ではなかったので、経験のうちでどれをとりあげ、どれを捨てていいのか、選択に苦しめられた。経験が腐って醱酵し、ゆっくりと沈んでいき、見えないところへひそんでから、顔を変えて再登場するまで待たねばならなかった。胸苦しいまでに退屈でしらちゃけた日常生活のなかで記憶を凝視するだけの日と週と月が砂のように指のあいだをすりぬけて消えていく。シエスタの習慣を持って帰ったので毎日、三時間か四時間は昼寝せずにいられない。午後遅くか夕方近くになって眼をさますと、いつものとらえようのない焦躁がしのびよってくるので、じっとしていられない。書斎でひとり酒をするか。映画を見に外出するか。映画のあとではきっとなじみの酒場へいき、少数の作家仲間と会って、酒を飲み、しばしばへべれけになり、深夜になって家へもどる。あの国のことはけっして口にせず、たずねられれば猥談や駄洒落でごまかした。

　戦争は激化の一途をたどっている。いつ終るとも知れない。Dゾーンは〝鉄の三角地帯〟とか〝オウムのくちばし〟などと名を変えて呼ばれるようになり、いよいよ熱くなりつつある。終らない戦争などというものはあり得ないのだから、いつかこれも終るのだろうが、それが二年後、三年後という数字なのか、五年後、六年後なのか、それとももっと時間がかかるのか、読みようがない。それはいつものように交渉によって終るはずと思われるが、毛沢東のいう〝一面交渉、一面戦争〟の方式になると思われる。双方ともに戦場で得たものを会議の席で失うことはできず、戦場で得られなかったものを会議の席で得ることはできないだろうから、屍山血河《しざんけつが》の惨が、いつか、どこかで発生するはずである。日露戦争の二〇三高地、第一次インドシナ戦争のディエンビエンフー、それが、いつ、どこへ登場するのかという眼と心で新聞の戦況を読む。しかし、ケサンの攻防戦、ヤドラン渓谷の戦闘の記事を読みながら、さまよいだした心はまったくべつの光景を眺めている。一人の僧侶が日あたりのよい寺の庭のカンナの植えこみのかげにしゃがみこんで、土に棒で円を描いてみせる。真正な仏教徒の思考はこれです、という。つぎにそのうえに螺旋形を描いてみせ、真正なコミュニストの思考はこれです、という。円と螺旋は一点でしかまじわらない。つまり現在の政府に仏教教会が反対しているこの時点です。これが過ぎればコミュニストは私たちを捨てるはずです。円と螺旋は一点で一回だけまじわるのです。それだけのことですよ。僧は英単語を選び選びゆっくりと語り、たじたじとなるほどの明晰な知力を淡々と見せるのだった。すでに滅亡を覚悟しているのであろうか。口調の淡漠にもかかわらず不幸がつんつんと匂いたった。

ある日の夕方、新宿のとんかつ屋へ食事にいくつもりで、妻と娘をつれ、西武新宿線の井荻《いおぎ》駅のベンチにもたれていると、娘が退屈しのぎに鼻唄をうたった。その最初の一節を耳にしたとき、愕然とした。

「その歌、何というの？」

「〝真珠貝〟。パーリー・シェルといったかしら。それともパール・シェルといったかしら。よくおぼえてないわ」

「映画の主題歌だよ。『ドノヴァン・リーフ』という。珊瑚礁だな、リーフだから。ジョン・ウェイン主演の。今の今まで忘れてたんだけど、これには思い出がある」

「女でしょ、また」

「ちがう、ちがう」

「ヤッたね、また」

「女じゃない。戦場だよ。最前線の陣地でこの映画を見たんだよ。ヤシの木にスクリーンを張ってね。思いだした。いろいろと思いだした。きっかけができた。書けそうだ。お礼を申上げたいね」

「ちょうだい」

「何を？」

「オゼゼ」

「よかろう。取材費を惜しんではいけないからな。そのかわりもう一回、うたってみてくれ」

「あちくしの声でいいんでしょうか？」

「いいんだ、いいんだ。早く」

娘が低い声で、いささか調子はずれにその歌をうたいはじめると、カブト虫が手に落ちたのを感じた。一挙に物語が組みあげられた。匂いと本質が決定された。発端と中心が見えた。発端の一言がきまった。霧散も低迷もおわった。爽やかに血が流れはじめ、ふいに薄明から力があらわれた。

亜熱帯の濃密な降雨林の枯葉によこたわってゆっくりと呼吸をしている一人のやせたヴェトナム兵が見えた。胸を大破されて野戦服が水を浴びたように血でぐしょ濡れになっている。醜い大穴から血がふきだし、肺のうごくのが見えそうである。彼は呻めきもせず、叫びもせず、泣きもせず、蒼白い顔で日なたぼっこする人のようによこたわり、じっと黒い眼で何かを凝視している。ズボンのポケットをまさぐってジッポをとりだし、音がしないようそッと蓋をあける。胸のポケットからセーレムを一本とりだす。くわえる。火を吸いつける。枯葉のうえを肘で這いつつにじりより、兵にタバコをわたそうとすると、もう眼が乾いていた。

*

七三年には第一次和平協定がハノイ、解放戦線、アメリカ、南ヴェトナム政府の四者間に成立して米軍が総引揚げをやったので、仮説が実説となって具現するのを現場で目撃することができた。めくらむような数字の死者と負傷者と火薬量を投入したにしては簡単すぎる儀式の現場の片隅に腰をおろして、一つの国がうやうやしくそっけなく葬られるのを見とどけた。二年後に北のコミュニスト正規軍が休戦協定をやぶって殺到し、それは実現されることとなるのだが、八年前の自身の直観のとおりに歴史が進行したことの満足感は淡く、むしろ、〝その後に来るもの〟の不安と恐怖が朦朧のままでひろがるばかりであった。死を賭けてでもコミュニスト政権に抵抗しようとするヴェトナム人の仏僧、カトリック神父、その信者たち、政府軍将兵、ふつうの人びと、こうした人びとを知るにつけ、その眼を見、おさえた声を聞くにつれ、この場合はどう仮説をたてて心を托してよいのかわからないので、ただ、だまりこむだけであった。自殺するか、虐殺されるか、隠忍するか、ジャングルにたてこもってレジスタンスをやるか、亡命するか、さしあたってその五つの道があるきりと思われるのだが、それぞれがどんなことになるのか、想像のしようがなかった。

六八年には〝テット攻撃〟があり、ヴェトコンは北ヴェトナム正規軍と連携してサイゴンのアメリカ大使館に特攻隊を送りこみ、同時に全土で〝総反攻〟を試みたのだった。これはしぶとく、長く、ねばねばと、ときには永遠かと感じたくなるくらい血を流しつづけたこの戦争の〝ウォータールー〟かという評判のたった試みであったが、米軍情報部へいって〝北〟と〝ヴェトコン〟の捕虜および転向者の陳述書を数多く読んでみると、戦術は完全に理解できたが、戦略には疑いばかりが残された。そんな陳述書は反故紙《ほごし》同然に扱われ、しらちゃけた蛍光燈に照らされた情報部の棚に山積みされるままになっているので、一抱え、二抱えと持ちだしてパストゥール街のアパートに持ちこみ、徹夜また徹夜でなまぬるいコニャック・ソーダをすすりつつ、読んだのだったが、そのあげくわかったことは、ヴェトコン将兵はサイゴンになだれこみさえすれば全住民がそれに呼応して〝総蜂起〟して援助してくれるのだ、それで戦争は終るのだと上級から信じこまされていた、ということだけであった。しかし、それは発生しなかったのである。ヴェトコン勢力下の村では特攻隊がやってくるとお茶をだしたり、御飯をだしたりして歓迎してくれたが、そのテリトリーをはずれると住民は冷淡そのもので家にたてこもり、ときには投げた手榴弾を子供が素速くひろってヴェトコン軍に投げかえしたこともあって、〝全住民が味方だ〟とだけ耳に吹きこまれていた将兵は心底から動揺したという告白もある。いろいろと読みすすむうちに、某夜、ヤモリの小さな鳴声を聞きつつ、ふと、ポーランドで聞かされた意見を思いだすことがあった。第二次大戦初期にポーランドはナチスに制圧され、左翼はモスコー、右翼はロンドンに亡命する。しかし、首都のワルシャワに残された将兵と一般市民は下水道にたてこもり、栄養失調と半盲目になりながらもレジスタンスを試み、ことごとく掃討される。このときソヴィエトの赤軍は川の向う岸にまで来ていたのだが応援せず、人民を下水道でのたれ死《じに》するままに無視したという事実がある。これは白昼ではレジスタンスの指令がロンドンの右翼勢力から出されたために左翼の赤軍は動こうにも動きようがなかったのだと説かれる。しかし、夜になってウォトカが入ると、スターリンは戦後のポーランド赤化を予想し、ここで同国のナショナリストの最精鋭分子をナチスに抹殺させることで、いわば手を濡らさないで同国を手に入れるため、わざと赤軍に援護活動をさせなかったのだという囁きに、意見が変るのである。こういう辛辣な方式はしばしば政治の世界に発生するが、もしこれがここでも適用できるならどうなるだろうかと、考えてみたのだった。すると、〝北〟は、ハノイは、南に土着のヴェトコンの軍事勢力が過度に増大することを恐れ、その最先鋭分子を選抜して全土総反攻をやらせ、ことごとく無駄死させる。そのことによってサイゴンを制圧する真の〝解放〟のあと、〝南〟に発言権を持たなくさせ、〝北〟のいうままにならせる。政治におけるとことんのところでの帰趨は軍隊と警察の動向であるだろうから、〝北〟は〝南〟に火のなかの栗を拾わせることをたくらんでその手を焼失させることに意図があったのではあるまいか。二重、三重にウラのある話を毎日のべつヴェトナム人の誰彼から聞かされつづけるうちに邪推の癖がついて、ついついそんなことまで考えてしまうのだった。

（……こういうトップ・シークレットはついに永遠に記録から排除されることなので、いつまでたっても誰にも知りようがない。しかし、結果からさかのぼって考えていくと、ポーランドではその通りであったし、ヴェトナムでもその通りであったといいたくなるのである。そして興味深いのは、それぞれ当局の最高の深奥部がひたかくしにかくしているることを人民はとっくに察知して市場でのおおっぴらの噂話として話しあい、知らせあっているという、古今東西の事実である）。

この戦争中にヴェトコン内部で法務大臣の地位にあった重要人物中の重要人物がサイゴン陥落後にノン・コミュニストであったばかりに無化されて、命からがらボート・ピープルの一人となって国外に逃亡し、パリにたどりついてから公表した手記によると、サイゴン陥落のその日のうちにといいたくなるくらいの素速さで〝北〟は南の解放戦線の軍隊とゲリラを解体して蒸発させてしまった、というのである。つまり〝解放戦線〟は、日本の新聞では民族の大義に殉じようとするスーパーマンであって、その壮烈、不屈、果敢、人間愛、同志愛のたくさんの意見と表情が伝えられたはずであったが、ことごとく感傷で終ってしまった。それはとどのつまり外部世界に向けての〝ショーウィンドー〟にすぎなかったのである。

ひたすら自身を水割りにすることを避けたくて杉並区のはずれの二階の一室にたてこもっていると、鬱病がきざしてきた。一室にたれこめるきりだから鬱病が出てくるのか、鬱病だから一室にたれこめたくなるのか、このあたりはいつものようにけじめのつけようがなかった。人間嫌いという感性があるので鬱病が誘発されるのか、鬱病だから人間嫌いになるのか。物心ついてからこの宿痾《しゅくあ》に気がついて何百回となく自問自答したつもりだけれど、いつまでたってもそのけじめのつかなさは謎として漂っている。ホルモンの内分泌の変異のためなのだといいくるめようと思うのだが、どのホルモンがどれだけ分泌異変を起しているのかがつかみようがないので、どう抵抗していいのかがわからない。気がついたときはいつも手遅れで、ただ自身の内部にのめりこんで、しゃがみこんでいるだけである。朝から晩までひたすら二階の一室にたれこめ、妻や娘の顔を見る気力もなく、といってその室内では朦朧としてとらえようがないのにはげしい憂鬱の苦痛にひしがれて、紙屑と古本とネコの糞の匂いにまみれたまま、薄弱児のように寝ころんだきりである。妻が盆にのせて三度、三度の食事を持ってくる。戸をしめきったままの部屋の外において、階段をひそひそと、おりていく。その物音が消えるのを待って戸をひき、盆をとりこみ、そそくさと冷えきったトンカツや御飯を食べ、食べおわると茶碗や箸を盆において廊下へおしだし、戸を閉めてしまう。二階の居室の廊下のすみっこにトイレと洗面所をつくらせたので、それらができてしまうと、階下におりて妻子といちいち顔をあわせなくても、居室にたれこめたきりで暮せるのである。ネコだけが自由に階段をつたっていったりきたりする。夜ふけにこの小さな野獣の柔らかい足音が階段をのぼってくるのを聞きつけると、いちいちたちあがって引戸をあけにいくが、圧のひどいときには万年床にころがったきり、指一本を持上げることもできない。ネコはひとしきり鳴いたり、戸を引ッ掻いたりしてからあきらめて階段をおりていく。いつのまにか戸のその部分はネコの爪痕でいちめんにささくれだって、まるで逆毛がたったようになっている。

　白昼の光のしらちゃけた胸苦しさに耐えかねて日中から雨戸をたて、何日間もたてっぱなしにしておいて、夜から夜へという暮しかたをつづけたこともある。暗がりに息をひそめるようにしてすわりこみ、ちびちびとウィスキーをすすり、酔いで外圧や内圧を中和したり、拡散したりするのだが、戸外の子供の笑声、叫声、主婦たちの雑談、遠い電車の音、野球のボールのはじける音などを聞くともなく聞いていると、湿めった暗い土のなかにひそむ眼も牙もない小動物になったようであった。激しい、張りつめた、体を状況にたいして正面からひらいて立向かう経験をしたためにその反動として弛緩が生じ、そこから憂鬱と無気力が分泌されて酸のように心身を犯しているのだとするなら、何とか手のうちようがあると考えたいのだが、そうでもあり、もっとしばしばそれだけではないと感知させられるものもあって、いよいよのめりこんでいく。アリジゴクのとどまりようのない斜面をずるずるとすべり落ちていく。極端な運動不足と、とめどない独白のために蒼白くむくんで肥厚し、アフリカの子供のように腹が膨脹する。神経衰弱にかかった豚だと失笑したくなるのだが、笑いが声にならない。酔いの、熱い、キラキラ輝やく霧のなかで汗ばみながら、内的独白が狭苦しい部屋いっぱいに枝をはびこらせ、葉を繁らせ、からみあい、もつれあって呼吸するのを感じさせられる。決意、剛健、克己、忍耐がその饒多を切りはらってくれるはずだが、ことごとく東南アジアや、アフリカや、中近東のどこかで霧散してしまったらしく、何ひとつとして血管にこだまするものがない。死を介してこそ生ははじめて十全に味得されるのだ。その秘儀を知らないかぎり君はいつまでも地上の夜のかなしい客人にすぎぬとゲーテは喝破した。しかし、火をめざして蛾が突進し、体を焼かれる瞬間に体をひるがえし、十全の生を味わって全身でふるえたとしても、生きのびた蛾はやっぱり蛾にすぎないではないか。死の舞踏を繰りかえすだけのかなしい客人にすぎないではないか。

家から出ていく気力がないので、音楽会、映画館、画廊、料理店、酒場、パーティー、すべてから遠ざかってしまった。ときどき呆《ほう》けた、宿酔のどんよりたちこめる頭を持てあまし、寝床にあぐらをかいてすわりこみ、ひっきりなしにテレビのスイッチをカチャカチャと半日、一日、まわしつづけてすごすこともあった。音楽番組だけのラジオ放送はときどきいい緩和剤になってくれることがあったが、一つの曲は圧を散らしきってしまうためには短すぎ、感嘆や陶酔で忘我になるにしては圧はねばねばとしぶとすぎるので、ひっきりなしに何曲もたてつづけに聞くと玩具箱をひっくりかえしたような焦躁がたちあがってきて、いてもたってもいられなくなる。眼でも耳でも圧が拡散できないとわかれば多年なじみのたった一つの読書という芸で切りぬけるしかない。そこで出版社からてんでんばらばらに送られてくる本を枕もとに山のように積みあげて一冊ずつとりあげ、右で読んで終れば左へ置くということをやるのだが、病いであるようなないような憂鬱を忘れさせてくれるような秀作にはまず出会えないものと覚悟しておかねばなるまい。それに心の苦痛を訴える文学書は表題を見ただけで何かしらもやもやと毒がきざしてきそうだから、毒にも薬にもならない天文、古代遺跡、茶、宝石、探険記、恐竜のことなどを書いた書物を選ぶことになる。つぎからつぎへと男や女を破滅させたり歓喜させたりして消えていった宝石の古譚や、滅亡していった巨獣の記録などを読んでいると、ときどき甘い、好ましい、おだやかなけだるさに誘われて、めずらしくうらうらと眼を閉じることができた。真摯な文体で書かれた荒唐譚には、山奥の、白泡のなかで酸素の沸騰する、冷めたい清水をすするような妙見があるとわかって『聊斎志異《りょうさいしい》』を順を追わずに気まぐれに読むことにふけったこともある。このアジアの『千夜一夜物語』にはすれっからしのはずの本読みをひきずりこむ放射能がありありと感知され、アルコール呆《ぼ》けのした、くたびれた脳皮質はひそかに舌を巻いた。日本語で〝秋水〟と書けば、それは日本刀を意味するが、ある時期の中国では、それは女の美しい眼のことをさすのだと一語を知るだけでも救われるものをおぼえさせられた。アジアの女の鋭い、細い、澄みきった眼を表現するのに、ちょっとこれ以上のものはあるまいと思われるほどの名言であるかと感じられる。それをいささか延長すると、〝秋のような眼をした水のような女〟という表現がどこかにあったようだし、いますぐどこかにそう書きつけてもいいなと、感嘆しつつたわむれることができた。

虫でもなければ獣でもない毎日をぐずぐずと酒でうっちゃる。こみあげてもくるが垂下してもくる憂鬱に犯されつつ、ただ精神病院へいきたくないという一点だけで踏みこたえることになけなしの心を凝らす。彫心の作を書いたのでもなく、鏤骨《るこつ》の推敲にふけったのでもないのにへとへとに困憊《こんぱい》する。回復のきざしはいつも朦朧としていて雨が晴になるようなはっきりしたけじめが感知できず、気がついたら足で立ちあがって部屋を出る気になっている、というぐらいのことしか言えない。いつか伝記を読んで教えられたところではリンカーンにもこの症状があり、憂鬱におそわれると彼は家を出て森へいって丸太小屋で暮し、治ったと見るとヒゲと垢にまみれ、人殺しをしたような眼をして家へもどってきたそうである。

ぶよぶよの蒼白い贅肉に蔽われ、弱りきった足で階段を一歩ずつおりていくと、台所仕事をしている妻が冷静をよそおって、

「治りましたかね？」

とたずねる。あまりしばしばなのですっかり慣れきってしまったそぶりでもある。菜ッ葉をきざむ手をとめようとしない。

「頭と肝臓の競争みたいだ。どちらがさきにくたばるか。それとも同時にやられるか。風呂に入る」

「どちらからさきに入るの？」

「入ってから考えるよ」

熱い湯にそろそろと体を浸していく。しばらくすると体内によどんだアルコールとニコチンが皮膚からしぼりだされ、湯にヴィタミン錠剤のような、妙な匂いがつく。衰えきった体はぶざまに肥厚しているけれど、湯が揺れただけでおしたおされそうになる。

夕方になって妻と娘をつれて井荻駅前の朝鮮焼肉店へ食事にいく。連日連夜の酒浸り

だったので胃の内壁が刃こぼれした鉋《かんな》で逆撫でされたようにささくれだち、吐気でむかむかする。それをおさえおさえスープをすする。酔っぱらいで閉所愛好症の半狂人にもせよ父が復帰したとわかって娘ははしゃいでいる。肉を焼くもうもうとした脂っぽい煙りのなかで頰に明るい血のいろが射し、眼がキラキラ輝やいて母と冗談をとばしあって笑いころげている。毒も汚《し》みもついていない、そのしなやかな肌理《きめ》を眺めていると視線が柔らかく吸いこまれるばかりだが、いつかは父の悪血が登場して抑鬱に苦しめられるのだろうと思うと、胸をつかれる。不憫でならない。眼をそむけずにはいられない。不屈の潑剌と見えるものもいつまで無傷でいられるだろうか。

　生れるのは、偶然
　生きるのは、苦痛
　死ぬのは、厄介

　どこかの聖人がそう呟やいたそうだが、凡下《ぼんげ》には三行がのしかかってきてうなだれるばかりである。テーブルの下に落ちている脂まみれのくたくたの新聞をとりあげると、外電欄は、テロ。ゲリラ。正規戦。空爆。飢餓。亡命。独裁。条約。破約。祖国のために平然として大嘘をつくことを職業とする正直者たちの唾のとばしあい。ふいにおびただしい疲労が崖崩れのように音をたてて胸のうちをころがり落ちていく。

「もうやめた」

「何を？」

「十年やった。もうたくさんだ。戦争を追っかけるのはもうやめた。弾丸《たま》より速く走れなくなった。ヴォキャブラリーもすりきれました。私は引退します」

とたんに娘が眼を輝やかせ、何か大きな声をあげてはしゃいだ。いきなりたくさんの水鳥が羽音をたてて飛びたつのを見るようであった。どれだけの不安と恐怖をこれまでこらえてきたか。口のなかを覗きこまされたようであった。ついで妻が笑うと電燈が明るく感じられた。ねばねばした朦煙の二箇所か三箇所に煌めきが見えた。

その年の七月初旬、まだ抑鬱がこだまをひびかせていて、たえまなく何者かにどこからか狙われ、注視されている不安感が後頭部のあたりに漂っていたが、ともすれば崩れそうになるのをむりやり体をひきずるようにしてアラスカへサケ釣りに出かけた。この大陸の南東部は昔から天候不順なのでインディアンもエスキモーも白人もあまり住みたがらなかったので野生が豊饒である。三日晴れたらつぎの四日は雨つづきといった空の繰りかえしである。晴れた日は爽快、晴朗で、夜の十一時でも淡く華麗な日光の煌めきにみたされるが、雨になると暗くて低い、荒涼とした空から氷雨が降りつづけ、肉も骨も凍《しば》れそうになる。上流に氷河のある河の水は濁って蒼白であり、シルヴァー・サーモンやレッド・サーモンなら河をさかのぼりつつあちらこちらでジャンプしたり、背を見せたりするので魚がいるとわかって勇気づけられるが、キングはだまりこんで河底をのぼっていくだけなので、河は死んだように見える。半盲目の白人の老人の眼のような暗い、冷めたい蒼白がひたひたと流れるだけである。

無辺際の原野が無辺際のスプルース(トウヒ)の原生林で蔽われ、たった一本のハイウェイが縦貫している。風雨に朽ちかけた小さな古看板が一枚、道ばたに倒れそうになって立っている。そこに消えそうなくらいの小道があり、林をかきわけて入っていくと河岸に出る。そこに古い、粗末な丸太小屋が一軒、苔と草に軒をつきそうになって、かろうじて片手を地べたについて体が倒れるのをふせいでいるといった恰好で、たっている。この小屋に七十歳くらいの老人が一人で住んでいる。若いときにはニューヨークに住んだこともあり、主に機械や工場の写真をとっていたが『ライフ』の仕事もしたことがあるという。しかしいまは引退してこの小屋でひどい味のするシチューを古ストーブで煮つつ、本を読んで暮している。ここ二年はこの本だけを繰りかえし読んでいるのだといってよれよれのペイパー・バックをとりだして見せたが、チョーサーの『カンタベリー物語』であった。老人は肩が広くて、頑健そうに見えるが、やせこけて、古い案山子《かかし》のように素枯《すが》れ、飄々《ひょうひょう》としていて、眼さえ青くなければアジアの仙人といいたくなる姿態であった。ユーモアを理解してよく笑い、いい話相手だけれど、こちらが話しかけないかぎり口をきこうとしない。それでいてまったく窮屈や居辛さを感じさせないところを見ると、非凡な凡人といいたいものがある。ただしそばへよると垢と老臭がひどく匂い、毎日一鍋きりのそれしか食べるもののないシチューは、〝熊の歓び〟とでも呼びたい味であった。

アンカレッジの旅行社がジープで迎えにくるまで三日間この小屋に泊ったが、毎日、氷雨であった。しかし、毎日、朝早くから夜遅くまで、原生林のなかを歩きまわり、河岸で竿をふった。苔のしめやかな、高貴な、ほろ苦い匂いを吸い、シラカバの皮を剝いで焚火をし、釣ったサケを逃してやった。三日間に三十五ポンドほどのが二匹と四十ポンド前後のが一匹釣れたが、三匹ともみごとに太り、無傷で、鉛の切口のように輝やき、あっぱれな闘争を展開した。くたくたに疲れて岸によってきたのを両手で抱き、河に膝までつかり、上流に頭を向けてゆったりと支えてやる。指の爪がたちまち白くなり、両手が凍ってしびれる。やがて魚は体力を回復し、巨大な尾をふって、蒼白な、暗い淵へかけこんでいく。小屋へもどってひどいシチューをすすり、紅茶を一杯飲み、老人と二言三言口をきいてから、ハンモックにもぐりこんで昏睡におちこむ。ほんのりと明るい深夜に雨の音がひびき、ストーブのなかで木のはぜる音がし、二度ほど森が深い吐息をつくのを聞いた。

四日めの朝も雨だったが迎えのジープが来たので静穏な昂揚で輝やきつつ、車内に乗りこんだ。雨はいよいよはげしく大陸に降り、原生林にそそぎ、ジープはまるで河のなかを走るようであった。サケがかかってから岸へよせるまでの疾走、反転、すわりこみ、水面へ出てのころがり、川底めがけての突進と、三匹についての闘争の経過を一匹一匹、ためつすがめつ思いおこして後味を聞くことにふけっていると、いつのまにかカー・ラジオの流す曲に心身を浸されていた。アンカレッジの放送局が流したものと思われるが、その低い、柔らかい、おだやかな呻唸は悲愴を含みつつも隠忍でよくおさえ、詠嘆《えいたん》しながらどこか晴朗であった。それまでの半年以上におよぶ抑鬱と、泥酔と、蟄居、妄想で荒《すさ》みきっていた心に、曲は、澄みきった、冷めたい水のように沁みこみ、のびのびとひろがって、輝やいた。悲痛な呻唸かと思いたいのにどこかけなげに捨棄したものがあり、孤独そのものなのに呪詛はなく、いいようのないいじらしさがある。茫然と心身をゆだねて氷雨にけむる原生林を見るともなく見やるうちに、涙がつぎからつぎへとこみあげ、嗚咽をこらえるのに苦しんだ。どこにこれだけのとあやしみたくなるくらい涙がとめどなく流れておさえようがない。まだ泣けることを教えられて狼狽をおぼえ、茫然としているうちに曲が終った。成熟した男の低い声が早口で作曲者の名と曲名をささやいた。作曲者の名は聞きもらしたが、〝アダージォ・イン・ジー・マイナー〟と曲名だけは聞きとれた。

生きていたいと思った。

＊

七月半ばに帰国すると、『新潮』の坂本忠雄氏に電話した。かねがね彼は西欧の古典音楽のファンであり、戦前から音楽通として著名な河上徹太郎氏と長年月にわたって交際があったと聞かされているから、何かつかめるかもしれないと思った。電話口では、曲名を〝アダージォ・イン・ジー・マイナー〟といって、オルガンが低音でゆっくりと鳴りだす、低く低くゆっくりとゆっくりと鳴りだす、西洋の御詠歌といいたいような曲ですと、世迷事《よまいごと》じみた説明をした。話しながら自身の素養の貧寒さに舌を嚙みたくなったけれど、説明はそれ以上にもそれ以下にもならないのだった。坂本氏はその場で快諾して、三日後の夕方六時に帝国ホテルのロビーで落合おうということになった。

「魚はかかったかしら？」

「と、思いますけどね」

「それはよかった」

「どうでしょう。いまからどこかそのあたりのレコード屋へいって、試聴してみませんか。おそらくそのレコードはあるはずです。何種あるかはべつとして、あるはずです。テープも売られてます。これはバロック音楽の名作だし、目下、バロックは静かなブームですからね」

帝国ホテルを出て、ガードをくぐり、泰明小学校のよこをぬけて銀座へいく。老若男女で東京駅の待合室のように混みあっている大きなレコード店に入りこむと、坂本氏はさほど迷うこともなく、二、三枚指であたってから、サッと一枚ぬきだして薄く笑ってこちらをふりかえった。

「イ・ムジチのがあった」

「ほう」

試聴室につれこまれ、ヘッド・ホンをかけると、待つまもなく、小さな、奥深い静謐のどこからか、やわらかいオルガンの底深い低音がゆっくりと流れはじめた。まぎれもなくあの曲であった。聞きまちがいようがない。ないのは大陸と原生林に降りしぶく氷雨の足音だけである。

「これだ。まさに」

「よかった」

「おみごと」

「いや、ま」

すぐにヘッド・ホンをはずし、そのレコードを店員にわたして金を払った。しかし、現場を忠実に再現したいというのであれば、これは中古の荒地走破用のジープについてたカー・ラジオで傍受したのだから、あまり精度の高い再生装置と盤で聞くよりは、ざっかけなテープのほうがかえっていいかもしれないと坂本氏にいうと、これまたその場でさがしあててくれた。

もとの帝国ホテルへもどり、中二階のバーに入って、坂本氏から講義を聞かされる。水晶のように澄んで冷えたマーティニを一滴ずつ味わいながら耳を傾ける。この人とは小説家になって以来ずっとのつきあいだが、こういう話を聞かされるのはこれがはじめてである。しかも話は彼から流れてくるだけで、こちらはただ聞くしかないだけという特徴がある。これもはじめてのことである。

「……これはね、十八世紀のイタリア人の音楽家で、トマーゾ・アルビノーニという人物の作品です。こないだ電話で、ト短調のアダージョと聞いたときに、ピンときました。この曲はバロック音楽の珠玉名品ということになってるんです。その盤はイ・ムジチですが、ほかにもたくさんありますよ。カラヤンがＢＰＯでやってるし、パウムガルトナーもやってます。たしか、ルツェルンの音楽祭の弦楽合奏団だったと思いますけどね。ボベスコのもあるし、ミュンヒンガーのもあります。ただしですね、アルビノーニの原作そのままじゃありません。何とかいうアルビノーニの研究家が第二次大戦中にドレスデンの図書館で楽譜の断片を見つけ、それをつないだうえに自分の楽想をプラス・アルファして編曲したんです。オルガンと弦楽器のために、としましてね。そうだ。デンマークの室内管弦楽団にソチエタス・ムジカというバロック専門のがある。そこからも一枚でてるはずですよ」

「よく知ってるな、君は」

「なに、調べたからわかったまで。それだけのこってす。すぐにわかりましたしね。難問を吹っかけられるんじゃないかとヒヤヒヤしたけれど、魚はすぐに釣れました。もひとつ面白いエピソードがありますよ。この曲が一般に有名になったのはオーソン・ウェルズの『審判』という映画に使われてからだそうです。私はあの映画は見てないんですが、そのときはハーモニカでこれをやったらしい。オルガンのための曲をハーモニカでやったらしい。それから広く知られるようになったと。そういうことらしい。『第三の男』でアントン・カラスのチターが有名になりましたけれど、映画がマイクロフォンの役をしたということでは似てますな」

「『審判』はその昔、見たね。オーソン・ウェルズが監督し出演もしたので見にいったのよ。だけど、カフカの原作にこだわって批評するなら、怪奇映画に仕立ててあったのが不満でね。どういう意図でオーソン・ウェルズがあんな演出をやったのか。それが読めなくてずっと憤慨ばかりしてた。おかげで音楽はてんで耳にのこっていない。ハーモニカでこの曲をやったとは知らなかったね。試みとしては大胆不敵だが、それはまったく気がつかなかった。もう一度、見たいな」

「しかし、ちょっとおどろきましたね」

「何に？」

「あなたは戦争と魚ばかり追っかけてると思いこんで、小説もお書きにならないしで、私はずっと恨んでたんですが、いつのまにバロック音楽を研究してらっしゃったんです。夢にも思わなかった。これは私の手落ちでしたね」

「たまたまアラスカでジープに乗ってるときに傍受したまでのこと。交通事故みたいなもんです。これがバロックの名作とは知らなかった。アルビノーニのアの字も知らない。今聞いて、ふうんといってるだけです。バッハがバロックの集大成だということは知ってるけれど、それもバロックとして聞いてるんじゃない。バッハとして聞いてきただけです。ほんと。それだけ。研究でも勉強でもない。私はバロック音楽の特徴も何も知らない。ほんとに交通事故みたいなもんです」

マーティニのオン・ザ・ロックスの氷が少し泣きだしかかっている。角が丸くなって、とけかかっている。グラスを軽く揺すると、さきほど氷に軽くまぶしたノワイイ・プラのヴェルモットの白と二滴のビターズの香りがひっそりとたちのぼる。このほろにがさと甘さは鼻にも舌にもいい。謎の背景が読みとれかけたので、線が高音部でピンと張った感触もある。坂本氏はしばらくバロック音楽について該博な経験と知識を低い声でひとりごとのように呟やきつづけていたが、そのうち、何を思ったのか、ふいに裸の眼になってこちらを一瞥した。それは、もう、典雅な西洋古典音楽の愛好家の眼ではなく、〝カツアゲ（脅迫）の坂本〟と業界で日頃から呼ばれている辣腕家の眼であった。刑事や外科医の眼はこうであろうかと思いたくなる、むきだしの眼である。底意をひそめた、こういう、どぎつくて冷めたくて、焦点のあるような、ないようなアトモスフェールを音楽用語では何と呼ぶのだろうか……

「いつ書くんです？」

「……」

「短篇だな、この経験は」

「……」

「いや、使いようでは中篇にもなるな」

「……」

「うちに頂けるんでしょうね」

「……」

もだもだと口のなかで、経験の蜜は寝かさなければ、とか、寝かせすぎれば酒から腰がぬけるし、とか、二五〇分の一秒で勝負する写真屋がうらやましいとか、いつもの朦朧体でぬらくら言いぬけることに腐心する。それでいて目下は要求に応じられないけれど覚えておいて頂けませんかね、という助平心もちらちら口調にひびかせる。聞きとってもらえたかどうか。あまりに毎度おなじ文体でありすぎるけれど……

それから家にもどって、その夜はもちろん、毎日、昼でも夜でもおかまいなしにこの曲を聞くことにふけった。レコードでも聞き、テープでも聞いた。なるべくざっかけにというのでテープで聞くことのほうが多かった。曲は聞くたびに、日によって、夜によって、微細に変貌しつづけた。あの原生林をつらぬくスターリング・ハイウェイで聞いたときの呻唸が、悲愁の抒情ととれることもあり、孤独そのものなのに呪詛がないとうたれたものが去っていった恋人か親友にたいする郷愁ととれることもあった。晩秋の素枯れた野を見晴るかす清澄な怨恨と聞きとれることもあった。さまざまな光景と心が明滅してひびいてきた。それはつねにしみじみと低音で、つつましやかな低声でしみこんできて、あらかじめのすべての心の荒《すさ》みと抵抗をさりげなく指のひとふれの感触もおぼえさせずにとりはらって水のようにのびやかにしみこんできた。しかし、あの嗚咽の崩壊はけっして二度と発生しようとはしなかった。感動を感動するだけであった。かつて感動したことを思いだして追体験しようと優しくあせって感動するのだった。涙ぐむことはあったけれど、涙ぐんだことを涙ぐもうとする心がはたらく。その作為が小さな棘《とげ》となった。甘い傷であるとはしても、やはり棘は棘であった。深くてやわらかいオルガンの悲愁、その通奏低音の旋律の上空に漂うことは心身を托してできる。音がけっして抜殻《ぬけがら》になったのでもなければ剝製になったのでもない。しかし、決定的に何かが失われてしまったのである。忘我の集中が起らないのである。飛翔の力があらわれないのである。音は正面から来ないで、体のよこを流れていく。

＊

この一年後にアマゾン河へ釣りに出かけた。何であれ驚いてみたいという一心で出かけたのだったが、その希望は必要かつ十分にみたされた。声に出して驚くこともあり、声を呑んだきりになることもあり、蒼ざめて肥厚した心には地図のない旅となった。この河はいまだに土堤《どて》も橋もダムもないのだが、いってみてわかったことは岸にも川底にも石コロが一箇もないのである。地質学はこの広大で無辺際の盆地は太古に海底から隆起したのだと教えているが、その海底にあったのは砂か泥だけで、岩もなければ石コロもなかったのだということだろうか。町の外側には舟着場としてセメントでつくった突堤や防波堤があるけれど、一歩外へ出ればジャングルがあるだけで、川岸には石コロが見つからない。土堤も橋もダムもない河というのは中近東やアフリカや南米大陸のどこかにありそうな気がするけれど、石コロのない河というのはまったく思いもよらないことだったので、これは声に出して驚いたことの一つである。

吠え猿という猿は声帯が異様に発達していて、もともと昂奮しやすい猿だから、何かといえば吠えたてるのだが、その絶叫ぶりはなかなかのものである。東南アジアの貧しい動物園でよく聞かされたものであった。しかし、いくら絶叫といっても長く長くつづくものではなくて、すぐに切れてしまうのである。しかし、アマゾンの中流あたりの湖へ入りこむと朝から晩まで一瞬もとぎれることなくジェット機のエンジンを吹かすような音が遠いジャングルで鳴りつづけ、夕方になってやっと止まるのである。案内人の船頭にあれは何だとたずねると、何度たずねても〝マカコ(猿)だ〟とおなじ答がもどってくる。何百匹いるのか何千匹いるのか見当のつけようもないが、生物にそんな声が出せるということが、やっぱり驚きであった。何故そんなに一日じゅう切れめなしに毎日毎日鳴きつづけなければならないのかにも驚かされる。

この河にはまだたくさんのワニが棲息していて、それはクロコダイルでもなければアリゲーターでもない。カイマンという種類である。あまり大きくならないワニであるが、舟で河をいくと、人家の近くであればあるだけ、電光石火の速さで走って水へかくれる。あの無器用そうな、赤ン坊の手にちょっと似た四本の足でトカゲのように速く走る。しかし、人家から遠ざかれば遠ざかるだけ挙動は緩慢になり、中州で日向ぼっこしてるのなどは二メートルか三メートルぐらいの近くまで人間が接近してもじっと動かないでいる。このワニにも驚いていいことがある。釣りに出かけようと川岸近くを船で走ると、日中はただジャングルとウォーター・ヒヤシンスのぎっしり繁茂した原があるだけなのに、おなじ場所を夜になって帰りがけに通りかかると、太古のねっとりと生温かい闇のなかに無数の小さなルビーが輝やくのである。それはことごとくワニの眼であるが、発光しているのではない。懐中電燈の光を浴びて反射して輝やくのである。冷めたい、小さな、澄んだ閃めきである。それがそこらいったい数えようもないおびただしさである。水草のジャングルのなかにそれだけの数のワニがおしあいへしあいかさなりあってひっそりと水に浮んでいるらしいのだが、夜の峠から遠くの平野の町の灯を見るようである。ちょっとはなれたところに一対だけで輝やくのもあるが、これは深い夜の森のなかで小さな旅館の軒燈を見るようである。眼は心より一瞬速く走るが、はじめて赤い光輝の団塊を目撃したときは、眼がそのまま耳となり、清澄で壮大な大合唱が甘い泥の匂いのなかにふいにわきあがるのを聞くようであった。

こういう驚愕を採集するにはひどい苦痛に耐えなければならなかった。毎日毎日、頭骨が干割れてしまうのじゃないかと思いたくなるほどの白い酷暑にさらされるし、数知れないムクインというダニに血を吸われて何日も何日も朝晩けじめなしの痒《かゆ》さにおそわれ、気が狂いそうになる。このダニは草のさきにかたまって暮し、そばを温血動物が通りかかるのをひたすら待ちうけているとのことである。似たようなダニでマルインというのもいるが、これはジャングルの木に棲み、下を温血動物が通りかかると、音もなくふりかかるのである。それに夕方六時から七時まで、きまって一時間だけ、無数の蚊がおそいかかってくる。蚊帳を張ってその中に入ってブリキのコップでピンガという砂糖キビ焼酎をすするのだが、いいかげんなところで懐中電燈で照してみると、蚊帳の網目のひとつひとつに吻を突っこんでいるのが見える。これがしばしば真性マラリアの毒を仲介するアノフェレスだというので、じわじわした不安にとりつかれるのである。そこへピラーニャである。この魚の牙の鋭さと顎の力、仕事の速さと徹底ぶり、それからおびただしさ、これらことごとくが想像をやすやすと突破してしまった。アマゾンに到着して釣りをはじめて何日もたたないうちにその兇器ぶりが読みとれ、すっかり用心深くならされた。釣った魚を食べようと思って川岸で三枚におろし、なにげなく内臓を川に投げると、五センチもあるかないかというような浅場の泥水がたちまち爆発音をたてて水しぶきをあげるのである。

サン・パウロから長距離ジェットでベレンに着く。これは大河の河口にある立派な市である。道はしっかり舗装され、大木が涼しい影をひろげる公園があり、ホテル、料理店、ブティック、教会、官庁、放送局など、すべてがある。ジープはトヨタだし、単車はホンダである。しかし、この市も一歩出ると、もうアマゾンである。ジャングルがひろがり、吠え猿が叫び、黄褐色の大河が白暑のうるんだ日光のなかで大西洋めざして最後の旅を走っている。道は沼岸のようにぬかるみ、泥のなかで豚や犬がころがりまわり、村の家はどれもこれも薄い板ぎれを乱雑に貼りあわせただけのマッチ箱である。大人はハンモックにぐったりと寝くたれ、おびただしい数の子供が半裸、全裸、はだしで豚といっしょにぬかるみのなかでのたうちまわっている。ここで驚愕の旅の第一撃を経験したのである。眼でも鼻でもなく、耳で経験したのだ。半裸のやせた舟大工が手斧でカヌーをつくっているそのよこで『アパッショナータ』が鳴っていたのだ。はじめはサンバかと耳を疑いたかったが、一拍おいてすぐにベートーヴェンとわかった。どこから聞えるのだろうとさがすと、ぬかるみの草むらにボロボロになった携帯ラジオがころがしてあり、おそらく音はベレンの放送局から漂ってきたものだろうと思う。大工はけだるそうな動作で手斧をふることにふけり、まったく気にしているそぶりではない。それと気がついてふりかえったときの一瞥には光の噴水が見えた。音でありながらそれは光の噴水と見えた。聞き飽きてうんざりとなり、久しくまともに聞く気にもなれないでいたこの作品がそのときは生まれてはじめて聞く曲のようであった。光耀は力にみなぎり、音の一粒一粒がキラキラ煌めき、たった一台のピアノで、空と、大河と、ジャングルと、豚、犬、掘立小屋、すべてを制覇していた。一切はそこから発しているかと、見えた。思わずたじたじとなって声を呑み、ただ、見上げた。

＊

その前後の頃から凋落がはじまった。おそらくその少し前からはじまっていたのだろうが、アマゾン河から帰ってからようやく目立ちはじめたのである。《ケ・セラ・セラ》という スペイン語は唄になって世界を一周したが、《来るものは来る》という意味であるらしい。それが心身のあちらこちらに来て、音をたてはじめたのである。罠のしめつけがはじまったのだった。いつ頃からか、右手の指がしびれたり、こわばったり、痛んだりしはじめ、それがじわじわと腕を這いのぼって、肩、後頭部、背中へまわって肩甲骨の下、中央のあちらこちら、腰のあたりにまで出没するようになったのである。起居のふとした動作のたびにあちらこちらがひきつれたり、疼痛が電流のように突ッ走ったりする。箸がうまく扱えなくなり、ライターに火をつけるのがぎこちなくなる。気が短くなり、すぐ腹をたて、根気がつづかず、物忘れもひどくなった。それでいて頑固にこだわって妥協を拒む癖が濃くなり、執念がよろめきかかってるのに執着がつきまとい、物忘れがひどいのにその場かぎりの口約束に熱中したりする。酒を飲む飲まないに関係なく物忘れのひどさとくるとお話にならない。人名、地名、年号など固有名詞をかたっぱしから忘れる。飲むといよいよ忘れる。飲んでる相手の名前すら忘れ、それにふと気がついて思いだそうとするといよいよ遠くなって手がかりがなくなり、しかも翌日になるとそのことがいっこうに苦にならなくなった。つい昨日までは酔った上での自身の言動が翌朝まで、おぼえなくてもいいことまでをおぼえすぎるために、古い表現を使えば〝霊肉倶《とも》に〟苦しませられたのに、近頃は、台風一過といいたいほどである。その空白ぶりにかえってゾッとしなければならないはずなのに、これがけろりとしていっこうにこたえることがなく、さかのぼって追求しようという気持もうごかない。てんですこやかである。〝健忘症〟とはじつにうまい表現だなと感じ入るばかりである。健が忘れるとその字を読めば、いよいよ安心したくなるのでもある。古なじみのバーへ出かけて、女たちの話をそれとなく聞いていると、あの先生がおかしくなった、この先生がだらしなくなったという噂さばかり。その恍惚紳士たちの最盛期の鋭敏・痛烈・奇骨ぶりを想起すると、まさかとおどろくと同時に眼をつむりたくなる挿話ばかりである。行方知れない飛躍の言葉ばかりが伝えられる。そしてあの先生も遊ばなくなった、この先生も見えなくなったという噂さもいっしょに聞かされる。それを聞いていると死期をさとった象が一頭ずつひっそりと遠い墓場をめざして去っていく後姿を想像したくなる。たとえその人びとの業績がまったく象になぞらえるようなものではないとわかりきっていても……

右半身にかぎって疼痛がしきりである。指さきから腰まで、かなり広い面積があるが、ぎくしゃく・ヒリヒリと軋《きし》む音をたてるのは右半身にかぎられていると、おいおい判明した。左半身は十八歳のように、二十八歳のように、三十八歳のようにしなやかで、柔らかく、ひきつれもせず、突ッ張りもしない。ライターもうまく握れなくなるくらい右が異状を起しているのに左にはまったく何もないというのは奇怪なようだけれど、あやふやきわまるのにいつも何やら捨てられない自己診断というものによると、これはもっぱら左の脳がおかしくなっているためなのだった。そして言語活動がもっぱら左脳にあり、人によってはしばしば右脳にわたることもあるらしいと教えられると、左右の脳は一点で交叉しあっているのだから、右半身だけ痛むということは左の脳だけにストレスがかかっているらしいということになるのだった。ときどき激烈な体験をして自身をヤスリにかけてみたい、ペンと紙だけで処理できない経験をしてみたくなって戸外へ出ていくというブーメランのような習癖をのぞけば、ペンと紙と万年床の兎小屋で寝たり起きたりするだけの暮しを二十年も三十年も繰りかえすばかりで、それも酒とタバコに充満しているのだから、手持ちの肉体がすりきれてしまうのは当然である。指、腕、肩、背のいたるところに疼痛をおぼえつつ机に向うと、狭窄衣《きょうさくい》を着せられて原稿を書かされているようである。

こういう症状は中高年世代にごくありふれたものなので、それにきくという宣伝の薬をつぎつぎと呑んでみたが、結果はいいかげんなものだった。指のしびれをほぐすためにクルミの実を二コ手でいつも揉みあわせるようにしてみたこともあったし、ハンド・グリップ、エキスパンダー、ローイング・マシーン、ロード・ランナー、宣伝用に送りつけられたあらゆる機械もためしてみたけれど、どれも永続きしなかった。スーパーの出口で一コ三〇〇エンで売っている〝スーパー・リング〟という指輪をつけるとそこから磁力が体にしみこんでどうのこうのという効能書の指輪をはめてアマゾンに出かけたところ、河口のベレンで淡水の海を見たとたんにいっさいの疼痛が消えてしまったので、指からぬいて河へ投げてしまった。しかし、その旅行からもどると、ふたたび、しくしく、キリキリがはじまった。こうして、飲む、貼る、という、その場にすわりこんだままでできる療法はことごとくためしたけれど、すべて一時しのぎにすぎなかった。そのうちに指輪だの、金属粒だの、おためごかしのドリンクだの、錠剤だのの侮辱に耐えかねたのだろうか、疼痛が総蜂起をはじめた。某夜ふいに右半身が板を張ったみたいに硬直して息もできなくなった。そうかと思うと、正午すぎに芽を出した疼痛がじわじわとひろがって夕刻には半身不随になり、夜になるとズボンをぬぐために体を曲げることもできず、息もつけないというところまで陥ちこんだ。苦痛に耐えかねて息をつこうとすると、それが針を刺したように全身にひびいて、息をとめるしかない。お医者に家へ来てもらって応急の緩和剤をうってもらい、そのあと壁にひしと背をおしつけて、痛みを恐れ恐れ細々と息をつくしかないのだった。緩和剤の注射をされると血管がほのぼのとあたたかくやわらかくなって疼痛が散るけれど一時間か二時間だけである。それがすぎるとまた罠がしめつけにかかる。緩和剤は麻薬だからつづけて何本も射つことは禁じられている。あとは壁に背をおしつけ、あちらこちらに毛布や枕をかって、ひたすら耐えるしかない。徹夜でまんじりともできなかったことがあり、まるまる一昼夜にわたって苦しめられたこともあった。

そんな激痛なのに医学的には何もないといわれる。荻窪《おぎくぼ》の東京衛生病院のアメリカ人のカイロプラクチックの先生も人間ドックの精密検査の先生も口をそろえて、内臓、筋肉、骨、関節、どこも悪くない、故障は何もない、というのだった。台風の去ったあと、あれは風だったといわれるようなものである。そして療法としてはエクササイズ(運動)あるのみです。水泳がよろしい、といって釈放された。ヒリヒリ痛む右半身をかばいつつ、一歩一歩用心して駅の階段をのぼっていく。抑鬱症と二日酔いのほかには病気らしい病気を何ひとつ知らないでこれまでやってきたが、どうやら手持ちの体力は下限を割ったらしい。いまは左脳にかかるストレスが右半身の筋肉をしめつけたりひきつれさせたりしているだけらしいが、いずれはもっと深く入りこんで内臓のあちらこちらが音をたてることになるのであろう。もう裸眼では文庫本の小さな活字がかすれて読みづらくなっているのだから、さしあたり老眼鏡、いや、読書鏡を買いに眼鏡屋へいかねばなるまいが、それが黄昏の道への第一歩というわけのものであろう。年末から春へかけて断続的に激痛に見舞われ、そのたびごとに視野が暮れて枯れていく思いで暮していると、新潮社の沼田六平大が久しぶりにやってきて事情を聞き、アンマのいい先生がうちの社の近くにいるからそこへいってみては、と助言してくれた。その自信満々の口ぶりを聞いていると、他聞を憚りたいらしくて人名をいちいちあげることはおさえているものの、多年の編集者生活で出会った、似たようなこじれかたをした先生方をかたっぱしからその老師のところへ送りこんだらしいと、思われた。そして何がしかの効果もあったらしいと思われる気配であった。その朦朧の一点にとりすがることにした。その反応を見て沼田六平大はいそいそとなった。ようである。

いってみると小浜先生は矢来町の閑静な住宅街の、古い、簡素な二階建の小さな家でおとなしい息子、まめまめしいその妻、育ちざかりの孫、三人といっしょにひっそりと暮しておられた。もう八十歳をとっくにこえておられるかと見えるので老師と呼ぶのがふさわしいが、いつ見ても茹《ゆ》でたての新ジャガのように顔の艶がよくて、頰に明るい血のいろが射しているのだった。老師は戦前、東京盲学校の校長を永く勤められ、庭訓を授けた門弟の数はたじたじとなるくらいになるが、いまは楽隠居の御身分である。ときどき新潮社から送りこまれる緊急待避の先生方の面倒を見ることでささやかな時間をつぶしておられる。積年の蘊蓄を一滴一滴したたらせるその技は敦厚の一語である。あたたかい指の腹で背中のそこかしこをこまかくまさぐって針を一本一本刺していき、それに十分間を使うとすると、そのあと三十分間か四十分間はひっそりとゆったりと、あせらずいそがず、ひたすら揉みかえし、揉みもどすというぐあいである。そうしながら老師は問わず語りにぽつりぽつりと指で知った過去の人物群の簡潔な描写をなさるのだが、これが政治家なら若槻礼次郎、作家なら吉田絃二郎《げんじろう》というぐあいだから、それだけで眠くなってくるのだった。小さな部屋の隅に一台の見台があっていつも大判の、黄ばんだ紙の点字本が広げてあるが、これが老師の一期《いちご》の一冊であるらしく、いつ見ても他の点字本は一冊もない。一生かかって何十回、何百回と数知れず繰りかえしてこの一冊だけを玩味しておられるらしい。

たずねると老師は微笑して、

「黒岩涙香《るいこう》」

短く呟やく。

一拍おいて、ふたたび短く、

「ジャン・バルジャン」

と呟やく。

これまでに作品を何点か、点字本にさせて頂きたいと協会から申込みがあったので、この触覚の世界とほんのちょっとすれちがったことがある。盲人の人びとの作品の審査員をしたこともある。そのためのラジオ放送に出たことも一度ある。点字本を指でたどって口で音読してもらって晴眼者以上の抑揚の正確と端正を知らされ、内心たじたじとなったことがある。そして、点字本の飜訳数が質でも量でも今ではあっぱれなものとなり、『戦争と平和』もあれば、何と『失われし時を求めて』もあると教えられて、声を呑んだことがある。おそらく老師はそんなことをとっくに熟知しておられるであろうし、涙香飜案の『噫《ああ》、無情』がお古いだの、何だのなどということはその愛惜家にとってはとるにたらぬことと思われるので、いっさいこの場合、だまっていることにした。週に一度かよい、合計して三ヵ月ほど老師の家にかよったかと思うが、やわらかいけれど機敏で周到な指のうごきのなかでうとうと半覚半睡をさまよい、これはサイゴンで味わった阿片の酔いのゆりもどし、あの二度めの睡気《ねむけ》にそっくりだなと、遠い日を思いかえすことにふけるのだった。

　それより以前に『週刊朝日』の湧井昭治編集長と釣竿を片手に北米大陸と南米大陸を一気通貫でフエゴ島まで南下し、そのルポを同誌に寄稿するという約束ができていた。両大陸縦断旅行はアメリカ人その他が何度も試みているし、日本人も何人か試みて成功している。しかし、釣竿を手にしてのそれというのは聞いたことも読んだこともないので、これは一合戦を挑む価値がある。すでに自動車二台はトヨタから提供され、荒地や高山を走破するための補強工作が工場で進行しつつあり、ドライヴァーもアフリカその他で経験豊富の若者二人がすでに選ばれている。マネージャー兼秘書兼連絡係として北米大陸は鈴木敏、南米大陸は森啓次郎と、同編集部から二人ピックアップされ、三ヵ月に一度、家へ来てもらって調査報告をしてもらっている。そのうち編集長が人事異動で交替したが、計画は変ることなく進行中である。新編集長は計画の壮大さにたじたじとなったらしくて、スポンサーを呼んでほしいといいだした。そこでサントリー社長の佐治敬三に手紙を書いて、道中でコマーシャルをとるからと約束し、そのギャラを物乞いした。これはすぐにOKとなって新聞社の金庫に払いこまれた。こうして、サイコロがころがりつづけたあげくの結果として、釣師、奥地探検家、CMスター、週刊誌寄稿者の四役を道中に一人で演じつづけなければならないこととなったのである。書斎で夜ふけにひとりになって思いめぐらしてみるとニッポンのせこさにいまさらながら顎が出そうになるが、避けようはないのだった。あてどない怒りがこみあげて火になりそうだが、同時に小浜老師の指の秘技が誘いだすのだろうか、めらめらと行方不明の闘志も湧いてくる。関係者の誰にも半身不随の発作をひきおこす左脳と右半身があることを打明けなかったが、そうなったときの連中の狼狽を考えると、陰気な悦びがしみだしてくるようである。半身不随は苦痛の極だけれど、そうやって連中に一泡吹かせてやることはできるのだと考えると、何やら痛快である。文字通り、痛くて、かつ、快いのだ。収入ということになるとどうせ税金でレモンの皮のようにしぼりあげられることがわかりきっているので、はじめから何もアテにはしていない。やりたいからやるまでである。行きたいから行くのだ。

いつ頃からか、胆大心小というマキシムに旅の心身を仮託するようになっている。ときにはのっぴきならない一点張りの大賭けはやらなければならないけれど、徹底的な用心深さをその裏打ちとしておかなければならないという心の作法である。ゲリラが不屈なのは二重三重の逃げ道を細心きわまりなく準備しておいてから攻撃と飛躍を試みるからだということを東南アジアで身にしみて教えられた。それを変型した左脳と右半身についで考えてみると、いかに〝旅疲れ〟を心に食いこませないかの工夫一つにかかっているといえそうであった。甘い生活にも辛い生活にも弛緩と倦怠の不屈の酸が浸透してくるけれど、それをどう中和してうっちゃるかの一点だけである。これは事前に察知のしようがないのだから、あくまでも自然体の構えで接近するしかない。たえまなく崩れよう崩れようとする心を支えるには克己に熱中して外から自身に形を与えることである。その形に自身を仮託しきること、手を使うこと、足を使うこと、体を使うことにふける。ナイフを研いだり、ロープを結んだり、小さなことを愛玩する。《朝露の一滴にも、天と地が、映っている》と低い声で喝破したのはイェーツだったと思うが、ならば、ナイフの一研ぎ、ロープの一結びにもその場その場の自身の全容があるはずである。何よりかより、自身を凝視しつづけることをやめないあのきびしい視線を〝敵〟であるよりはどうペットとして扱うか、それを砂漠やジャングルで体得することである。離れることはできまいが、汗がさえぎってくれるであろうし、肉の痛苦があいだに入ってくれるであろう。やってみるしかない。行ってみるしかない。

内心びくびくおびえつつも興味を抱いて観察することができた。

都市に自動車を待たせておき、カメラマンとマネージャーの二人をつれて奥地に入りこみ、釣りをして、そこから出てくるとふたたび自動車に乗ってハイウェイをモーテルに泊り泊りして南下していくという旅である。七月にアラスカの南東部へいき、スプルース（トウヒ）とツンドラの原野を流れるヌシャガク河という河を何日かゴム・ボートで野宿しつつ流れくだっていくというのがスタートであった。晴れた日にはシャツ一枚になっても汗まみれになるけれど、雨の日は朝から氷雨が降って、肩も腕も凍《しば》れてしまい、指が金属のベイト・リールに凍りついたようになり、一本一本をほぐすようにしてやらないと自由にならない。そして三日晴れたら四日雨になるというのがこのあたりの常習だから、真夏の服装と真冬の服装の繰りかえしである。魚を釣っては逃し、釣っては逃しして川を下り、一日の終りには中州に上陸し、岸のサケの残骸を掃除してからテントを張る。クマを用心してそうするのだが、寝るときには食料品をすべてテントの外に出し、枕もとに弾丸を装塡した拳銃をおいて寝るということになる。キング、レッド、シルヴァー、チャムのサケ類のほかに、アークティック・チャー、ドリー・ヴァーデン、パイク、グレイリング、レインボーなど、シー・フィッシュとバーボットをのぞくアラスカ産淡水魚類ほとんどの顔とクマの足跡、ムースの足跡、オオカミの足跡を見ることができた。雨の日にはキャスティングのたびに右腕に鋭い電流が突ッ走って竿を落しそうになるが、晴れると治った。

ヴァンクーバーの湾で氷雨のなかでサケのトローリング釣りを挑んだけれど、これはまったくシケであった。つぎに内陸部に入りこみ、オレゴン州のコロンビア河をポートランドから岸沿いにさかのぼって支流のディシューツ川へいったけれど、豪雨の直後で水が泥まみれになり、一瞥しただけで諦らめるしかなかった。それでもくどくどしぶとくキャスティングをしていると、口がふつうの魚とちがって下つきになっていて、歯も牙もないけれどゴム質であり、ためしに指をつっこんでみると、やんわりしっとり、しかし強くしめこんで吸いこむので、なにげなく英語で〝おしゃぶり屋（サッカー）〟とアダ名をつけたところ、あとでそれが現地でもそう呼ばれていることを知り、何日間か疼痛を忘れることができた。このあと砂漠地帯に入り、荒涼としたアリゾナとユタのセージ・ランドをいき、コロラド河を止めてつくったパウエル湖でブラック・バス釣りを試みた。日中は脳の水分が蒸発しそうな白暑でどうしようもないけれど、両岸の砂岩の神殿や絶壁や高原に日光が斜めに射す時刻になると、ウォーター・ドッグ（イモリ）の顎に鉤を刺して投げると、ワン・キャスト・ワン・フィッシュで釣れた。しかし、大物らしい大物は一匹も釣れなかった。アラスカよりいくらか濃くて紫が深くなるということはあるけれど、このあたりも黄昏は澄みきっていて壮大、かつ、壮麗をきわめ、あちらこちらで炎上する光彩があって、ブルー・ホワイト・ダイアモンドの内部に入りこんだかのようである。疼痛が肉のすぐ裏にまでせりあがってきた気配があるけれど、毎日、夕刻になってダイアモンドの炎を見ると、忘れることができた。大粒のブルー・ホワイト・ダイアモンドをつぶさに指につまんでユタ州の砂漠の遅い夕陽のなかで眺め入ったたことはないけれど、ニューヨークのティファニーの店にさまよいこんだとき、ガラスごしにそれを見たことがあって、それはもう秋の雨のどんよりとした午後だったけれど、瞶《みつ》めているうちに、ある一瞬、砂漠の夕刻が想起されたので、こう書いておくのである。

ニューヨークに入って沖でブルー・フィッシュ、コッド（タラ）、ポーギーなどを釣り、ハドソン河でブルー・フィッシュを釣った。それから北上してカナダに入り、氷雨のなかをあちらの湖、こちらの河と転戦したあげく、オタワ市内の運河でトロフィー・サイズのマスキーをあげることができ、心身が破裂しそうになった。しかし、つぎのジョージア州とフロリダ州の州境にあるセミノール湖では何日かかってもついに一匹もブラック・バスを釣ることができなかった。メキシコ・シティーに入ったのは年末近くで、『週刊朝日』の新年号からこの旅行記の連載が始まるので、とりあえず六週間分を書いて送った。これからの旅行はトーキョーの輪転機と競走ということになる。鵜《う》のように呑みこんだばかりの魚をその場で吐きだすようにして昨日見聞したことを今日原稿にするという暮しになるのである。夜ふけに白い紙をまえにして書きあぐねてテキラをすすっていると、愚しさとおぞましさがむらむらこみあげ、自己嫌悪、自己侮蔑、何ともつかぬものにおそわれる。そして、其夜、ふと気がついてみると十二月三十日であって、五十歳になったと知るのだった。海抜二三〇〇メートルの高原の大都市の灯を眺めつつ、手の甲にのせた塩を少しずつ舐めながらテキラをすすっていると、右の肩甲骨の下に漂う雲状の疼痛が、針になろうか、罠になろうか、それとも霧散してやろうかと迷っているらしいのが感知される。痛い誕生日を迎えるのはこれがはじめてだが、今後は、毎年、硬《こわ》ばったの、ひきつれたの、軋む、呻くそれを持つことになるのであろう。われらが無《ナーダ》を無《ナーダ》にするごとく、われらの無《ナーダ》を無《ナーダ》にさせ給え。われらを無《ナーダ》のなかに無《ナーダ》にすることなく、無《ナーダ》より救い給え。かくて無《ナーダ》……

ベネズエラではカリブ海を攻めたがとことん一匹も釣れなかったので、オリノコ河流域に転じ、浸水林でピーコック・バスを攻めたところ、とめどない数で壮烈な跳躍を見ることができた。それから首都のカラカスにもどり、アンデス山脈を尾根づたいに縦走してコロンビアのボゴタに入る。そこからふたたびアンデス縦走。連日、森林線以高の尾根を、雲のなかを走り、太平洋岸へおりてペルーのリマ。リマからは海岸砂漠の一本道をひたすら南下してチリのサンチァゴ。ついで海岸から山に向い、アンデスを横断してアルゼンチンのブエノス・アイレス。いわゆるパンパスと呼ばれる大平原はここの町はずれからはじまるが、これがパタゴニア平原とつながり、最南端をマゼラン海峡の速い、暗い、冷めたい水が流れている。自動車ごとフェリー船に乗ってフエゴ島に渡り、島を横断して南岸に達すると、これがウスアイアの小さな、わびしい町である。これからさきは南極洋となる。アラスカから起算すると時間にして九ヵ月、自動車で走った距離だけで五万二千三百四十キロになる。地球を赤道帯で一周すると約四万キロといわれているから、それよりちょっと長い距離になる。通過した地相は北方降雨林、氷河、湖、河、砂漠、高山、南方降雨林、大平原。釣った魚は二十三種以上になる。

コロンビアではアマゾン河の最源流の一つであるバウペス河で釣りをしたが、この河の両岸は蒼暗なまでのジャングルに蔽われ、河は緑の長壁のなかを流れている。ふたたび全身ダニにたかられて発狂しそうな痒《かゆ》さをこらえこらえカヌーに乗って魚を探しあるいたのだが、ところどころインディオの集落があって岸にカヌーがいくつもつないである。そのお尻に一隻のこらず船外モーターがつき、これが一隻のこらずヤマハであった。そこで話をよくよく聞いてみると、アメリカのマフィアがコロンビアのヤクザに金をわたし、そのヤクザがインディオと組んでジャングルでコカを密栽培しているとのことであった。このコカの生葉を酸でドロドロにとかしてどこかへはこびだし、それが白い粉、〝コーク〟、つまりコカインとなる。このあたり一帯は麻薬ラッシュでドル浸しになっているというのであった。ネオンやアスファルトから逃げに逃げたつもりが、緑の館は白い館になっているのだった。これ以後、〝文明からの逃避〟というイデェとイマージュはたわむれにも明滅しなくなった。しかし、自然からはまだまだ驚きが採集できて、心の蜜となった。コロンビアのあとでペルーへ出て、太平洋としばらくぶりで出会ったのだが、エクアドル、ペルー、チリと数千キロにわたってこの大陸の海岸はサラサラの砂の砂漠である。幅が二〇〇キロから三〇〇キロある。沖を南極からおしあげられてきたフンボルト寒流が流れているので、どんな白暑の日中でも海に素足で入ると、たちまち脛《すね》が霜焼けで真ッ赤にふくれあがる。砂にビール瓶をさしこんでしばらくしてからひきぬくとたちまち霜が瓶に吹きだす。しかしそこからほんのちょっとはなれた、海水のこない砂に瓶をつっこむと、しばらくしてビールが膨脹して栓が吹きとばされてしまうのである。その白砂を三〇〇キロいくとアンデス山脈に達し、この山脈をこえて大斜面をおりていくと熱帯雨林と大河である。つまりペルーには南極の寒流と、サハラ砂漠と、チベットと、アマゾン河という四大相がそれぞれにおいて完璧の質と量において存在するのであり、燃料たっぷりの小型機ならたった数時間で四つを四つとも目撃することができるのである。こういう国は他に類がない。これは驚いていい知覚であった。餌を求めて毎朝南へおりていく鵜やペリカンの大群が一時間も二時間も切れめなしにつづくことや、砂漠にはキツネが棲んでいて夜になると餌をあさりに出没するけれど、テントのよこに残飯をおいてそのまわりに手で砂をこぼしこぼしして円を描《か》いておくと何故かしらキツネはそのなかへ一歩も入ってこようとしないのだということにも驚いていいのだった。おなじ声をあげて……

この海岸砂漠を南下する。〝パンナム・ハイウェイ〟という言葉は壮大だけれど正体はヒビだらけの、よれよれになった、青い古リボンといいたい一本道をつたって、毎日、オアシスからオアシスへ移動していくのである。アンデス大斜面の水を集めた川があるか、伏流水があるかすると、そこに人が住む。都市にもなり、町にもなり、村にもなりする。きっとそこでは残飯が出るので上空にコンドルが円を描いて飛ぶ。行手の前方の空に鳥影があるかないかだけを注視して、白暑のさなかをひたすら南下する。日乾煉瓦の小屋が十軒あるかないかだけの、砂漠のわびしい、枯れかかった芽といいたいような村の一膳飯屋へ入っていくと、初老のおやじがはだしでビール箱をつなぎあわせただけのテーブルのまわりを歩きまわりつつ、一つきりの話を繰りかえし繰りかえし話してくれる。二十年間つかまらなかった豚泥棒が昨日つかまって秘密をすっかり吐いた。夜になると素ッ裸になり、全身に豚の糞を塗って、豚小屋にもぐりこむ。豚たちは糞の匂いに安心して騒ごうとはしない。それからやおらよく肥えたのを一頭選び、ソッと尻《し》ッ尾《ぽ》を持ちあげ、尻の穴へいきなり人差指をつっこむ。豚はハッとなる。けれど、ひょっとしたら気持がいいんだろうか、けっして声をあげて騒ごうとはしない。キイキイ声をたてない。それから指をつっこんだままでそろそろと豚をおして小屋を出る。そのままそろそろと村を出る。そのままそろそろと砂漠へ出る。というぐあいでやったんだそうだ。それで二十年だ。何と指一本で二十年食べたというんだ。二十年だぜ、セニョール。二十年だ。カランバ！　カランバ!!……

この砂漠のなかでモーツァルトを再発見した。41番の交響曲である。ジュピター交響曲である。テープでカー・ラジオで再生されたそれである。毎日毎日、白熱の砂漠を炉のように熱くなった鉄の小箱にすわりこんだきりではこばれていくので、つぎからつぎへ、東京を出るときに空港でいいかげんにひとつかみ買いこんだテープをかたっぱしからかける。かけっぱなしにかける。玩具箱をひっくりかえしたようなものである。加藤登紀子もあれば沢田研二もある。シューベルトの『鱒』もあれば、ヴィヴァルディの『四季』もあるというぐあいである。音と声のこの混沌のさなかからモーツァルトの41番があらわれ、傑出して飛翔し、白昼の主星となったのである。平坦な砂漠をいくときは自動車の四つの窓をあけっぱなしにしておいても音が車内にこもるようだが、おなじ砂漠でも太古に海底だったらしい空谷《くうこく》や、断崖や、絶壁にさしかかると一挙にあらゆる楽器が体を起して歓声をあげ、音は栓を抜いた香水瓶のようにたちあがりたちあがりしてひびきわたる。そして空谷を出て平坦の砂漠に入ると、ふたたび音は瓶にもどり、車内にもどるのである。これの繰りかえしである。毎日毎日、手品に見とれるように啞然としてこの変態ぶりを目撃し、聞き入った。おそらく作曲家は幼少時から空気といっしょに音を吸って育ち、どの楽器が、どんな室で、どんな音をたて、音と音はどう照応しあうかを知りつくしていた。そして彼の曲はいつも宮殿、オペラ・ハウス、城館、教会などで演奏されたのだから、その壁と天井のこだまが彼の生涯を通じて鳴りひびいていたのだとすれば、この海退砂漠の涸谷《かれだに》と絶壁は屋根のない宮殿であり、大伽藍なのだと考えるべきではあるまいか。だからこそこの蘇生なのではないか。それでなくては、この聞き飽きるほど耳になじんだ曲の、まるで初聴としか思えない形相の変化は納得ができない。たくましいフンボルト寒流が沖で白い霧をたて、灼熱の白昼光がみなぎる砂漠で、雲上の戴冠式を思わせるこの曲は凜々としているのにまったくおしつけがましくなく、威風堂々としているのに花のように自身であることに満足しきって、美も絢爛も整序も意識していない。アマゾン河口の掘立小屋のひしめく貧村で聞いた『アパッショナータ』は一瞬の一瞥の一切全であったが、この思いがけない41番は何週間も毎日、それもひっきりなしに繰りかえし繰りかえし聞いたのについに背に疼痛をおぼえることがなかった。もう二度とこの経験と驚愕と歓びに出会うことはあるまい。東京で聞いても、音楽会で聞いても、夜ふけの松林の小部屋で聞いても、この一回はけっして蘇生されることはあるまい。瞬間は不意にやってきてすわりこみ、瞬後にたって去った。画は一瞥で見る。書物は一回しか読めない。音楽は一回しか聞けないのだ。
神童の顔は見えたとたんに消えた。

あとがき

昭和四十四年に『青い月曜日』という作品を出版したけれど、結果から見ると不満だらけであった。しかし、おなじことを二度なぞって書きなおす気にはなれなかったので、いらいらするまま十数年が流れた。それが、やっと近年になって、耳の記憶をたどってやってみたらと思うようになり、『新潮』に三年近く連載してできあがったのが、これである。人間五十になると誰でも自伝を書きたくなるというどこかで読んだ格言をたよりにしつつペンを進めた。

それと、もう一つ。

〝私〟という単語をぬいて私を描くのがわが国固有の文章作法であった。古典小説、和歌、俳句、ことごとくそうである。この古典の作法で現代の意識なり感情なりをとらえることができないだろうかと思ったこともある。短い随筆ならこれまでによくやったことだが、約八〇〇枚をそれでつらぬくのはなかなかしんどいことで、何度投げようと思ったか知れない。そういう苦労をしてどんな意義と後味になったのか、それが作者自身にはなかなかまさぐりようがないので、屈した思いにならされる。

連載が終ってから、某夜、吉行淳之介氏とぶどう酒を飲むことがあり、二冊本にしてみたら、という示唆をうけた。しばらくあれこれと考えてみたのだが、やっぱりそれが適切であるように思えてきたので、こういう形で上梓することとなった。

深い感謝を。

開高 健

昭和六十一年 夏 茅ヶ崎

解説――散文詩のような自伝

湯川豊

1

『耳の物語』にはごく短い「あとがき」がついている。簡潔であることの見本のようなこの文章は、作家がこの作品で意図したことを過不足なく表現していると思われる。

一、これは自伝(もしくは自伝的長篇)である。

二、耳の記憶をたどることを、この自伝の新しい方法とする。

三、「私」という主語を省略して書くという、わが国固有の作法で、現代の意識・感情を表現しようとした。

四、二冊本にしたらどうかという吉行淳之介の示唆を受けて、その刊行形態をとることにした。

この「四」については、本の刊行形態だから、前の三つの事項と同列に考える必要はないだろう。

耳の記憶による自伝。「私」という主語の省略。この二つのことを、開高健が執筆当時に、静かに、呟くように語ったのを私は何度か聞いている。書く前にも、書きはじめた後でも、聞いた。そして、そのような作家の意図が、どのような成果となるのか、ほとんど予測できないままに、固唾をのんで文芸誌「新潮」の連載(一九八三年一月〜八五年十一月)を読み進めたことを思いだす。

開高健は、自分の体験をもとにした小説(長篇ならば体験をもとにして記述された部分であることもある)が、とりわけ異様なほどの光彩を放つ作家である。といっても、開高健が私小説的発想に長じているという意味ではまったくない。自分の体験を語っても、私小説的抒情はなく、私小説的人生感慨もない。開高の「私」は、私小説的発想を大きく越えて、広く、かつ深い、というべきなのかも知れない。ただ、体験を語るときの文章の輝きは、否定しようのないものだった。

そして、自身は、ヨーロッパ小説の伝統のなかで呼吸するように本を読み、育った。だからこそ、次のような発言がある。

《――だから受賞後(解説者注・芥川賞受賞後の意味)の七年間に書いたものは出来のよしあしはべつとして、ひたすら〝外へ!〟という志向で文体を工夫すること、素材を選ぶことにふけったのだった。求心力で書く文学があるのなら遠心力で書く文学もあっていいわけだし、わが国にはその試みがなさすぎると私は感じていたのである。》(『青い月曜日』「あとがき」)

一九六九年に刊行された『青い月曜日』は、『耳の物語』に十七年も先行する自伝的長篇小説である。開高が「あとがき」で明解に語っているように、最初期にはひたすら「外へ」向う文学をめざしていたのは確かなことである。彼自身の言葉を用いれば、「遠心力で書く文学」が意図されたのである。そして開高は、日本の現代文学がもつことをあきらめていたかに見える、「外へ」向う文学、さまざまな社会をそこに映しだすことのできる文学を実現したのだった。またそのような文学志向は、後に『ベトナム戦記』や『輝ける闇』を生み出すことにもなった。

そのいっぽうで、開高という多彩な才能は、『青い月曜日』で、「自分の内心にはじめてたちむかってみよう」としたのだと、引用した「あとがき」の続きの部分で書いている。「遠心力で書く」小説に集中していた作家は、内心の深い所で、自分の体験を書くときの、想像力の自由な躍動と、それを表現する自分の文体の瑞々しさを知っていたのではないか。私はそう思っている。

ただし、『青い月曜日』は、どこまで自伝そのものであろうとしたのか、あるいは自伝的長篇小説として伝記的事実から制約を受けずにいようとしたのか、判定することが難しい。この小説は、登場人物がたとえば谷沢(永一)が山沢になっているように、実際は誰なのか推測はできるけれども、実名が使われていない。その点だけでいうと、伝統的な私小説の方法が使われているともいえる。ついでにいうと、最も重要な登場人物、「私」と結婚する女性は、牧羊子でなく森葉子になっている。真正の伝記というものがあるとすれば、『青い月曜日』は、それとはかなりの距離がある、と私には感じられもする。

『青い月曜日』から十七年後に、作家はもう一つの自伝である『耳の物語』を書いた。そして『耳の物語』の「あとがき」で、『青い月曜日』は「不満だらけであった」と書いている。その不満がどういうものであるか、私たちは知ることのできる文章をもたないのであるが、『耳の物語』でそういう作家の思いに少しは接近できるかも知れない。そんなふうに考えながら、私は以下に、耳の記憶にたよって書かれた自伝の魅力を、なんとか語ってみようとしている。

2

開高健は、もともと場面《シーン》をつくる名手だった。的確な言葉を駆使して、目に見えるような場面を描きだす。絵画的場面、といってもいい。それは、小説家の身に備わっている才能がつくりだすものであった。

そのうえに、『耳の物語』という自伝では、耳の記憶を意識的に拠り所にする、「耳から過去をとりだしてみよう」とする、とこれは「あとがき」ではなく、作品の冒頭で宣言するように書いている。

場面描写の名手が、耳の記憶を拠り所にして自らの人生をたどる、というのである。その結果、私たちの前に提示されたものは、みごとに詩的な文章、思いきっていえば、散文詩というべき結晶であった。

自伝によく見られるような、わが身の閲歴を語る説明的文章は最小限に省略されて、場面ごと、挿話《エピソード》ごとに散文詩が現われる。それは、文章作法として見るならば、「私」という主語の全面的省略いや不使用が、開高の意図通りに機能した、ともいえるだろう。「私」という一語は、いつも何らかの説明を呼びだそうとするからである。「私」の不使用は、初めから伝記的事実(経歴といってもよい)を飛び超えて、詩的に心象を表現するのを可能にした。私たちは散文詩のなかに伝記的な事実を感じとる。あるいはもっと直截に自伝を散文詩で読む、といってもよい。

自伝が散文詩のつらなりになるのは、とりわけ第一部「破れた繭」において顕著である。とくに、幼年期から少年期では、私は詩を読んでいるような思いにとらわれた。もちろん、第二部「夜と陽炎」でも詩のようなブロックには何度も出会うのだが、小説家になってからの開高の行動は地球規模の広がりをもってしまうので、場面が説明を必要とするのは、いたしかたない。さらにいえば、小説家の思索は複雑な重層性をもつに至ってもいる。

とにかく、幼・少年期の散文詩の例を、いくつか拾いだしてみよう。まず、作家が三十年か四十年にわたって、それに何度心身を浸したことか、という〝一つの光景〟がある。夕焼け空の下の、ある都市の、下町。そこでは、夏の景物と冬のそれとが同居している不思議がある。

《一日の労苦から解放された男の帰宅を歓迎する妻と子供たちの口ぐちの叫声が、一軒、一軒の家の軒から香煙のように花火のようにはじけているのに、そのいきいきと充実しきった輝きと声々はつぶさに感知できるのに、人の姿がまったく目撃できない。空と、灯と、道と、家に、まぎれもない下町の、あけすけであらわな叫びと笑いがみちみちているのに、人の姿はまったく見ることができないのである。冬の大凧の唸りのふるえる初夏の大阪の下町。しかも歓声にわきたつ無人の町である。》

幼児が、誰かに手をひかれながら、大通りの坂道から夏と冬が混交しているこの光景を見おろしている。

「聞く光景であり、見る音楽でもあった」この光景は、何回と数えることもできないほどに作家の心身を浸したが、これまで一度として書くことができなかった、と作家は呟くように書いている。

作家の心身の、体験というよりも何か原風景のようにしてあるこの一つの光景は、人間一般がみな持っているというものではないと思える。意味を解くことができない原風景が心身深くに居坐っている。それを、私は作家であることの運命のように感じてしまうのだが、勝手な思い過しであろうか。とにかくそれは、現実から少しだけ浮きあがったような抽象性をもち、散文詩として表現するしかないものだった。

幼・少年期を語る、もう一つの散文詩。

二つの小さな川が流れているのを語る部分だ。一つは子供にドブ川と呼ばれ、一つはウルシ川と呼ばれている。トンボが出てくるのは、どっちの川だろうか。いや、二つの川ともに、であろう。

《夏になると、トンボがたくさん出てくる。彼らが川を飛ぶところを見ると、岸の草むらに沿って羽音をたてつつ飛び、ときどき水草の葉にとまって尾を川に浸し、しばらくそうしていてから、また飛んでいく。夕方になると、コウモリやツバメの大群にまじって、トンボの大群が、一匹ずつばらばらになって、東から西へか、西から東へか、いっせいに飛んでくる。これを待ちかまえて子供の大群が空地、野原、道のはしに集り、いっせいに〝ブリ〟を投げる。》

ブリについては、本文についてこの続きを読んでいただくことにしよう。二つの川の絵には、子供の歓声がまつわりついて、散文詩の背景の音をかなでている。このトンボ取りの場面《シーン》は、作者が大切に抱きしめているもののように伝わってきた。

しかしいっぽうで、「詩」ばかりですべてが語られるわけではない。記述せざるを得ない、伝記的事実が、必要最小限という感じで現われる。

いわく、「小学校から中学校へ進んだ年に父が死んだ」。年譜を引き合わせれば一九四三(昭和十八)年に、父正義が腸チフスを風邪と誤診され、わずか四十七歳で死去した。一家は、開高のほか母と二人の妹、それに祖父が残されて、太平洋戦末期と敗戦後の混乱のなかで、辛苦の日々を送るのである。

中学、高校、大学と、パンを得ること、金をかせぐことが、若い開高の背にのしかかった。そういう日々のなかで、不安、孤独、焦躁が、すでに後年の作家生活の予兆のように若者のなかに根を下ろしはじめている。

開高は、大学を卒業して社会人になるまで「手と頭が通過した仕事」を列挙しているが、その数だけをいうと十五になる。十五の仕事につきながら、「国外亡命のほかの何にも執念を抱けなくなっている」と書いているが、本を読むことは、また別の大仕事であり執念であったようだ。

敗戦、旧制高校入学、大阪市立大学への進学という経過のなかで、文学が開高のなかに深く入りこんでいったことが、文学上の友人たちができていったことと共に、きわめて効果的に語られている。

しかも、学生時代から早い結婚までのいきさつは、『青い月曜日』でも詳しく語られているが、先にも書いたように、そこでは人物の名前が仮の名になっている。それに対しこの『耳の物語』では、出てくる人物に名前を与えられるときはすべて実名で、作家があくまで自伝を書こうとしている意志がそのことからも直接的に伝わってくる。

この時期についての『耳の物語』の文章から、二つのことをとりあげておきたい。一つは、谷沢永一の絶交宣言事件である。

谷沢永一は、同じ中学の一年上の上級生だった。開高がほんとうに親しくなったのは、大学進学後で、谷沢が主宰するガリ版刷同人雑誌「えんぴつ」に加わってからである。開高にとっては、唯一の歯ごたえのある論争相手でもあった。そして何よりも谷沢の厖大な蔵書が重要で、谷沢は開高がこの蔵書を自由に持ち出して読みふけるのを許していたし、厖大な本は若い開高の精神を満たしていった。

その谷沢が、開高に向って、あるとき、突如として「しばらく絶交したい」といった。その意図がついにわからなかったといいたげに、『耳の物語』では語られている。同じく「えんぴつ」の同人仲間であった、文芸評論家の向井敏が、開高が死亡したほぼ一年後に『開高健　青春の闇』という回想記を書いた。そこでいっていることを、私はここで紹介してみたい。向井は書いている。

《(開高健は)谷沢永一と知り合って、この人物に対してであれば、あらゆる警戒を解いてやっていけると直覚したのにちがいない。彼は谷沢永一にならば何を知られても恐れなかった。しかし日を経るにつれて、その安堵感はしだいに昂じ、甘えに近いものになって、やがて、これ以上はいりこませては危険だと谷沢永一に感じさせるにいたったのではあるまいか。》

しかし、そのことを、あからさまに指摘したら、「感覚細胞の塊」のような開高がどんな反応をするか知れない。谷沢は考えぬいた末に、「絶交宣言」によって二人の距離をとることをはかった、というのだ。

開高健と谷沢永一、それを少し離れたところから見ている向井敏。戦後まもなくの、秀いでた文学的青春像がこの経緯から立ちのぼってくるようだ。『耳の物語』にあるそんな文学的青春像を多くの読者に知ってもらいたい、と私は思ったのである。

ふれておきたいもう一つは、牧羊子と結ばれる場面《シーン》である。開高健と牧羊子の結婚は、実に不思議な経緯をたどっている。それを開高は懐かしさと、心の苦さの二つをこめて綴っている。『耳の物語』前半の、一つのピークをなす場面といえるだろう。

同人誌「えんぴつ」の合評会で、開高と牧は出会い、互いに惹かれて接近してゆく。『青い月曜日』では、二人が結ばれるまでが散文的に詳しく語られているのだが、『耳の物語』では、より率直に、そしてユーモラスに語られる。それは若い男女が描いてみせる心身の運動の記録として素裸で、ユニーク。一篇の詩そのものであるといってもよい。

とりわけ、初めて結ばれるとき。

《狼狽して、まごまご小声で、

「どこや、どこや?」

たずねると、

女はうわずったまま、

「どこかそのへんやワ」

といいすてる。》

というくだり。いいなあ、と溜め息をついてしまう。

それから男は女がひとり住む家に通いつめる。若い男と女(のほうがだいぶ年上だが)の、性的な高揚があるばかりではない。牧羊子は物理学を得意とする詩人。開高健は、まだ作品を書いていないとしても、心身に文学を宿している。二人は文学を背負いながら、互いの体を求めてやまない。開高は、五十歳を過ぎて、やれやれと呟きながらも、二人の関係を一篇の詩につくりあげた。その詩は、五十歳の小説家の複雑な思いが特別な陰翳をつけているものになった。

そして、結果として、二人は結婚し、一人の娘が生まれた。開高道子である。道子は、エッセイをよくする作家になったが、若くして逝った。

3

第二部の「夜と陽炎」は、「焼跡が消えた。」という象徴的な一行から始まる。とにかくも、戦後日本の復興が曲折をふくみながらもある程度の成果をあげて、社会が変貌しつつあった。

開高健の伝記的経歴でいえば、一九五四(昭和二十九)年に壽屋(のちのサントリー)宣伝部に入り、翌年東京に転勤。そして五八年に「裸の王様」で第三十八回芥川賞を受賞した。以後、作家としてどのように生きたかが、「夜と陽炎」では語られる。そのとき、散文詩のようなブロックが積み重ねられるのは第一部「破れた繭」と同様だが、作家としてたどっている経歴の説明がやや多くなっているのは、その必要があったからに違いない。

本格的に小説を書きだして三作目、二十七歳で芥川賞受賞なのだから、傍目にはきわめて順調な作家人生に見えるだろうが、そこから開高の呻吟がはじまる。思うように小説が書けない、といううめきである。

《夜に働らくしかない。夜を蒸溜するしかない。夜から言葉をしぼりとるしかない。(中略)どこからかイメージが来ないか、言葉が顔を出さないかと、歩哨のように待ちうける。しかし、白いままの原稿用紙からはじわじわとおぼろな恐怖がたちのぼってくる。一語も書けず、一歩も踏みだせないですくみきっていると、やがて少年時代後半から青年時代前半にかけて夜も昼もなく上潮《あげしお》のようにひたひたと足から這いのぼって全身を浸しにかかった孤独がふたたびもどってくる。》

右のような文章を読んでいると、私は編集者として開高健とつきあった日々、作家がひとり言のように洩らしていた呟きを、もう一度ここで聞いているような気がしてくる。開高健ほどの作家にして、この絶対的な孤独があることを、昔も今も、黙って聞いているしかない。

しかしいっぽうで、作家は若い頃からほとんど執念になっていた「国外逃亡」を実行しはじめた。そして旅がやめられなくなった。「三十代から四十代前半にかけては戦争を追って歩き、それ以後は釣竿を片手に魚を追って歩くこととなった」と書かれているとおり、ヴェトナム戦争と、地球規模の釣り行脚である。この二つの旅は、周知のようにみごとな小説とエッセイを残したのだったが、それとは別にヨーロッパの旅の断片が、この『耳の物語』に、さらには別の小説の部分としてもみごとに描かれているのに私は格別に注目している。

それは、あけすけにいえば重複である。『耳の物語』以前に、また場合によっては以後に、他の作品にも書かれている場面《シーン》や挿話《エピソード》であるわけだが、それがこの『耳の物語』ではきわめて密度の高い詩になっている。作家がこの詩的自伝に賭けていたことを思わざるを得ないのである。

その一つが、リュクサンブール公園で見かけた、〝カエル男〟の話である。金魚鉢からカエルを一匹つまみとって口に呑みこみ、水をごくごく呑んでから観光客の前に出ていき、太鼓腹をトンと叩く。口から水がとびだし、同時にカエルもとびだすという、あのカエル男の肖像画である。

観光客が去ると、男は砂と胃液にまみれたカエルをひろって金魚鉢に入れ、水でよく洗ってやり、ぼんやりと木にもたれかかる。作家は、「この、一切無視、一切否定、徹底的な怠惰の姿態」に魅せられた、と書く。

このカエル男の話は、長篇『夏の闇』、遺作『珠玉』のなかの「玩物喪志」でも語られている。安易な重複と受けとってはいけない。パリの、うらぶれた男のなかにある一切無視、一切否定に、開高がどれほど魅せられているのかを、思うべきではないだろうか。開高はこの男のなかに、人間という生きもののはかり知れない不思議と、あらゆる説明を拒否するような哀切さを見ているのだ。開高にとって、これはくりかえし語られなければならなかったのだ。

パリの旅の挿話で、私がもっとも好きな話をもう一つ。私は仮にこの挿話を「プー・ア・プーの女」と名づけているのだが(「少しずつの女」)。

スェーデン人の女性雑誌記者。「栗色に白金がかった髪をそっけなくひっつめにした、背の高い、少しくたびれた、美しい女であった」と書かれている。女と深夜のサン・ジェルマン・デ・プレあたりを歩き、穴蔵のような小さな店に入る。女はコニャックをすすりつつタバコをふかし、おだやかな声をたてて笑う。深夜になって、市場にある店に、夜食をとりにいく。そこでは、すっかりくつろいだようす。「手をのばしてこちらの髪に触れ、純粋に黒い、まっすぐな、しなやかな、アジアの髪」と呟やく。

深夜から、もう明け方に近いはずのパリの町を、作家と一緒に足を運ぶ、女の身のこなしかた、短い言葉が、魅力的というしかない。下宿に戻って、男と女のいとなみが終った後で、女は一枚の写真をとり出し、「去年の夏、この男と別れたの」という。男とのつき合いで女のなかに何かが残った。それを忘れたくて、男と女が寄りそっている写真を、毎日、ほんの少しずつ切ってゆく、というのだ。

この女性は、開高の秀作短篇「ロマネ・コンティ・一九三五年」(「文學界」一九七三年一月号)にも登場している。こっちでは、もう少し長く、小説的というか散文的に語られているのだが、『耳の物語』では、表現は凝縮されて、パリという町で出会った女をテーマにした、一篇の散文詩になっている。この「プー・ア・プーの女」は、散文詩によって綴られた自伝を象徴していると、私には思われた。とにかく、私は開高健のヨーロッパの旅が作品に現われる場面に心惹かれていて、『耳の物語』ではその思いが十分に叶えられた、といっていい。

いっぽう、作家にとって、まさに命がけだったヴェトナム戦争体験がきわめて重要であるのは、あらためていうまでもない。『耳の物語』では、ヴェトナム戦争の政治的・軍事的混沌を、混沌のままに受けとめようとする作家の精神が、しぶとく、しなやかに表現されている一言半句に私は打たれた。このよその国の戦争は、政治的イデオロギーの争いに見えながら、イデオロギーを超える悲惨が随所にある。開高はもしかするとその人間の悲惨に惹かれていたのではないか、とさえ私は思うことがあった。

だからこそ、日本に帰って、少し落ちついてみると、自分の周囲がヴェトコン支持一本槍になっているのにとまどうようすが、正直に語られている。そして、ヴェトナム体験を小説に書こうとするのだが（『輝ける闇』になる）、そのきっかけが、電車を待つプラットフォームで、娘（道子）が映画「ドノヴァン珊瑚礁」（ジョン・フォード監督）の主題歌を口ずさむのを聞いたことだった、というのは、初めて知った話だった。

『輝ける闇』を書き終えると、戦争を追いかけるのは、十年やった、もうやめた、と決意する。

しかし、「人の不幸は部屋の中にじっとしていられないことである」というパスカルだったかの言葉を持ちだして、旅はさらに続けられる。こんどは、魚を追いかける旅だ。

釣りの旅でも、さまざまな音楽が鳴る。

アラスカの荒野を走る車で、カー・ラジオからもれてくるアルビノーニのアダージォ。

アマゾン河口の町ベレン近くの掘立小屋で聞いた、ベートーヴェンのピアノ・ソナタ第二十三番「アパッショナータ」。

ペルー、チリの海沿いの砂漠を行くとき、カー・ステレオからモーツァルトの交響曲第四十一番(K五五一)が鳴り続ける。

音楽がまつわりついている釣りの旅が、この先もまだまだ終らないことが示唆されて、この詩的自伝『耳の物語』は結びとなる。

開高健は、日本の現代作家のなかでも、とびぬけて、と形容してもいいほどの大読書家だった。日本の作家が書いた自伝、あるいは自伝的小説などは、ほとんど目を通していたと、これは作家との会話のなかで私が思い知ったことである。そして『耳の物語』はそのどれにも似ていない。独創的方法で、散文詩としての自伝を意図し、その文章は異様な輝きに達している。この解説が、その一端にでもふれていることを、私は願っている。

先にもふれたように『耳の物語』の人物たちは、すべて実名で登場している。第二部「夜と陽炎」では、編集者の名前が出てくる。池島信平、上林吾郎、西永達夫(以上、文藝春秋)、沼田六平太、坂本忠雄(以上、新潮社)の諸氏である。みな知っている方々だが、とりわけ文藝春秋の三人は、すでに亡くなっているということもあって、作家の文章のなかで出会えるのは懐かしい。私にとっては、さまざまなことを教えてもらった、すぐれた先輩たちである。

私は先輩たちのいちばん末端にいるようなかたちで、一九八九年当時、「文學界」の編集部にいた。そして開高健の遺作となった『珠玉』を、「文學界」一九九〇年新年号に掲載することができた。そのような関係から、この『耳の物語』の解説を書くように依頼されたのだろうと思う。そのことを報告して、この解説の結びとしたい。

二〇一九年二月

開高健略年譜

一九三〇年（昭和五）　〇歳

十二月三十日、大阪市天王寺区東平野町一丁目十三番地で出生。父・正義、母・文子の長男。父は大阪市立鷺洲第三小学校の訓導。

一九三一年（昭和六）　一歳

生後十一ヵ月で腸炎を患うが奇蹟的に助かる。

一九三七年（昭和十二）　七歳

四月、大阪市立東平野小学校に入学。十二月、大阪市住吉区北田辺町へ転居。

一九三九年（昭和十四）　九歳

四月、大阪市立北田辺小学校三年へ転入。

一九四三年（昭和十八）　十三歳

四月、大阪府立天王寺中学校入学。五月、父が腸チフス誤診のため死去し家督を相続。

一九四五年（昭和二十）　十五歳

勤労動員で様々な作業に従うなか、八月十五日、敗戦を迎える。この冬から就職まで、パン屋、施盤工場、英会話学校などで継続的にアルバイトを行う。

一九四八年（昭和二十三）　十八歳

四月、旧制大阪高等学校文科甲類に入学。

一九四九年（昭和二十四）　十九歳

六月、新制大阪市立大学法学科に入学、文芸部に入部。

一九五〇年（昭和二十五）　二十歳

一月、谷沢永一と出会う。「印象生活」（市大文芸）。二月、同人誌「えんぴつ」の合評会に参加し、三月号から加入。四月、「乞食の慈善」（市大文芸）、「印象採集」（えんぴつ）。五月、「えんぴつ」合評会に牧羊子（本名・小谷初子）が初めて参加。「愛と翳」（白楊）、「季節」（〜十月、えんぴつ）。

一九五一年（昭和二十六）　二十一歳

五月、「えんぴつ」が十七号で終刊。七月、『あかでみあ　めらんこりあ』（私家版）。秋、「文学室」に加入。十一月、「罠と響き」（文学室）。この年もしくは翌年から、住吉区山之内の牧羊子宅で同棲を始める。

一九五二年（昭和二十七）　二十二歳

六月、「衛星都市で」（文学室）。七月十三日、長女・道子誕生。八月、「煉瓦色のモザイク」（文学室）。十月、「或る部屋」（現在）。この年、富士正晴らの「VILLON」同人となる。

一九五三年(昭和二十八)　二十三歳

二月、洋書輸入商・北尾書店に入社。三月十二日、牧羊子との婚姻を届出。五月、「名の無い街で」(近代文学)。十二月、大阪市立大学を卒業。

一九五四年(昭和二十九)　二十四歳

二月、壽屋(現・サントリー)に入社、宣伝部に配属される。

一九五五年(昭和三十)　二十五歳

壽屋商報「発展」の編集を担当し、全国の小売店を取材。トリスの新聞広告コピーを書き始める。四月、「二人」(近代文学)。十月、「或る声」(近代文学)。十一月、東京支店へ転勤となり、杉並区向井町の社宅に転居。

一九五六年(昭和三十一)　二十六歳

二月、「円の破れ目」(近代文学)。四月、「洋酒天国」創刊、編集発行人となる。

一九五七年(昭和三十二)　二十七歳

八月、「パニック」(新日本文学)。同作が平野謙に激賞され注目を集める。十月、「巨人と玩具」(文學界)。十二月、「裸の王様」(文學界)。

一九五八年(昭和三十三)　二十八歳

二月、「裸の王様」で第三十八回芥川賞受賞。「二重壁」(別冊文藝春秋)。三月、「なまけもの」(文學界)。『裸の王様』(文藝春秋新社)。五月、壽屋を退職し嘱託となる。「フンコロガシ」(新潮)。八月、杉並区矢頭町に転居。十月、「一日の終りに」(文藝春秋)、「白日のもとに」(文學界)。十一月、石原慎太郎、江藤淳、大江健三郎らと「若い日本の会」を結成。佐伯彰一らと「批評」を復刊、同人となる。

一九五九年(昭和三十四)　二十九歳

一月、「流亡記」(中央公論臨時増刊)。四月、過労により急性肝炎となる。八月、「屋根裏の独白」(世界)。『屋根裏の独白』(中央公論社)。九月、「街と部屋で……」(新潮)。十一月、「指のない男の話」(週刊朝日)、『日本三文オペラ』(文藝春秋新社)。十二月、「睦雄の経験」(婦人之友)、「無邪気」(別冊文藝春秋)。

一九六〇年（昭和三十五）　三十歳

一月、「任意の一点」（文學界）。三月、国会で安保をめぐる特別委員会を傍聴。「パンテオンを……」（世界）。四月、「お化けたち」（新潮）。五月、日本文学代表団の一員として中国を訪問（～七月）。「名人」（オール讀物）。七月、「ユーモレスク」（新潮）。九月、招待を受けルーマニア、チェコスロバキア、ポーランド各国に約一ヵ月ずつ滞在、パリを経て帰国（～十二月）。十二月、『ロビンソンの末裔』（中央公論社）。

一九六一年（昭和三十六）　三十一歳

三月、アジア・アフリカ作家会議東京大会に日本代表団の一人として出席。四月、『過去と未来の国々』（岩波書店）。五月、「眼のスケッチ」（新潮）。七月、アイヒマン裁判を傍聴するためエルサレムに赴く。アテネ、パリなどを経て帰国（～八月）。「声だけの人たち」（小説中央公論）。十月、ソビエト作家同盟の招待でソ連に行き、エレンブルグと会見。十二月、パリで反右翼抗議デモに参加、サルトルと会見。翌月帰国。

一九六二年（昭和三十七）　三十二歳

二月、『片隅の迷路』（毎日新聞社）。三月、「森と骨と人達」（新潮）。七月、「エスキモー」

（文學界）。サントリービール開発準備のため佐治敬三と北欧、西ドイツ各地を調査旅行（～八月）。十一月、『声の狩人』（岩波書店）。

一九六三年（昭和三十八）　三十三歳

二月、「太った」（文學界）。三月、「笑われた」（新潮）。五月、「見た」（文藝）。七月、インドネシアでA・A作家会議執行委員会に出席。「揺れた」（世界）。十月、サントリー嘱託を退職。『日本人の遊び場』（朝日新聞社）。十一月、「出会った」（文學界）。

一九六四年（昭和三十九）　三十四歳

四月、広告会社サン・アド創立、取締役に就任。五月、「生者が去るとき」（新潮）。『ずばり東京』上（下は十二月、朝日新聞社）。『見た　揺れた　笑われた』（筑摩書房）。六月、「五千人の失踪者」（文學界）。十一月、朝日新聞社臨時海外特派員として南ベトナムへ出発。

一九六五年（昭和四十）　三十五歳

二月十四日、南ベトナム戦地取材の前線でベトコンに包囲されるが、救援部隊により死地を脱出、二十四日帰国。三月、『ベトナム戦記』(朝日新聞社)。五月、「ベトナムに平和を!」市民文化団体連合の呼びかけ人となり、「ニューヨーク・タイムズ」への戦争反対広告掲載を提案(十一月十六日掲載)。七月、「兵士の報酬」(新潮)。

一九六六年(昭和四十一)　三十六歳

一月、「フロリダに帰る」(文藝)。二日、「渚から来るもの」(〜十月三十日、朝日ジャーナル)。三月、『饒舌の思想』(講談社)。十月、サルトル、ボーヴォワールを招いた「ベトナム戦争と反戦の原理」集会に参加。

一九六七年(昭和四十二)　三十七歳

一月、ジョーン・バエズを招いた「みんなでベトナム反戦を!」の集会に参加。「来れり、去れり」(文藝)。九月、「岸辺の祭り」(文學界)。十一月、空母イントレピッド号からの脱走アメリカ兵四名とベ平連の記者会見用の映画撮影を行う。

一九六八年(昭和四十三)　三十八歳

四月、『輝ける闇』(新潮社)。六月、文藝春秋の臨時特派員として動乱のパリを取材、東西ドイツ、ベトナムを経て帰国（〜九月）。八月、「決闘」（文藝）。十一月、『輝ける闇』で第二十二回毎日出版文化賞を受賞。この年、「私の釣魚大全」取材旅行。

一九六九年（昭和四十四）　三十九歳

一月、『青い月曜日』（文藝春秋）。三月、『七つの短い小説』（新潮社）。六月、『私の釣魚大全』（文藝春秋）。「フィッシュ・オン」の旅に出発、ビアフラ、中東戦争を視察しつつアラスカ、ヨーロッパ、タイなどを回って帰国（〜十月）。

一九七〇年（昭和四十五）　四十歳

三月、小田実らと季刊雑誌「人間として」創刊、編集同人となる。五月、「フィッシュ・オン」取材で新潟県北魚沼郡湯之谷村銀山平を初めて訪問。六月、再訪し夏中逗留、「夏の闇」構想を練る。十月、『人とこの世界』（河出書房新社）。

一九七一年（昭和四十六）　四十一歳

二月、『フィッシュ・オン』（朝日新聞社）。十月、「夏の闇」（新潮）。

一九七二年(昭和四十七)　四十二歳

三月、「暗い場所、高い声」(週刊小説)。『夏の闇』(新潮社)、『紙の中の戦争』(文藝春秋)。この年、『夏の闇』への文部大臣賞授賞を打診されたが辞退。

一九七三年(昭和四十八)　四十三歳

一月、「ロマネ・コンティ・一九三五年」(文學界)。「渚にて」(新潮)。二月、「文藝春秋」「週刊朝日」特派員として和平調印の行われたベトナムを取材(～六月)。八月、『眼ある花々』(中央公論社)。十一月、安岡章太郎らと二週間のヨーロッパ講演旅行。『サイゴンの十字架』(文藝春秋)。『開高健全作品』全十二巻(～翌年十月、新潮社)。

一九七四年(昭和四十九)　四十四歳

一月、新潮クラブで「花終る闇」執筆に専念(～五月)。三月、『新しい天体』(潮出版社)。四月、「四畳半襖の下張」裁判に弁護側証人として出廷。十一月、『開口一番』(番町書房)。十二月、茅ヶ崎市東海岸南に仕事場が完成。

一九七五年(昭和五十)　四十五歳

一月、再び新潮クラブにこもり「花終る闇」に取り組む。三月、『白いページ』Ⅰ（Ⅱは十月、潮出版社）。九月、胆石の除去手術を受け、胆のうも除去。

一九七六年（昭和五十一）　四十六歳

九月、『開口閉口』1（2は翌年六月、毎日新聞社）。十月、「黄昏の力」（群像）。十二月、『開高健全ノンフィクション』全五巻（～翌年十月、文藝春秋）。

一九七七年（昭和五十二）　四十七歳

八月、「オーパ！」取材旅行のためブラジルへ（～十月）。

一九七八年（昭和五十三）　四十八歳

一月、「飽満の種子」（新潮）。二月、「貝塚をつくる」（文學界）。三月、「玉、砕ける」（文藝春秋）。五月、『ロマネ・コンティ・一九三五年』（文藝春秋）。十一月、『オーパ！』（集英社）。この年、『夏の闇』がフィンランド文部大臣翻訳賞受賞。

一九七九年（昭和五十四）　四十九歳

一月、「洗面器の唄」（新潮）、「怪物と爪楊枝」（野生時代）。二月、「戦場の博物誌」（～五月、文學界）。五月、『最後の晩餐』（文藝春秋）、『歩く影たち』（新潮社）。六月、「玉、砕ける」で第六回川端康成文学賞を受賞。七月、南北アメリカ大陸縦断釣魚行に出発（～翌年四月）。十一月、『言葉の落葉』全四冊（～一九八二年十二月、冨山房）。

一九八一年（昭和五十六）　五十一歳

九月、『もっと遠く！』『もっと広く！』（朝日新聞社）。十月、『ベトナム戦記』以来の一連のルポルタージュ文学により第二十九回菊池寛賞の受賞が決定。

一九八二年（昭和五十七）　五十二歳

一月、『開高健全対話集成』全八巻（～翌年四月、潮出版社）。バック・ペインの治療のため、週二回茅ヶ崎市の林水泳教室に通う。六月、ベーリング海へ釣り旅行、オヒョウを釣る（～七月）。十二月、『食卓は笑う』（新潮社）。

一九八三年（昭和五十八）　五十三歳

一月、「耳の物語」(〜一九八五年十一月、新潮)。四月、『オーパ、オーパ!! アラスカ篇』(集英社)。五月、カリフォルニアへ(〜六月)。七月、カナダへ釣り旅行(〜八月)。『あぁ。二十五年』(潮出版社)。

一九八四年(昭和五十九)　五十四歳

六月、アラスカへ釣り旅行、翌月に60ポンド超のキング・サーモンを釣る。途中、イリアムナ湖のロッジでカリブー(トナカイ)猟も体験(〜九月)。十月、『生物としての静物』(集英社)。十二月、『風に訊け』1(2は翌年九月、集英社)。

一九八五年(昭和六十)　五十五歳

二月、中米コスタリカ沖へターポンの釣り旅行に赴く(〜三月)。六月、フィンランドのラハティ市で開催された世界文学祭で講演。十一月、『オーパ、オーパ!! カリフォルニア・カナダ篇』(集英社)。

一九八六年(昭和六十一)　五十六歳

三月、スリランカへ行き、紅茶と宝石とカレーを探求(〜四月)。七月、モンゴルへイトトウ釣りに行く(〜八月)。八月、『破れた繭　耳の物語＊』『夜と陽炎　耳の物語＊＊』(新潮社)。

一九八七年(昭和六十二)　五十七歳

一月五日、「赤い夜」(毎日新聞夕刊)。二月、『オーパ、オーパ!!　アラスカ至上篇』(集英社)。五月、ソ連でチョウザメを研究後、モンゴルへ(〜六月)。六月、『耳の物語』で第十九回日本文学大賞を受賞。十月、パリ、ニューヨークなどにキャビア試食旅行。十一月、『オーパ、オーパ!!　コスタリカ篇スリランカ篇』(集英社)。

一九八八年(昭和六十三)　五十八歳

五月、元英国首相ヒューム卿の招きでスコットランドへマス釣り旅行、香港、中国を経て帰国(〜八月)。六月、「一日」(新潮)。九月、カナダへ(〜十月)。

一九八九年(平成元)　五十八歳

三月、食道狭窄と診断され入院。四月、食道癌の手術を受ける。『オーパ、オーパ!!　モンゴル・中国篇』(集英社)。七月、退院。十月、検査のため再入院。十二月九日、午

前十一時五十七分、食道腫瘍に肺炎を併発し死去。十日通夜、十一日密葬。

一九九〇年（平成二）

一月、「珠玉」（文學界）。十二日、葬儀・告別式が行われる（於・青山斎場）。二月、「花終る闇」（新潮）。十一月十六日、法要と納骨が北鎌倉の円覚寺松嶺院で営まれる。十二月七日、開高健賞が創設される（二〇〇一年まで。二〇〇三年から開高健ノンフィクション賞に引き継がれる）。

〔編集付記〕

本書を編集するにあたっては、『開高健全集』(全二十二巻、新潮社、一九九一―九三年)の第八巻を底本とし、ふりがなを適宜追加した。「開高健略年譜」は、『開高健の世界』(開高健記念会、二〇一〇年)所収の「略年譜」を、開高健記念会の許諾を得て再録したものである。

(岩波文庫編集部)

夜《よる》と陽炎《かげろう》 耳《みみ》の物語《ものがたり》 2

2019年5月16日　第1刷発行

作　者　開《かい》高《こう》 健《たけし》

発行者　岡本 厚

発行所　株式会社 岩波書店
〒101-8002 東京都千代田区一ツ橋 2-5-5
案内 03-5210-4000　営業部 03-5210-4111
文庫編集部 03-5210-4051
https://www.iwanami.co.jp/

印刷・理想社　カバー・精興社　製本・中永製本

ISBN 978-4-00-312213-6　Printed in Japan

読書子に寄す

——岩波文庫発刊に際して——

岩波茂雄

真理は万人によって求められることを自ら欲し、芸術は万人によって愛されることを自ら望む。かつては民を愚昧ならしめるために学芸が最も狭き堂宇に閉鎖されたことがあった。今や知識と美とを特権階級の独占より奪い返すことはつねに進取的なる民衆の切実なる要求である。岩波文庫はこの要求に応じそれに励まされて生まれた。それは生命ある不朽の書を少数者の書斎と研究室とより解放して街頭にくまなく立たしめ民衆に伍せしめるであろう。近時大量生産予約出版の流行を見る。その広告宣伝の狂態はしばらくおくも、後代にのこすと誇称する全集がその編集に万全の用意をなしたるか。千古の典籍の翻訳企図に敬虔の態度を欠かざりしか。さらに分売を許さず読者を繋縛して数十冊を強うるがごとき、はたしてその揚言する学芸解放のゆえんなりや。吾人は天下の名士の声に和してこれを推挙するに躊躇するものである。このときにあたって、岩波書店は自己の責務のいよいよ重大なるを思い、従来の方針の徹底を期するため、すでに十数年以前より志して来た計画を慎重審議この際断然実行することにした。吾人は範をかのレクラム文庫にとり、古今東西にわたって文芸・哲学・社会科学・自然科学等種類のいかんを問わず、いやしくも万人の必読すべき真に古典的価値ある書をきわめて簡易なる形式において逐次刊行し、あらゆる人間に須要なる生活向上の資料、生活批判の原理を提供せんと欲する。この文庫は予約出版の方法を排したるがゆえに、読者は自己の欲する時に自己の欲する書物を各個に自由に選択することができる。携帯に便にして価格の低きを最主とするがゆえに、外観を顧みざるも内容に至っては厳選最も力を尽くし、従来の岩波出版物の特色をますます発揮せしめようとする。この計画たるや世間の一時の投機的なるものと異なり、永遠の事業として吾人は微力を傾倒し、あらゆる犠牲を忍んで今後永久に継続発展せしめ、もって文庫の使命を遺憾なく果たさしめることを期する。芸術を愛し知識を求むる士の自ら進んでこの挙に参加し、希望と忠言とを寄せられることは吾人の熱望するところである。その性質上経済的には最も困難多きこの事業にあえて当たらんとする吾人の志を諒として、その達成のため世の読書子とのうるわしき共同を期待する。

昭和二年七月

岩波文庫の最新刊

開高健作
破れた繭
耳の物語1

耳底に刻まれた〈音〉の記憶をたよりに、人生の来し方を一人称〈私〉ぬきの文体で綴る自伝的長篇『耳の物語』二部作の前篇。大学卒業までの青春を描く。
〔緑二二一-二〕 本体六〇〇円

V・S・ナイポール作／小沢自然、小野正嗣訳
ミゲル・ストリート

ストリートに生きるちょっと風変わりな面々の、十七の物語。ポストコロニアル小説の源流に位置するノーベル賞作家ナイポール、実質上のデビュー作。
〔赤八二〇-一〕 本体九二〇円

ライプニッツ著／谷川多佳子、岡部英男訳
モナドロジー 他二篇

単純な実体モナド。その定義から、予定調和の原理、可能世界と最善世界、神と精神の関係に至る、広範な領域を論じたライプニッツの代表作。新訳。
〔青六一六-一〕 本体七八〇円

永井荷風作
浮沈・踊子 他三篇

戦時下に執筆された小説、随想五篇。『浮沈』『踊子』は、時代に抗して生きる若い女性を描く。時代への批判を込めた抵抗の文学。(解説＝持田叙子)
〔緑四二-一一〕 本体七〇〇円

岡義武著
転換期の大正

民衆人気に支えられた大隈重信の組閣から、護憲運動後の加藤高明内閣誕生までの一〇年間の政治史。臨場感あふれる資料で包括的に描く。(解説＝五百旗頭薫)
〔青N一二六-三〕 本体一〇七〇円

今月の重版再開

永井荷風作
おかめ笹
本体六〇〇円
〔緑四一-九〕

ヘーベル作／木下康光編訳
ドイツ炉辺ばなし集
―カレンダーゲシヒテン
〔赤四四五-一〕 本体七二〇円

田部重治著／近藤信行編
新編 山と渓谷
本体七四〇円
〔緑一四二-一〕

ベーコン著／服部英次郎・多田英次訳
学問の進歩
本体一〇一〇円
〔青六一七-一〕